奇幻大事典

奇幻小說這樣寫！

Fantasy Encyclopedia For Creators

監修：高橋信之

著：Studio Hard Deluxe

U0080610

瑞昇文化

THE WORLD MAP

人類自有史以來所創造的「不存在
的世界（場所）」，種類多到足以令
人讚嘆。就如同英國詩人安德魯‧
馬維爾所吟「不光是如此，人類的

波赫尤拉

卡美洛
基特
女王艾伊莎的洞窟

馬格尼亞
伊蘇
布蘭城堡
（德古拉城堡）
亞歷山大之壁
崑崙山
不夜城

海格力斯之柱
特洛伊
尼斯爾山
香格里拉

死者之都

奇修因達
（猴子王國）

班沙
（Bensa

阿加森
（地下都市）

措迪洛山丘

烏魯

曹陀洛

二疊紀
約 2 億 2500 萬年前

三疊紀
約 2 億年前

PANGAEA

LAURASIA

GONDWANALAND

TETHYS
SEA

精神還可以創造出不同種類的海洋、遙不可及的異世界」。除了與生俱來的想像力之外，科學也是促進人類如此的主要因素。根據地球表面陸地朝特定方向移動的板塊構造假說，七大陸全部連結在一起的盤古大陸，在大約 2 ～ 億年前誕生。「中土大陸」等幻想世界 就是以這種地球過去的面貌為靈感。

巴比
塔

馬特諾瑪瀑布

沙斯塔山

惡地

佐亞

亞特蘭提斯

姆大陸

波內赫島

帕里馬

黃金國

亞馬遜

納斯卡 太陽島

凱撒之都

拉萊耶
（海底遺跡）

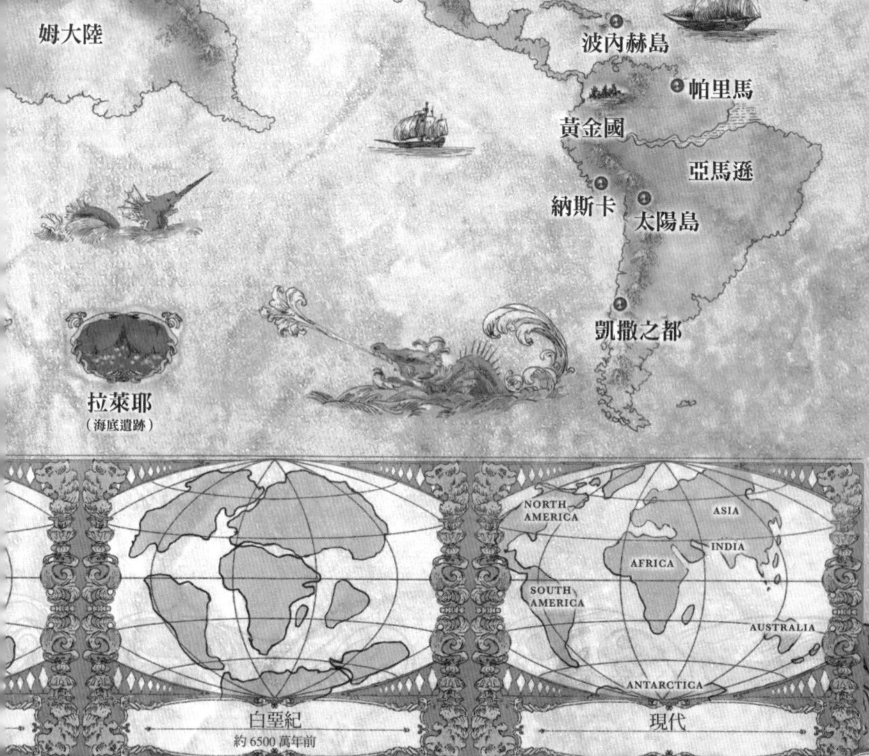

NORTH AMERICA

ASIA

INDIA

AFRICA

SOUTH AMERICA

AUSTRALIA

ANTARCTICA

白堊紀
約 6500 萬年前

現代

3

城堡的誕生

9世紀之後的歐洲，為了讓軍隊駐留在各地進行防守，領主們開始設置城堡作為基地。這是足以承受攻擊、足以用來籠城的要塞（Fortress），也是城主權威的象徵。除了用來舉辦晚宴、慶功宴的大廳，還設有禮拜堂、法庭、牢房、工房等設施，是由各種世襲職位跟僕役所形成的共同體。最早的城堡是用土跟木材建造，在四周挖出護城河，中央堆上土堆或圍上柵欄。進入11世紀之後演變成Motte and Bailey（小丘與外牆）的構造，用護城河所挖出的土堆成小小的山丘（Motte），將天守（主樓）蓋在頂端，用Bailey（柵欄）連同周圍的居住設施一起圍起來的設計。

用石材建設的城堡在10世紀之後開始出現，但一直要到12世紀數量才會增加。進入13世界中期，用高度不同的外牆與內牆所包圍的Concentric Castle（集中型城堡）登場。德國的城堡一般會利用地形的優勢來設計。比方說位於山頂或巨岩上的山城、位於崖上可以瞭望平原跟河流的半島城、建設在湖畔中央小島（或人工島）的水城等等。這些設計讓敵人的攻城兵器難以接近，堅固的岩石（岩層）讓人難以從地底展開攻勢，就工程方面來看只要用城牆把岩山包圍起來即可，成本較為低廉。進入15世紀末期，穩定的社會讓城堡的軍事性價值降低，人們開始轉移到更為舒適的環境。許多城堡因此荒廢，石頭等材料被偷走或轉用在其他建築物上。

小塔 turret
可以涵蓋更大範圍的監視塔。

邊緣塔 corner tower
用來守護最容易被攀登的城牆角落。

禮拜堂 chapel
用來進行禮拜或審判的場所。

工房 atelier
籠城時必須可以自行修理武器或日用品。

幕牆 curtain wall
有如簾幕一般將城堡圍起來的城牆。

牆塔 flanking tower
用來當作幕牆中央支柱的塔。

托臂 corbel
塔頂周圍往外突出，讓人無法輕易爬上。

護城河 moat
也有利用自然河流的類型，一般都會挖出相當的深度。

主塔 keep
平時為城主的居所，危急時則會成為最後一道防線。大多擁有極為堅固的構造。

垛口 crenel
讓士兵可以從這個缺口射箭。

城齒 merlon
躲在這後方來閃避敵人的攻擊。

槍眼 loophole
開孔會隨著武器種類而不同，下端的圓孔是給槍砲使用。

胸牆走道 parapet walk
士兵巡邏時所使用的通路。

衛兵待命所 guard house
城內士兵集合待命的場所。

木造間壁 brattice
輔助性的幕牆，讓敵人無法自由的行動。

堞口 machicolation
用來將石塊、熱油等潑到敵人頭上。

吊橋 drawbridge
應用齒輪與重物，讓門兼具吊橋的機能。用重物的重量來進行開合。

樓堡 barbican
用來觀察及攻擊敵人的望樓。

盔甲的進化

保護自己不受敵方武器傷害的護具，與防禦對象的武器一起發展、進化。隨著技術水平與環境上的不同，材料與造型多少會有所變化，但就歷史上整體的動向來看大致相同。古希臘的「重裝步兵」所使用的防具，是可以將半個人遮住的 Hoplon 盾牌，以及包覆身體的青銅鎧甲。青銅是相當重的材料，因此雖然說是「重裝」，士兵的大腿跟手臂仍舊暴露在外，得用密集的方陣（Phalanx）來進行戰鬥。13世紀的十字軍遠征之後，煉鐵、冶金的技術進步，開始出現用更為堅固的鐵或鋼鐵來將全身包覆的盔甲。堅硬且牢固，用刀刃砍劈的武器無法對這些盔甲產生太大的效果。因此透過衝擊連人帶甲一起擊倒的雙手用的重劍、狼牙棒（Mace）、鎚子等打擊性武器開始成為主流，盾牌也漸漸不再被使用。從16世紀到17世紀，盔甲輕量化、精簡化的技術進入全盛期，但槍砲也在同一時期被發明出來。面對可以將輕量化的盔甲射穿的槍砲，讓人不得不再次增加重量，結果變得太過笨重而難以行動。在17世紀中期，盔甲的構造縮小到只剩下厚重的胸甲跟頭盔，步兵跟騎兵的裝備也以輕便、迅速的動作為優先，攜帶武器只有1～2把的槍械與軍刀或長槍。從近代到現代，步兵已經不再穿戴鎧甲，也不排出方陣，以散開的隊形往敵方突擊，讓敵方難以瞄準。

將1～1.6公釐厚的金屬板連接在一起，關節部位則是用鎖子甲來得到某種程度的活動範圍。

主要武器為雙手劍，平均重量約4公斤，較輕的也有3公斤重。

希臘重裝步兵的長槍約1.5
公尺，後年的馬其頓軍則是
以集團來使用長達6公尺的
薩里沙長槍（Sarissa）。

◀4世紀到3世紀的
古希臘重裝步兵

Hoplon盾牌。同時
也是「希臘重裝步
兵」（Hoplitai）這個
名稱的由來。

厚實且帶有圓弧的造
型，可以讓子彈在命
中時被「錯開」。

◀▲以16世紀的板甲為主題所設計的盔甲。

▶18世紀到19世紀初
期的法國胸甲騎兵。

魔法實驗室

①大鍋／Cauldron ②曼德拉草／Mandragora ③魔女的軟膏／Flying Ointment ④護身符／Talisman ⑤使魔／Familiar ⑥魔法陣／Magic Circle ⑦寶石／Gem ⑧塔羅牌／Tarot ⑨藥水／Potion ⑩光榮之手／Hand of Glory ⑪藥草／Herb ⑫魔杖／Wand ⑬掃帚／Broom ⑭魔導書／Grimoire ⑮水晶球／Orb ⑯翡翠綠碑文／Emerald Tablet ⑰賢者之石／Philosopher's Stone ⑱蒸餾器／Alembic ⑲永動機設計圖／Plan of Perpetual Motion

⑪ **藥草**
可將植物性毒素當作醫療用途的草木

⑧ **塔羅牌**
（參閱153頁）

⑩ **光榮之手**
進行儀式時所使用的

③ **魔女的軟膏**
（參閱125頁）

⑦ **寶石**
（參閱153頁）

④ **護身符**
可以提供庇護並帶來幸運

⑤ **使魔**
（參閱125頁）

① **大鍋**
（參閱125頁）

② **曼德拉草**
拔起時會發出令人痛苦致死的尖叫

⑬ 掃帚
（參閱125頁）

⑲ 永動機設計圖
鍊金術師的理想之一

⑫ 魔杖
（參閱152頁）

⑨ 藥水
可能是毒也可能
是藥的飲料

⑱ 蒸餾器
（參閱128頁）

⑰ 賢者之石
（參閱152頁）

⑭ 魔導書
各種魔法的指導書籍

⑯ 翡翠綠碑文
（參閱127頁）

⑮ 水晶球
靈視用的道具

⑥ 魔法陣
阻隔邪氣的圓形結界

奇幻辭典 年表

小＝小說

▲紀元前3世紀
小『羅摩衍那』
著者：詩人蟻垤
項目：【印度教】

紀元前2000年初期
小『吉爾伽美什史詩』
作者：不明
項目：【英雄傳奇】

紀元前12世紀左右
小『梨俱吠陀』
作者：不明
項目：【印度教】

紀元前10～6世紀
小『舊約聖經』
作者：不明
項目：【基督教】

紀元前8年
小『變形記』
作者：奧維德
項目：【變身、擬人化】

▲紀元前725年左右
小『貝武夫』
作者：不明
項目：【英雄傳奇】

紀元前6世紀

小『伊索寓言』
著者：伊索
項目：【寓言、童話】

小『奧德賽』
著者：荷馬
項目：【旅行、冒險】

▲紀元前226年～651年
小『一千零一夜』
（天方夜譚）
著者：不明
項目：【旅行、冒險】

紀元前2000年　　　1500年　　　1000年　　　500年

紀元前2104～2103年
挪亞方舟的大洪水。

紀元前1500年左右
西臺人發明煉鐵技術。

紀元前1420年代
摩西帶領以色列的人民逃離埃及。

紀元前1440～1420年代
世界最早的一神教在埃及出現。

紀元前1200年左右
青銅器的時代結束。

紀元前1184年
特洛伊戰爭終結。

紀元前1000年左右
吠陀教成立。

紀元前965年
所羅門（～紀元前925年）誕生。

紀元前771年
中國進入春秋時期。

紀元前660年
『日本書紀』記載神武天皇登基。

紀元前620年左右
伊索（～560年左右）誕生。

紀元前543年
孔子（～前481年）誕生。

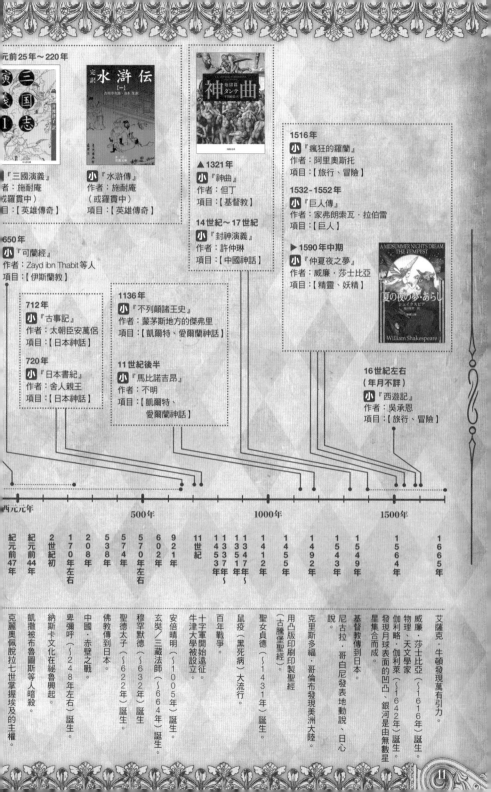

『三國演義』
者：施耐庵
（或羅貫中）
目：【英雄傳奇】

小『水滸傳』
作者：施耐庵
（或羅貫中）
項目：【英雄傳奇】

▲1321年
小『神曲』
作者：但丁
項目：【基督教】

14世紀～17世紀
小『封神演義』
作者：許仲琳
項目：【中國神話】

1516年
小『瘋狂的羅蘭』
作者：阿里奧斯托
項目：【旅行、冒險】

1532-1552年
小『巨人傳』
作者：家弗朗索瓦·拉伯雷
項目：【巨人】

▶1590年中期
小『仲夏夜之夢』
作者：威廉·莎士比亞
項目：【精靈、妖精】

650年
小『可蘭經』
作者：Zayd ibn Thabit等人
項目：【伊斯蘭教】

712年
小『古事記』
作者：太朝臣安萬侶
項目：【日本神話】

720年
小『日本書紀』
作者：舍人親王
項目：【日本神話】

1136年
小『不列顛諸王史』
作者：蒙茅斯地方的傑弗里
項目：【凱爾特、愛爾蘭神話】

11世紀後半
小『馬比諾吉昂』
作者：不明
項目：【凱爾特、
　　　愛爾蘭神話】

16世紀左右
（年月不詳）
小『西遊記』
作者：吳承恩
項目：【旅行、冒險】

西元元年　　　500年　　　1000年　　　1500年

紀元前47年	克麗奧佩脫拉七世掌握埃及的主權。
紀元前44年	凱撒被布魯圖斯等人暗殺。
2世紀初	納斯卡文化在祕魯興起。
170年左右	卑彌呼（～248年左右）誕生。
208年	中國‧赤壁之戰。
538年	佛教傳到日本。
574年	聖德太子（～622年）誕生。
570年左右	穆罕默德（～632年）誕生。
602年	玄奘／三藏法師（～664年）誕生。
921年	安倍晴明（～1005年）誕生。
11世紀	牛津大學被設立。
1143年～	十字軍開始遠征。
1351年～	百年戰爭。
1347年～	鼠疫（黑死病）大流行。
1412年	聖女貞德（～1431年）誕生。
1455年	用凸版印刷印製聖經（古騰堡聖經）。
1492年	克里斯多福‧哥倫布發現美洲大陸。
1543年	尼古拉‧哥白尼發表地動說、日心說。
1549年	基督教傳到日本。
1564年	威廉‧莎士比亞（～1616年）誕生。物理、天文學家伽利略‧伽利萊（～1642年）誕生。發現月球表面的凹凸、銀河是由無數星星集合而成。
1665年	艾薩克‧牛頓發現萬有引力。

1719年
小『魯濱遜漂流記』
作者：丹尼爾・笛福
項目：【旅行、冒險】

1726年

小『格列佛遊記』
作者：喬納森・斯威夫
　　　特
項目：【旅行、冒險】

1740年
小『美女與野獸』
作者：蘇珊・維倫紐夫
項目：【詛咒】

1760年左右
小『聊齋誌異』
作者：蒲松齡
項目：【妖怪】

1768年
小『雨月物語』
作者：上田秋成
項目：【妖怪】

1785年
小『吹牛男爵歷險記』
作者：Rudolf Erich
　　　Raspe
項目：【寓言、童話】

1812年

小『格林童話』
作者：格林兄弟
項目：【寓言、童話】

1814年
小『里見八犬傳』
作者：曲亭馬琴
項目：【正邪對立】

1817年
小『Der Sandmann』
作者：E・T・A・霍夫曼
項目：【精靈、妖精】

1819年
小『胡桃鉗與老鼠王』
作者：E・T・A・霍夫曼
項目：【寓言、童話】

1829年

小『安徒生童話』
作者：漢斯・克里斯蒂
　　　安・安徒生
項目：【寓言、童話】

1835年
小『卡勒瓦拉』
作者：艾里阿斯・隆洛
　　　特
項目：【北歐神話】

1836年
小『美人魚』
作者：漢斯・克里斯蒂
　　　安・安徒生
項目：【寓言、童話】

1843年
小『聖誕頌』
作者：查爾斯・狄更斯
項目：【基督教】

1848年
小『尼伯龍根的指環』
作者：理察・華格納
項目：【北歐神話】

1865年

小『愛麗絲夢遊仙境』
作者：路易斯・卡羅
項目：【異世界】

1883年
小『木偶奇遇記』
作者：卡洛・科洛迪
項目：【考驗、成長】

1885年
小『所羅門王的寶藏』
作者：亨利・萊特・
　　　哈葛德
項目：【旅行、冒險】

1888年

小『快樂王子』
作者：奧斯卡・王爾德
項目：【寓言、童話】

1890年
小『道林・格雷的
　　畫像』
作者：奧斯卡・王爾德
項目：【生命】

1897年
小『德古拉』
作者：布拉姆・斯托克
項目：【吸血鬼】

小『金銀島』
作者：羅伯・路易斯・
　　　史蒂文生
項目：【海盜】

1900年
小『綠野仙蹤』
作者：李曼・法蘭克・
　　　鮑姆
項目：【異世界】

1901年

小『彼得兔』
作者：碧雅翠絲・波特
項目：【變身、擬人化】

1911年
小『彼得潘與溫蒂』
作者：詹姆斯・馬修・
　　　巴利
項目：【當男孩遇見女
　　　孩】

1912年
小『失落的世界』
作者：阿瑟・柯南・道
　　　爾
項目：【旅行、冒險】

1914年
小『人猿泰山』
作者：愛德加・萊斯・
　　　巴勒斯
項目：【命運、宿命】

1920年
小『杜立德醫生的故事』
作者：休・洛夫廷
項目：【奇蹟】

1924年
小『規矩很多的餐廳』
作者：宮澤賢治
項目：【寓言、童話】

1927年
小『銀河鐵道之夜』
作者：宮澤賢治
項目：【異世界】

書籍

1930年
小『王者之劍』
作者：羅伯特・歐文・
　　　霍華德
項目：【英雄傳奇】

1933年
小『消失的地平線』
作者：詹姆斯・希爾頓
項目：【旅行、冒險】

1934年
小『歡樂滿人間』
作者：P.L.Travers
項目：【魔法師】

1937年
小『哈比人歷險記』
作者：J.R.R托爾金
項目：【異世界】

1943年

小『小王子』
作者：安托萬・德・聖
　　　－埃克蘇佩里
項目：【旅行、冒險】

1945年
小『御伽草子』
作者：太宰治
項目：【寓言、童話】

小『長襪子皮皮』
作者：阿斯特麗德・
　　　林格倫
項目：【寓言、童話】

小『嚕嚕米』
作者：朵貝・楊笙
項目：【不可思議的
　　　鄰居】

1950年
小『納尼亞傳奇／
　　獅子・女巫・魔衣櫥』
作者：克利夫・斯特普
　　　爾爾・路易斯
項目：【異世界】

1952年
小『地板下的小矮人』
作者：瑪麗・諾頓
項目：【不可思議的
　　　鄰居】

1954年

小『魔戒／魔戒現身』
作者：J.R.R托爾金
項目：【異世界】

漫『火之鳥』
作者：手塚治蟲
項目：【幻獸】

1959年

小『克魯波克魯物語／
　　不為人知的小小王
　　國』
作者：佐藤曉
項目：【不可思議的
　　　鄰居】

1963年
小『永恆戰士之梅尼波
　　內的艾爾瑞克』
作者：麥克・摩考克
項目：【英雄傳奇】

1964年
小『查理與巧克力工廠』
作者：羅爾德・達爾
項目：【異世界】

小『The Chronicles of
　　Prydain／The Book
　　of Three』
作者：Lloyd Alexander
項目：【考驗、成長】

漫『鬼太郎』
作者：水木茂
項目：【不可思議的
　　　鄰居】

漫『Kamui傳』
作者：白土三平
項目：【斬妖除魔】

漫『Q太郎』
作者：藤子不二雄
項目：【不可思議的
　　　鄰居】

1965年
小『蠟筆王國的
　　12個月』
作者：福永令三
項目：【寓言、童話】

1965年
漫『怪物王子』
作者：藤子・A・不二雄
項目：【不可思議的
　　　鄰居】

1968年

小『地海／地海巫師』
作者：娥蘇拉・K・勒
　　　瑰恩
項目：【異世界】

影像

1932年
電『White Zonbie』
導演：Victor Halperin
項目：【活屍、
　　　不死生物】

1936年
電『Le Golem』
導演：Julien Duvivier
項目：【人造人】

1940年

電『幻想曲』
導演：Ben Sharpsteen
項目：【魔法師】

1942年
電『I Married a Witch』
導演：René Clair
項目：【魔女】

1946年
電『風雲人物』
導演：法蘭克・卡普拉
項目：【奇蹟】

1963年
電『聖戰奇兵』
導演：Don Chaffey
項目：【旅行、冒險】

1964年
電『歡樂滿人間』
導演：Robert
　　　Stevenson
項目：【魔法師】

書籍

1970年

小『Swords and Deviltry』
作者：佛利茲・萊柏
項目：【黑暗英雄】

1972年

漫『惡魔人』
作者：永井豪
項目：【黑暗英雄】

漫『波族傳奇』
作者：萩尾望都
項目：【生命】

1973年

小『想變成人的貓』
作者：Lloyd Alexander
項目：【變身、擬人化】

1976年

小『魔法消失了』
作者：拉瑞・尼文
項目：【瑪那】

1978年

小『Tales From The Flat Earth／Night's Master』
作者：Tanith Lee
項目：【異世界】

1979年

小『Book of the Isle／The White Hart』

作者：南西・史賓格
項目：【凱爾特神話】

小『豹頭王傳說／豹頭的面具』
作者：栗本薰
項目：【英雄傳奇】

小『說不完的故事』
作者：麥克・安迪
項目：【考驗、成長】

小『THE THREE ROYAL MONKEYS』
作者：Walter de la Mare
項目：【旅行、冒險】

1980年

小『亞納德妖戰記／月神的魔女戰士』
作者：嵩峰龍二
項目：【考驗、成長】

1982年

小『聖石傳奇』
作者：大衛・艾丁斯
項目：【異世界】

漫『風之谷』
作者：宮崎駿
項目：【生命】

1983年

小『吸血鬼獵人Ｄ』
作者：菊地秀行

項目：【吸血鬼】

1984年

小『太陽之牙』
作者：浜野孝也
項目：【命運、宿命】

漫『人魚之森』
作者：高橋留美子
項目：【生命】

1985年

漫『魔女宅急便』
作者：角野榮子
項目：【魔女】

1986年

小『豪爾的移動城堡』
作者：黛安娜・韋恩・瓊斯
項目：【魔法師】

小『藍道佛王國／出售魔法王國－成交！』
作者：泰瑞・布魯克斯
項目：【異世界】

1988年

『亞法隆之謎』
作者：瑪莉恩・伊蘭諾・辛莫・布拉德蕾
項目：【凱爾特、愛爾蘭神話】

漫『幸運女神』
作者：藤島康介
項目：【北歐神話】

漫『寄生獸』
作者：岩明均
項目：【正邪對立】

小『羅德斯島戰記』
作者：水野良
項目：【旅行、冒險】

1989年

漫『烙印勇士』
作者：三浦建太郎
項目：【黑暗英雄】

影像

1981年

電『法櫃奇兵』
導演：史蒂芬・史匹柏
項目：【旅行、冒險】

1984年

電『大魔域』
導演：Wolfgang Peterson
項目：【考驗、成長】

電『魔鬼剋星』
作者：伊凡・瑞特曼
項目：【鬼怪】

1985年

電『暫時停止呼吸』
作者：劉觀偉
項目：【殭屍】

1988年

電『誰陷害了兔子羅傑』
作者：羅伯特・澤米基斯
項目：【不可思議的鄰居】

書籍

1990年
小『秀逗魔導士』
作者：神板一
項目：【旅行、冒險】

1991年
小『石之劍』
作者：久美沙織
項目：【旅行、冒險】

漫『GS美神 極樂大作戰！！』
作者：椎名高志
項目：【斬妖除魔】

小『極道君漫遊記』
作者：中村兔
項目：【旅行、冒險】

1992年

小『十二國紀／月之影・影之海』
作者：小野不由美
項目：【異世界】

漫『夢幻遊戲』
作者：渡瀨悠宇
項目：【異世界】

漫『咕嚕咕嚕魔法陣』
作者：衛藤浩幸
項目：【魔法師】

1993年
漫『魔法騎士雷阿斯』
作者：CLAMP
項目：【異世界】

漫『無限之住人』
作者：沙村廣明
項目：【生命】

1994年
小『西方魔女之死』
作者：梨木香步
項目：【考驗、成長】

漫『橫濱購物紀行』
作者：蘆奈野仁
項目：【命運、宿命】

漫『魔術士歐菲』
作者：秋田禎信
項目：【旅行、冒險】

1995年
小『Die Träume des Jonathan Jabbok』
作者：Ralf Isau
項目：【基督教】

小『黑暗元素三部曲／黃金羅盤』
作者：菲力普・普曼
項目：【異世界】

1996年
小『綠色奇蹟』
作者：史蒂芬・金
項目：【奇蹟】

小『守護者系列／精靈守護者』
作者：上橋菜穗子
項目：【異世界】

漫『庫洛魔法使』
作者：CLAMP
項目：【魔法師】

漫『封神演義』
作者：藤崎龍
項目：【命運、宿命】

1997年
小『哈利波特／神祕的魔法石』
作者：J・K・羅琳
項目：【考驗、成長】

漫『厄夜怪客』
作者：平野耕太
項目：【生命】

小『西方善魔女』
作者：荻原規子
項目：【命運、宿命】

1998年
漫『通靈王』
作者：武井宏之
項目：【精靈、妖精】

1999年

漫『蟲師』
作者：漆原友紀
項目：【不可思議的鄰居】

影像

1990年
電『第六感生死戀』
導演：傑瑞・蘇克
項目：【奇蹟】

1991年

電『阿達一族』
導演：巴里・索南菲爾德
項目：【不可思議的鄰居】

1994年

電『摩登大聖』
導演：卓克・羅素
項目：【變身、擬人化】

1995年
電『野蠻遊戲』
導演：喬・約翰斯頓
項目：【禁忌】

1998年
電『晶兵總動員』
作者：Joseph Domenick Junior
項目：【不可思議的鄰居】

1999年
電『神鬼傳奇』
作者：史蒂芬・桑莫斯
項目：【活屍、不死生物】

書籍

2000年

小『奇諾之旅』
作者：時雨澤惠一
項目：【旅行、冒險】

2001年

小『碟形宇宙』
作者：泰瑞・普萊契
項目：【異世界】

漫『鋼之鍊金術師』
作者：荒川宏
項目：【鍊金術】

小『聖魔之血』
作者：吉田直
項目：【正邪對立】

2002年

小『風之聖痕』
作者：山門敬弘
項目：【異世界】

小『傳說的勇者的
　　傳說』
作者：鏡貴也
項目：【命運、宿命】

小『帝托拉傳奇』
作者：艾蜜莉・羅達
項目：【旅行、冒險】

2003年

漫『魔法老師』
作者：赤松健
項目：【魔法師】

漫『夏目友人帳』
作者：綠川幸
項目：【不可思議的
　　　鄰居】

小『死神的歌謠』
作者：長谷川啟介
項目：【生命】

小『Baccano！』
作者：成田良悟
項目：【生命】

小『簡單易懂的
　　現代魔法』
作者：櫻坂洋
項目：【魔法師】

2004年

漫『SOUL EATER
　　噬魂者』
作者：大久保篤
項目：【斬妖除魔】

漫『隱王』
作者：鎌谷悠希
項目：【斬妖除魔】

2004年

小『零之使魔』
作者：山口昇
項目：【異世界】

小『魔法人力派遣公司』
作者：三田誠
項目：【斬妖除魔】

小『魔法禁書目錄』
作者：鎌池和馬
項目：【異世界】

2005年

漫『食靈』
作者：瀨川Hajime
項目：【斬妖除魔】

2006年

小『狼與辛香料』
作者：支倉凍砂
項目：【旅行、冒險】

小『化物語』
作者：西尾維新
項目：【妖怪】

小『Fate／Zero』
作者：虛淵玄
項目：【命運、宿命】

小『獸之奏者』
作者：上橋菜穗子
項目：【考驗、成長】

2009年

漫『青之驅魔師』
作者：加藤和惠
項目：【驅魔師】

小『襲來！
　　美少女邪神』
作者：逢空萬太
項目：【克蘇魯神話】

2001年

影像

電『哈利波特／
　　神祕的魔法石』
導演：克里斯・哥倫布
項目：【考驗、成長】

電『魔戒』
導演：彼得・傑克森
項目：【異世界】

2003年

電『決戰異世界』
導演：連恩・懷斯曼
項目：【種族】

電『神鬼奇航：
　　鬼盜船魔咒』
作者：高爾・韋賓斯基
項目：【海盜】

2004年

電『凡赫辛』
導演：史蒂芬・桑莫斯
項目：【斬妖除魔】

2005年

電『納尼亞傳奇：
　　獅子・女巫・魔衣櫥』
導演：Andrew
　　　Adamson
項目：【異世界】

電『巧克力冒險工廠』
導演：提姆・波頓
項目：【異世界】

2007年

電『黃金羅盤』
導演：克里斯・韋茲
項目：【異世界】

2010年

電『借物少女艾莉緹』
導演：米林宏昌
項目：【不可思議的
　　　鄰居】

 前言

　　據說人類的祖先用打雷得到的火種學會怎麼使用火的同時，也開始為死去的伙伴舉行喪禮。隨著閃光與轟聲一起畫過天際的遠雷，是否讓他們幻想在天空的另一端，有著與自己完全不同的世界存在。

　　透過想像來創造不同世界的能力，可以說是人類之所以為人的因素。而架構空想的世界，正是所有奇幻作品的根源。

　　其中最具代表性的，莫過於小說作品「魔戒」的中土大陸。從環境地理到棲息的動植物，全都有詳細的設定，甚至還有「精靈語」這種全新的語言系統，跟人類、精靈等各個物種從天地開闢到劇中時代的整套歷史，名符其實的是出現不同發展的另一個地球。佛羅多的冒險、梅里跟圖克等年輕哈比人所面對的考驗跟成長、甘道夫的死亡與復活等等，各種要素雖然是奇幻作品之中常見的冒險跟傳奇故事，但是在精心設計的世界之中，不同種族之間所發展出來的友情與正邪之間的對立，描繪出極為豐富的色彩與魅力。

　　魔戒同時也對娛樂作品帶來很大的影響。復刻版在1960年代的美國得到很高的人氣，成為RPG（角色扮演）遊戲誕生的契機，也促使電影版『星際大戰』被實現。勇猛強壯的戰士與深思熟慮的魔法師組隊前往目的地，與強大的敵人（大多是龍）進行戰鬥等等，現在大家所熟悉的角色造型跟故事發展，都是來自於此。

　　要像魔戒這樣累積龐大且精密的設定，並不是件簡單的事。細節固然是很重要，但掌握經典的元素為自己開創進入奇幻世界的入口，可以盡快找出自己喜歡的主題跟故事傾向，發展出只屬於您的創意跟組合。

　　本書會在各個標題的主文之中，介紹關聯性較高、足以代表該項目的作品。在國內外諸多畫家踴躍的參與之下，各個項目都刊登有美麗的插圖。希望本書可以充分發揮它的功用，協助您找出新的創意。

CONTENTS

第 1 章　主題　23

第 2 章　神話　59

第3章 宗教　89

第4章 魔法　117

第5章　幻想生物 155

第6章　世界 193

第7章　神祕、懸疑　257

如何使用本書

❶ 項目名稱
本頁所要說明的項目。若是本項目的內容沒有特定主題或符合的現象存在，則會用來形容實際狀況。

❷ 關聯項目
跟①有著緊密關聯，或是內容較為接近的項目。

❸ 英文名稱
①的英文名稱。

❹ 插圖
與本項目相關的場景插圖。

❺ 標語
用來說明下方主文的詞句，或是將主文精簡化的標語。

❻ 關鍵詞
在說明的文章之中較為重要、關聯性較高、一起記住會相當方便的關鍵字。

❼ 小標語
將⑤更進一步細分化的小標語。

❽ 相關書籍封面
在⑨的部分所介紹的書籍封面或作品包裝。

❾ 作品情報
⑧所介紹的作品題目、主要媒體（類別）、製作者（作者、導演等）、發表或出版日期、作品內容的簡介。

❿ 搜尋用標籤
標示本頁所介紹的項目屬於哪一個章節。

第1章

主題
Theme

發現不同的世界

奇幻作品的舞台，從傳說、寓言所敘述的童話世界，到劍與魔法的中古世紀等等，種類非常的多元。甚至連網際網路的普及之下所形成的電腦空間，也可以算是一種新的異世界。

架構出來的異世界若與現實並存，則前往異世界的手段將會成為重要的因素，也就是所謂的去而復歸（There and Back Again）的故事形態。除了用科學或魔術來將通道打開，也可能因為意外事故讓主角等人被傳送到另一個世界。

來到文化與常識無法通用的世界而產生文化上的代溝，主角們除了在異世界找到新的發現之外，也能透過比較來重新認識自己原本的「世界」。

《理想世界》

理想性的世界也被稱為烏托邦（Utopia），以天佑之島（Avalon）、黃金國（El Dorado）、地下王國（Agartha）、香格里拉（Shangri-La）、聖納度（Xanadu）、桃源鄉、儀来河内（Nirai Kanai）、蓬萊等各式各樣的名稱出現在世界各地的傳說之中。怎樣才能算是「理想世界」，得看各個民族對於「理想」的定義。創作之中常常也會提到理想世界通常具有極端性的管理體制，換個觀點來看也是一種非人性的反烏托邦。

《黃泉》

存在於地底深處，由死者所居住的異世界。根據日本古事記所記載，透過黃泉比良板來與葦原中國（日本列島）相連。在日本神話中，伊邪那岐為了找回死去的妻子伊邪那美，而前往此處。有時會被翻譯成基督教聖經中所登場的死者國度・海地司（Hades）。

《常世國》

日本古事記所描述的異世界，屬於烏托邦的一種。跟大國主一起創立葦原中國的少彥名，據說最後就是回到此處。被認為是在海的另一端的理想世界，浦島太郎所前往的綿津見神（海神）的宮殿，似乎也是在常世國之內。

《結界》

『魔法少女小圓』等動畫之中所登場的異次元空間。劇中被描述成魔女跟使魔等敵對勢力所潛伏的空間，用獨特的美術手法來描繪。由動畫製作團體・劇團狗咖哩進行繪製，有時也被稱為「狗咖哩空間」。

《哈爾凱尼亞》

小說『零之使魔』之中，主角被魔法召喚而抵達的異世界。除了中世紀的世界觀之外，還加上由可以使用魔法的人種（Mage）以貴族的身份所創設的王國。似乎偶爾會有地球人造訪，在主角之前有二次大戰的戰鬥機駕駛員來過。

『地海巫師』
類別：小說
作者：娥蘇拉・K・勒瑰恩
出版：1968年
有無數島嶼飄浮的另一個世界・地海，描述魔法師，格得一生之中的幾個關鍵時刻。

第1章・主題

第2章・神話

第3章・宗教

第4章・魔法

第5章・幻想生物

第6章・世界

第7章・神祕、懸疑

童話的歷史

Märchen（童話）一詞，指的是源自於德國的**伊索寓言、佩羅童話、格林童話**等空想文學。

1812年，**格林兄弟**出版了集結了德國各地民間故事的「兒童與家庭童話集」（Kinder- und Hausmärchen）。書名雖然說是給兒童閱讀，實際上卻是附帶註解的學術性民間故事集，之後開始販賣內容更加適合小孩閱讀的英文版，回銷到德國之後才開始普及。受到這個影響，**安徒生**也開始創作童話，讓童話作品在17～18世紀的歐洲開始流行，出現『灰姑娘』、『小紅帽』、『長髮姑娘』、『白雪公主』等代表性的作品。

在日本則是從鎌倉時期，用口傳的方式流傳『一寸法師』與『酒吞童子』等民間傳奇故事，進入江戶時期之後才將這些故事整理在一起，以『御伽草子』的名稱出版。「御伽」（陪伴）一詞，取自豐臣秀吉所設置的御伽眾，這些人的工作是服侍日本大名，從聊天打發時間到商討國家大事，業務性質與參謀相似。而日文的「御伽話」（童話）一詞，源自於他們為了打發君主的無聊而述說的有趣故事。

童話其實相當恐怖？

許多童話都經過無數次的修改，來調整成更加適合孩童閱讀的內容。所謂的「其實讓人毛骨悚然的〇〇童話」，則是將身為原典的承傳與民間故事所擁有的殘酷描述還原。在這樣的背景因素之下，恐懼、懸疑等作品有時也會採用童話的要素。

伊索寓言	據說是在紀元前6世紀，由伊索這個人所述說的內容為原典。教導與諷刺性的故事較多，加上基督教的寓言一路改版到現在。龜兔賽跑的故事就曾經在日本教科書中以『伊曾保物語』（伊索的日文音譯）的名稱來進行介紹，成為日本非常有名的童話故事。
安徒生童話	丹麥作家漢斯·克里斯蒂安·安徒生所寫的童話集。與格林童話不同，大半是由安徒生本人所創作的故事。『冰雪女王』、『美人魚』、『醜小鴨』、『賣火柴的小女孩』、『紅鞋』等等，許多主角都在故事最後死亡，以悲劇收場。
Mother Goose	許多英國童話、童謠、搖籃曲的總稱，相當於「鵝媽媽」（所講的故事）的意思。以『十個小小印地安人』的順序來進行殺人的阿加莎·克里斯蒂的『無人生還』、漫畫『Patalliro西遊記』之中所唱的「誰殺死知更鳥」等等，其內容受到各種作品引用。『一閃一閃亮晶晶』、『倫敦鐵橋垮下來』、『矮胖子』等童謠也都非常的出名。

故事的主角們

用過人的力量與智慧拯救他人、完成一般人無可比擬的豐功偉業，或是民族與國家之始祖、帶領人民渡過難關的領導人、救世主等等，描述這些人所活躍的故事，稱為**英雄傳奇**（Saga）。

在神話學者喬瑟夫·坎伯的著作「千面英雄」之中，對英雄下了如此的定義「賭上自己的人生挑戰困難，並且達成目標的人」。透過分析，許多神話之中的英雄都會經過**Separation**（離別、踏上旅途）、**Initiation**（生命儀禮）、**Return**（回歸）等3個步驟，因此英雄的故事也可以說是由「起程、完成任務、生還」這三大要素所構成。經典童話故事『桃太郎』就非常明確的表現出這一連串的流程，身為導演的喬治·盧卡斯、作家史蒂芬·金等人都有拿來參考。

除此之外還有日本民俗學者折口信夫所謂的「擁有高貴血緣的王子一度被捨棄，在不幸與流浪之後完成特定目標返回」這種**貴人流浪的故事**。這是日本許多創作的雛型，須佐之男的神話、栗本薰沒有完結的長篇小說「豹頭王傳說」都是屬於這種類型。

《文化英雄》

在希臘神話之中把火傳授給人類的普羅米修斯，也被解釋成將文化與知識傳遞給人類的英雄。傳授的內容有時會改成小麥等農作物的栽種方法。日本神話之中的大國主命、中國神話的神農氏，雖然不是人也不是英雄，但引誘亞當跟夏娃食用智慧之果實的蛇，也都屬於一種文化英雄。

《英雄與英雄傳奇一覽表》

英雄	傳奇故事	國家	英雄	傳奇故事	國家
日本武尊	日本書紀、其他	日本	羅蘭侯爵	羅蘭之歌	法國
克里希納	摩訶婆羅多	印度	威廉·泰爾	戲曲 威廉·泰爾	瑞士
羅摩	羅摩衍那				
達吾德	舊約聖經	古代 以色列	希爾德布蘭德	希爾德布蘭德 之歌、其他	德國
Ilya Muromets	Bylina	俄羅斯	忒修斯	希臘神話	希臘
齊格飛	北歐神話	北歐地區	海克力斯		
羅賓漢	※吟遊詩人的創作	英國	阿基里斯	伊利昂紀	
迪爾姆德· 奧·德利暗	凱爾特神話	愛爾蘭	奧德修斯	奧德賽	

渡過苦難

身為凡人卻得到神力，或是原本就擁有神的血統，**英雄**大多擁有超越凡人的能力，但他們並非一開始就是如此的強悍。英雄之所以為英雄，是因為他們擊敗壓倒性的敵人，或是解決堅難的課題、完成困難的考驗。比方說除掉蛇髮女妖的珀耳修斯、以「海克力斯的選擇」而聞名的十二項任務、亞瑟王的聖杯傳說等等，英雄會一次又一次的被賦予考驗。有時不光是自己的力量，還得依靠神明、戰友，甚至是異性的幫助才能渡過難關。

在 RPG 等角色扮演的遊戲之中所出現的「去○○拿××回來」、「打倒△△」等一般所謂的「被人差遣的任務」，在神話之中其實就已經登場。『聖戰î兵（阿爾戈號的探險）』之中的主角伊阿宋，就是在色薩利王「去科爾斯基把金羊毛拿回來」的要求之下出外冒險，更進一步的被科爾斯基王提出「用噴火的公牛耕地，並撒上龍牙種植」等難題。

英雄會反覆完成這些考驗來成長，但有時也會忿怒的直接將對方殺掉，奪走須要的財物。

《特訓》

面對強大的敵人，憑自己現在的力量無法戰勝的時候，首先得進行特訓。強化體力、尋找新的武器、磨練新的技巧等等，以各種手段來提高自身的戰鬥能力。

年幼時在山上受到天狗鍛鍊武藝的牛若丸、在瀑布之中冥想用神祕體驗來「去除穢氣、重新為人」等等，或許是受到這些文化背景的影響，在日本一講到特訓，就會聯想到「上山修行」。而在創作之中，特訓內容是越來越激烈。越是厲害的角色，進行的特訓也越是誇張，因此也面對超越人類界限、超越現實界限（作者想像力的界限）的問題。

另外，上山修行的同時也「剃掉單邊眉毛」，據說是漫畫作品『極真派空手道』的主角為了讓自己沒臉見人無法下山而想出來的辦法，這個劇情似乎是以極真空手的創始人・大山倍達的體驗為原型。當時修行的地點是千葉縣的清澄山，標高雖然只有337公尺，但卻是日蓮宗的四靈場之一，屬於靈山信仰的對象。

《導師》（Mentor）

導師（Mentor）一詞，源自於敘述詩『奧德賽』之中，為親友奧德賽的兒子Telemachus進行指導的人物Mentor。這個名字在日後成為故事中教導主角、讓主角成長的角色的代名詞。常常被舉出來的代表性角色，是『星際大戰』中教導路克成為絕地武士的尤達大師，就廣義來說可以算是師傅。功夫電影之中鍛鍊年輕徒弟的武學老師，或是將自身所學傳授給年輕人的老翁，都可以算是導師的一種。

第1章・主題

第2章・神話

第3章・宗教

第4章・魔法

第5章・幻想生物

第6章・世界

第7章・神祕・懸疑

正邪對立

Fantasy Encyclopedia For Creators Goodness and Evil

對立的構圖

　　與我們最為接近的「正邪對立」可以說是自己的內心，也就是**良心的掙扎**。比方說要不要把撿到的錢送到警察局，此時天使與惡魔分別在內心（或從頭上、肩膀上）對自己耳語。每個人的心中都有**天使**跟**惡魔**存在，在絕大多數的場合會由「善」的一方取得勝利，由自制心浮現在表面。

　　在某些宗教內，神的存在是絕對的「善」。如果又對其他宗教採取非寬容性的態度，則會將其他宗教當作邪教看待，進行打壓來強迫他人改信。這種宗教上的對立，也會形成「善惡」或「正邪」的對立。

　　這不光是民族與宗教才會出現的問題，個人之間、少數集團到國家規模的群體，甚至是人類以外的種族也都一樣。堅持自己是正確的一方把對方貶為邪惡，當這種對立超過限度的時候，也會演變成「正邪之間的戰爭」。

　　反過來在空想世界之中，大多會準備好「絕對性的邪惡」。濫殺無辜的「邪惡軍團」跟挺身而出與其對抗的「正義之士」，這種構圖雖然可以形成相當普遍的「正邪交戰」的場景，但多加一些理由，可以讓雙方敵對起來更具說服力。在小說『魔戒』之中，就設定有企圖支配所有一切的魔王索倫，來擔任這個壓倒性邪惡的角色。

　　有時也會出現雙方在某部分極為相似，因此極端痛恨對方的描述手法。

『魔戒首部曲・魔戒現身』
類別：小說
作者：Ｊ・Ｒ・Ｒ・托爾金
出版：1955 年
帶有黑暗力量的黃金戒指，為了避免它被邪惡勢力奪走，小小的哈比人踏上旅程來將它永遠的捨棄。

「敵人」的存在

戰爭往往會出現極不合理的暴力。但就算是以邪惡之徒為對象，俗話說「盜亦有道」、「惡人也有三分理」，邪惡一方最好也要準備有他們獨自的理由。

近年來，在魔王與勇者的一連串的創作之中，開始出現「魔界是擁有不同文化的其他國家」等表現手法。表面上雖然是正邪對立的構造，實質上卻屬於「文化思想有所差異，相處不來的異邦人」的風格有漸漸增加的傾向。在這種場合，或許該說「承認多樣性的一方為善、相反的一方為惡」。

在RPG遊戲之中，玩家角色有時也會出現「善／惡」、「秩序／混沌」（或兩者組合）這種代表屬性的數據。前後兩者乍看之下相同，但注重法律規範的秩序（Lawful）跟尊重個人自由的混沌（Chaos），並不像「善／惡」這樣非得互相對立不可。

最終決戰

若望默示錄，記載了聖史若望在啟示之中所看到的景象。內容是地上國家的滅亡，與基督教神之國度的到來。這場末日戰爭一般會以決戰地點的名稱來稱呼為哈米吉多頓（Armageddon），在希伯來語之中代表「米吉多之丘」的意思。

當時機成熟時，擁有7顆眼睛與7隻角的小羊會解開7道封印，帶來戰爭與饑荒。接著將由7位天使按照順序吹起號角，讓人間充滿災難。絕大多數的人都難逃一死，撒旦與天使發動戰爭，來自海洋的野獸對僅存的人們刻上「獸名印記（數目）」。最後由7位天使將充滿神之忿怒的碗盤倒到人間，當第6個碗盤被倒下時，王者在惡靈的導引之下聚集在米吉多之丘。之後由神的軍隊取得勝利，基督建設出千年王國，接著則是最後的審判與基督復活。

若望默示錄這段神祕的內容該怎麼解釋，到今日依舊沒有定論。也因此被各種作品拿來使用，當作世界末日或靈異性的思維。將666這個「獸名數目」搬上大銀幕的電影『天魔』，漢尼拔教授的『沉默的羔羊』系列的第一部作品『紅龍』，也是取自默示錄中所登場的火紅色巨龍。日本動畫『新世紀福音戰士』之中祕密結社Seele所使用的標誌、使徒莉莉斯的面具，被認為是引用「默示錄的小羊」。

除了基督教以外，北歐神話的諸神的黃昏（Ragnarök）、印度教的惡德時代（Kali Yuga）都是相當有名的末日戰爭。

第1章‧主題　第2章‧神話　第3章‧宗教　第4章‧魔法　第5章‧幻想生物　第6章‧世界　第7章‧神祕‧懸疑

擺脫傳統的英雄形象

正義的形態因人而異，身為英雄卻又跟一般「英雄形象」有大幅出入的角色，會以反英雄來稱呼。不擇手段以陷害、欺騙，甚至是殺人的方式來達成目標，完全不管是否波及無辜，解決問題的過程完全不符合英雄所應具備的形象。有時甚至不管問題是否可以被解決，也不管是否有正義跟道理可言。

反英雄的定義非常廣泛，界線也相當曖昧。神話與歷史上的英雄，就有不少是違反現代道德基準的反英雄角色。放火燒比叡山、燒村鎮壓長島一向一揆（一向宗的起義），被人稱為第六天魔王的織田信長，就是與反英雄相當接近的歷史人物。

英雄跟反英雄明顯的對比，還可以舉出荒木比呂彥的漫畫作品『JoJo的奇妙冒險』之中的喬納森與迪奧。喬納森秉持正派理念，是位正氣凜然的英雄人物，迪奧則是為了達成目的不惜任何卑鄙手段的反英雄角色。

反英雄有時會比正派英雄更加活躍，被描述成充滿魅力的角色。主角或主要角色具備反道德的特性，可以讓行動脫離讀者們已經習慣的英雄行為，讓故事出現意想不到的發展。而世俗性的特徵，有時會比高潔的精神更讓人感同身受。讓身為搭擋的角色擁有英雄式的道德觀，來制止反英雄的主角過度激烈的行為，也是常常可以看到的故事模式。英雄那清廉與高貴的精神，有時反而會限制角色的行動，讓劇情發展也跟著受限。

惡漢小說

15～16世紀的西班牙帝國，將美洲這個廣大的新大陸納入殖民地內，成為史上最為繁榮的國家之一。當時的文學作品，以表揚騎士道精神的小說為主流。但市井小民無法得到繁華帝國所帶來的恩惠，因此用惡漢（Picaresque）小說來洩恨。

惡漢小說的主流手法，是讓屬於社會底層的主角述說自己的犯罪經歷，因此也可以算是一種反騎士道精神的小說。惡漢小說後來傳到美國，成為馬克‧吐溫的『頑童歷險記』、大衛‧沙林格的『麥田捕手』等名作誕生的契機。

『守護者』
類型：電影
導演：查克‧史奈德
上映：2009年
隱瞞真實身份的英雄（維安）行為受到法律限制的世界，在冷戰局勢越來越是緊張的狀況之下，各種類型的英雄所採取的行動。

第1章‧主題

第2章‧神話

第3章‧宗教

第4章‧魔法

第5章‧幻想生物

第6章‧世界

第7章‧神祕‧懸疑

命運、宿命

無法逃脫、無法抗拒

由某種存在事先決定好的未來，在絕大多數的場合，這個某種存在不是「神」就是足以突破宇宙跟次元的**超越性存在**。特別是由宗教所決定的命運跟宿命，企圖違背的話，大多會被當作反判神的行為，因此絕對不可以去改變。

就算如此，許多英雄仍舊挑戰不可能，成功用自己的雙手來掌握命運。當然，並非只有英雄才能改變自己的宿命，但不論規模跟等級，改變命運都必須面對絕大的困難。

規模較小的，則是有「羅密歐與茱麗葉」這種兩個家族長久下來持續對立的類型。分別出生在互相憎恨的兩個家庭之中，卻不管周圍反對而相愛的羅密歐與茱麗葉，名符其實的是在「反抗自己的命運」。

科幻作品之中，有**祖父悖論**這個形容時光旅行之矛盾的用語存在。若是回到過去將自己的父母或祖先殺害，預估將會形成①讓自己消失、②世界產生分岔，自己也移動到不同發展的世界、③歷史無法改變，殺害行為無法成功等3種結果。這個比喻雖然是指過去，但命運跟宿命等未來所發生的事情，可能也擁有一樣的構造。要是不管再怎麼努力，都無法改變「命運這個事實」，那可能是有神或某種無形的力量在阻礙著。

《阿卡西記錄》

記錄有全人類所有一切行為的媒體。一般給人的感覺是神或天使所擁有的名簿，但也可能是存在於腦內或另一個次元的某種記錄。除了由單一存在所擁有，也可以看到集中在某處讓外部以某種方式來讀取的描述方式。

類似這樣的記錄在各種宗教之中都可以看到，比方說佛教內閻羅王手裡的「生死簿」，就是在人死之後用來判斷生前善惡的資料。

在現實之中則是有預言家愛德加．凱西所留下的許多預言，據說他可以用超能力來得到阿卡西記錄的資訊。但似乎不是過去跟未來所有事情都有記錄，無法用來判斷「敵對國家何時會發動戰爭」。

在動畫作品『Code Geass 反叛的魯路修』之中，出現有用來斬斷阿卡西記錄所決定之命運的「阿迦奢之劍」。

阿迦奢（Akasha）在印度代表「虛空」「空間」「天空」，同時也是該國五大元素（地水火風空）的思維之中代表「空」的梵語。他們認為宇宙是由這五大元素所構成，而阿迦奢是統御森羅萬象所有一切的法則。

『南總里見八犬傳』
類別：小說
作者：曲亭馬琴
受到詛咒的里見一家，伏姬的靈魂在死後化成8顆寶珠，成為8位年輕人相遇的因緣。

第1章・主題

第2章・神話

第3章・宗教

第4章・魔法

第5章・幻想生物

第6章・世界

第7章・神祕、懸疑

故事上的制約

在這個世界上，有各種「不可做、不可看、不可聽」的禁忌（Taboo）存在。從特定地區、特定時期、特定種族之間所遵守的類型，到「不可殺害他人」等全世界公認的類型都有。制定這些禁忌的理由，有可能是為了避開危險，或是讓社會可以順利運作，甚至也可能是來自統治者的不合理的決定。

但劇中的主角大多會秉持「規則是為了被打破而存在！」的精神來行動，進而演變成戲劇性的發展。禁止進入的洞穴內有什麼東西？ 親生兄妹相愛該如何是好？ 禁止使用的魔術有什麼樣的效果？ 違背神的旨意會有什麼樣的下場？ 觸犯禁忌的人結果會是如何？ 面對這些禁忌時，劇中角色會怎樣行動？ 而觸犯「禁忌」之後的整體狀況跟當事者心理上的變化，也都可以成為有趣的故事。

《禁止事項「千萬不可以偷看」》

鶴的報恩跟浦島太郎等等，許多故事之中都可以看到這種禁止人去「偷看」的制約。傳奇故事之中常會用到的這種禁忌，大多會在觸犯之後失去原本擁有的幸福，而看到、被看到的雙方都必須面對某種懲罰。

因為好奇而打開，結果讓各種災難散佈到世界上的潘朵拉的盒子。在舊約聖經之中，逃離所多瑪時羅得的妻子忍不住回頭一看，結果卻變成鹽柱。日本神話之中的主神伊邪那岐、掌管食物的女神大宜都比賣等等，類似的劇情在東西方各種故事之中都可以看到。

踏入異常的領域

追求學問的學者，或是沉迷在欲望跟利益之中的人，為了滿足自身的欲求而做出偏離常軌的行為。在小說『科學怪人』之中所登場的弗蘭肯斯坦博士，為了解開生命的謎題，明知違背神的旨意卻又將計劃付諸實行，可以說是觸犯生命之禁忌的第一人。

就算是到現代，復製人類的技術、使用受精卵的萬能細胞來進行治療的技術，都被許多宗教認為是一種禁忌，無法自由的研究跟使用。但如果自己最為重視的人死於不幸、愛到無法自拔的存在若是從這世上消失，讓她們復活、回到自己身邊的手段又在你伸手可及之處的話，你會不會將手伸出去呢？

第1章・主題

第2章・神話

第3章・宗教

第4章・魔法

第5章・幻想生物

第6章・世界

第7章・神祕、懸疑

所有一切物種活力的泉源

奇幻作品的生死觀，在 RPG（角色扮演遊戲）的影響之下，多少給人「死了也可以復活」的印象。「靈魂在死後離開身體」的這種思維，可以說是與各種「在土塊吹入氣息來創造出生命」的神話故事行成對比。

瑪那、氣、Orgone 等驅動肉體跟靈魂的能量，據說散佈在整個自然界之中。伸出手來發出溫暖的光芒，讓死者或傷者復原，是動漫作品之中常常可以看到的表現手法，這或許是氣功師把氣灌入他人體內進行治療的一種延長。實際上在中國的道教，魂魄一詞的「魂」被認為是靈魂的氣，「魄」被認為是肉體的氣。把氣集中在一起就會有生命誕生，四散的話則會死亡。氣的均衡若是失調，就會出現生病等現象。

這些能源大多無法用科學來進行分析，在奇幻世界有時會被用在生命活動以外的用途上。偶爾也會像現代化石資源一樣被大量的消耗，結果形成有害的廢棄物，或是出現枯竭的危機。甚至也可能設定成星球本身的生命能量，過度使用會讓天體本身瀕臨死亡，故事的規模也跟著擴大。

而在角色扮演遊戲之中，俗稱為 HP，幾乎已經是固定項目的生命值（Hit Point），據說是在世界第一款 TRPG（桌上角色扮演）遊戲『龍與地下城』中首次登場。每次受到攻擊（Hit）就會減少，因此也會翻譯成「打擊點數」。

何謂生命

從古希臘的時代開始，就有許多人挑戰「生命是什麼」這個問題。但一直到21世紀的現在，生命依舊沒有明確的定義存在。生命的本質是組織還是細胞、是DNA還是DNA所包含的資訊、意識是在大腦內部，還是神經網路中的電流訊號……在不斷討論的同時，我們對於生命的想像也不斷往外擴展。

漫畫作品『蟲師』之中所登場的「蟲」，被描述成與生命根源非常接近的生物。出現有「介於生死、有機與無機之間」、「來自於陰，屯積於陰陽的境界上」、「跟我們擁有不同形態的生命」等形容。劇中的主角銀古，是專門解決由蟲所引起的各種奇異事件的專家·蟲師。難以被人所理解的蟲，往往會被當作驅逐的對象，但銀古卻將蟲當作一種生命來看待。對他來說蟲是「形態較為特殊的生命」，雖然給人奇特的感覺，仍舊是寶貴的生命。

第1章·主題

第2章·神話

第3章·宗教

第4章·魔法

第5章·幻想生物

第6章·世界

第7章·神祕、懸疑

踏上旅途

出外旅行的理由因人而異，有像伊斯蘭教這樣把巡禮制定成一種義務的場合，也有像江戶時期的伊勢神宮參拜這樣，以觀光氣氛結伴前往的類型。若是過著農業或酪農等定居形態的生活，生產品要是有多出來的份，則必須運到市場銷售。如果是一邊旅行一邊表演的藝人或吟遊詩人、行商者的話，那旅行可以說是日常生活的一部分。另外還有飄泊、流浪等沒有目的的旅程。

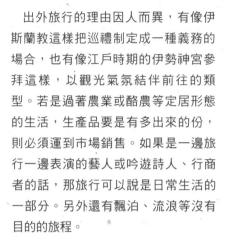

世界最為古老的冒險故事『**吉爾伽美什史詩**』之中的吉爾伽美什，為了尋求黎巴嫩雪松與不老不死的藥物而出外旅行。在聖杯傳說之中，尋找聖杯的騎士們留下各式各樣的精彩故事。15～17世紀為了尋找黃金而出海的征服者（Conquistador），也可以算是一種冒險流浪的人。對於「英雄傳奇」（參閱28頁）來說，冒險是不可缺少的要素。

冒險故事除了「將寶物帶回」之外，還有像希臘神話之中打敗蛇髮女妖的珀耳修斯這樣「將怪物驅逐」的模式。中世歐洲的暢銷書『黃金傳奇』雖然是基督教聖人的傳記，但以聖喬治為首，收集了許多除龍的故事。日本也有許多「高僧大德懲罰天狗」的傳說，背後可能是有驅逐怪物來展現宗教性權威的意圖存在。

《冒險者》

在角色扮演的遊戲之中，玩家使用的角色一般會是冒險者。其中包含劍士、僧侶、盜賊、魔法師等職業，種族也不分人類、精靈、還是矮人。就算是拯救全世界的英雄團隊，初期階段也只是普通的「冒險者」。

在村人的請求之下收集藥草、驅逐村莊附近的怪物，以小小的成功慢慢累積經驗。一開始大多會是單獨冒險，在過程之中漸漸找到伙伴組成團隊，有時也會在途中交換成員。

《地下城》（Dungeon）

在電玩等作品之中也被稱為地下迷宮，Dungeon一詞本來是指城堡地下的牢房或拷問房。一般給人的印象是在石頭的迴廊之中，有許多小房間存在。

除此之外還有怪物所居住的洞窟、像金字塔那樣為了防犯盜墓者而設有無數陷阱的古墳、古代遺跡等各種類型存在。

遊戲中所登場的地下城，是冒險者最大的收入來源。但找到隱藏在迷宮深處的財寶雖然有可能在一夜之間名利雙收，卻有可能被棲息在內的怪物所殺害，或因為各種機關而喪命。就這點來看，冒險者可以說是風險極高的職業。

第1章·主題

第2章·神話

第3章·宗教

第4章·魔法

第5章·幻想生物

第6章·世界

第7章·神祕、懸疑

人類的憎恨

許願的內容，大多是祈求自己或某人可以發生好事，但相反的，也有人會利用超自然的力量，讓災難降臨在某人或某個團體上。具體來說，會借用神明、精靈、惡魔等靈性存在的力量，有時也會用本人自己的靈力來下詛咒。反過來說，若是觸怒神明、精靈、惡魔或動物，也可能會讓人遭到詛咒。在這個場合，會以作祟來稱呼。

一般來說，宗教並不會公開詛咒他人的具體方法。但在聖經等教典之中，卻常常會對神的敵人或不相信神的人們，說出「你們將受到詛咒」這種明顯帶有敵意的台詞。耶穌本人也曾經對無花果樹說出「從今以後，永沒有人吃你的果子」，結果那棵樹在隔天馬上就枯萎。在這個場合，詛咒或許帶有「決定對象命運」的意思。

在信奉原始宗教與萬物有靈論的地區，今日依然會透過巫師來對敵人部落下詛咒。在非洲舉辦世界杯足球賽的時候，似乎就有委託專門的魔術師來詛咒比賽國家的隊伍。據說巫師的禱告須要相當長的時間，球隊教練無法在中場休息的時候下達詳細的指示。

《被詛咒的道具》

詛咒若是被賦予在物體上面，則有時會讓觸摸者或持有者受到詛咒。特別是迷宮寶箱內的物品，或許正是因為對接觸者有害，才不得不將寶物藏在一般人無法接近的場所。若不小心遭到詛咒，大多得前往教會等設施由專家來進行解除，因此不要隨便觸摸才是上策。

《平將門的詛咒》

平將門是日本平安時代中期的望族，在關東地區以新皇自居來反抗朝廷。結果短短2個月就被平定，根據記錄是第一個被處以獄門（斬首示眾3天2夜、身軀拿來試刀不可埋葬）刑的罪人。據說將門的首級在這之後從京都飛往關東來尋找自已的身體，在掉落的地點蓋有祭祀用的首塚。

將門的首塚散佈於日本各地，其中最有名的莫過於東京大手町的那座。位於東京高級地段，好幾次要進行遷移，但每次都有不幸降臨在相關人士身上。為了鎮壓化身成怨靈的將門，東京都內有好幾座祭拜用的神社，在地圖上把這些神社的位置串連起來，會形成北斗七星的圖形，有許多不為人知的故事存在。著名小說『帝都物語』之中的魔人·加藤保憲，就是企圖利用將門的怨念來毀滅東京。

《接吻》

在各種故事之中，接吻常常會是解除詛咒的關鍵。格林童話之中的「青蛙王子」，就是王子或公主被變成醜陋動物，必須要有貴人親吻才能變回來的典型。或著是像「睡美人」這樣，持續沉睡的公主必須要有王子的親吻才夠醒來。就解除詛咒的手段來說，親吻可說是非常的普遍。

第1章·主題

第2章·神話

第3章·宗教

第4章·魔法

第5章·幻想生物

第6章·世界

第7章·神祕、懸疑

經典卻不老調

最為典型的故事形態之一，就如同標題所說的，是男孩跟女孩相遇，進而掉入情網的故事。在這個場合，戀情最後是否可以實現，並沒有太大的關係。背地裡雖然帶有「隨處可見、千篇一律」的意味，但這同時也是經典與主流的證明。

若是用學園式的劇情來看，從不良少年手中拯救被欺負的女生，就是典型的男孩遇見女孩。將場景換成奇幻世界，從怪物或惡人手中拯救女孩，一樣是極為常見的劇情。

女生從空中掉落下來的從天而降的模式，以及突然有女生跑進房間內求救、宣稱自己被人追趕，也是常見的模式之一。基本上會由對方主動前來，大多擁有某種麻煩的問題。小說『化物語』的女主角戰場原黑儀、漫畫『天降之物』的伊卡洛斯就是名符其實的在主角面前從天而降，小說『魔法禁書目錄』的女主角Index則是在主角房間的陽台餓昏。面對這種麻煩又可疑的狀況一般人大多會見死不救，但劇中主角則是理所當然的對她們伸出援手，結果讓平凡的日常轉變成戲劇性的非日常。

《劇情的分類》

男孩遇見女孩的劇情，許多都有固定模式可尋。在後世的研究之下進行分類，其數量據說有31或36種不等，基本上會組合以下狀況來成立。

01	哀求、懇求	10	誘拐	19	不知情之下傷害近親	28	阻擋在兩人之間的障礙
02	救助、救贖	11	可疑人物、謎團	20	為了理想而犧牲自己	29	與敵人相愛
03	報仇	12	為了目標而努力	21	為了近親犧牲自己	30	展望、野心
04	近親之間復仇	13	近親之間的憎恨	22	為了熱情而犧牲	31	違背神的旨意而戰
05	逃跑與追捕	14	近親之間的鬥爭	23	犧牲自己所愛	32	不應該的嫉妒
06	苦難、災難	15	偷情所造成的慘劇	24	三角關係	33	錯誤的判斷
07	被捲入殘酷而不幸的事件之中	16	精神錯亂	25	偷情	34	悔恨
08	反抗、謀反	17	命運性的失誤草率的行動	26	外遇、不被允許的戀愛關係	35	尋找、找到失去的事物
09	戰鬥	18	鬼迷心竅犯下愛欲的過錯	27	發現所愛之人有不可告人的事實	36	失去所愛

第1章・主題

第2章・神話

第3章・宗教

第4章・魔法

第5章・幻想生物

第6章・世界

第7章・神祕、懸疑

奇蹟

信仰的對象

在人類能力所及的範圍之外，超越自然與物理法則之異常現象，會以奇蹟來稱呼。

大多被當作一種宗教性的現象，在基督教之中尤其受到重視。根據傳說，耶穌基督的一生充滿各種不可思議的現象，其中又以聖母瑪利亞的處女懷胎、肉體復活等最為出名。

在聖典『舊約聖經』第二書的「出埃及記」之中，各個重要部分都可以看到聖人摩西所展現的神力（奇蹟）。

尼羅河的河水變成血、青蛙與虱子、馬蠅、蝗蟲大量的出現、傳染病的流行、人與動物身上出現紅腫、無故下冰雹、身為長男的小孩全數死亡等席捲埃及的「十災」。一行人在離開埃及被軍隊追趕時，海水分成兩邊的「耶和華的名在紅海顯為聖」的奇蹟，可說是非常的出名。

創作之中所使用的奇蹟

「奇蹟」這個主題，換湯換藥的，在以現代為舞台的作品之中並不罕見。「死者的靈魂停留在現實世界」可說是最為經典、最常出現。電影作品『第六感生死戀』就是其代表作品。

在故事一開始，被人殺害的某位男性發現自己變成幽靈。更進一步的他還發現自己竟然是在朋友的主使之下喪命，生前的女友也即將受害。

靈體該如何干涉現實、靈魂怎麼存在於現實之中、可以實際感受到幽靈的人會有什麼樣的反應等等，這部電影用風趣但又具有說服力的手法來描述這些現象，成為非常賣座的一部作品。

電影『班傑明的奇幻旅程』則是描述一位男性一出生就處於年老的狀態，但隨著時間經過，一年比一年的年輕。在某一天，他遇到了自己命運之中的女性。越來越是年輕的老人，一天比一天要年邁的女性，經過好幾十年，兩人的外表終於達到同樣的年齡，但離別的時刻卻已經接近。

除此之外，還有大限已到的病人奇蹟性的延長一段時間的壽命，描述本人與周遭內心的動搖、人際關係的變化。人類的命運與壽命、男女的相遇跟離別，人生最後一刻的死別等等，奇蹟是很容易克服這些困難的手段，也因此常常會被創作拿來使用。

第1章・主題

第2章・神話

第3章・宗教

第4章・魔法

第5章・幻想生物

第6章・世界

第7章・神祕、懸疑

生命

第1章·主題

第2章·神話

第3章·宗教

第4章·魔法

第5章·幻想生物

第6章·世界

第7章·神祕、懸疑

召喚魔術不像一般法術可以直接產生效果，而是讓精靈、天使、惡魔等靈性存在降臨到現實世界的術式。近代魔術之中的召喚魔術，是向神格的存在請願，讓它們的力量顯現在這個世界上。在這之中，**憑依召喚**是讓神降臨在施術者的肉體上，這種跟神化為一體的魔術也被稱為「杯之業」（把自身當作容器）。反過來若是在魔法圓內，或與施術者處於分離的狀態實體化，則被稱為**喚起魔術**或「劍之業」（被召喚體大多用武器戰鬥）。例如電玩中可讓玩家叫出來使喚的怪物，就是屬於喚起魔術的範圍。不論是憑依還是喚起，召喚魔術須要綿密的準備，執行起來也須一段時間，要在戰鬥中即時運用會相當困難。在小說作品『笨蛋，測驗，召喚獸』中，學生們會以班級對抗的方式讓召喚獸戰鬥，而召喚獸的強弱則取決於本人的成績。

《契約與代價》

跟惡魔進行契約時，一定會要求付出代價。在小說作品『浮士德』之中，浮士德博士與惡魔梅菲斯特訂下契約來回復青春，代價是死後靈魂歸梅菲斯特所有。但絕大多數時，人類當然不會乖乖就範。在地勢險惡的地點拜託惡魔架橋，契約內容是「第一個通過的靈魂歸惡魔所有」，結果第一個過橋的卻是一隻羊。像這樣欺騙惡魔所蓋的橋被稱為魔鬼橋（Devil's Bridges），散佈在歐洲山岳地區的各處。

《Eloim Essaim》

「Eloim Essaim 我傾訴我所求」是召喚惡魔所使用的咒語，來自「黑雌鳥」（Black Pullet）這本魔術書籍。在水木茂原的漫畫『惡魔君』跟電影『魔界轉生』內都有用到。

古賀新一的漫畫作品『Eko Eko Azarak』之中所用到的「Eko Eko Azarak, Eko Eko Zamerak」這個咒語，也是來自20世紀興起的威卡教（魔女信仰），被用來呼喚神明。不過這句來自凱爾特童謠的詞句，原本的目的並非呼喚惡魔。

被召喚者	召喚場所	作品名稱
惡魔梅菲斯特	現實世界	小說『浮士德』
使魔（平賀才人）	類似法國的異世界	小說『零之使魔』
賽巴斯欽	現實世界	漫畫『黑執事』
魔法騎士（光、海、風）	瑟費洛	漫畫『魔法騎士雷阿斯』
夕城美朱	四神天地書之內	漫畫『夢幻遊戲』
式神	現實世界	動畫『陰陽大戰記』
召喚獸	異界	動畫『終極幻想世界』
神崎瞳	蓋亞	動畫『聖天空戰記』

變身、擬人化

Fantasy Encyclopedia For Creators Metamorphoses and Personification

異世界
寓言、童話
不可思議的鄰居

會說話的動物

擬人化的表現手法，會將人的特徵賦予在人以外的存在上。這種創作的歷史非常古老，可以追溯到古希臘的Prosopopoeia（擬人法）。而它的雛型甚至超越神話，在原始宗教將野生動物的活力與大自然的驚奇轉換成人型（神）來崇拜的有史以前就已經存在。

在日本則是以自然崇拜的方式創造出八百萬神明，認為森羅萬象所有一切之中全都有神存在。希臘跟北歐則是會將概念（勝利或愛情等）化為神明。伊索寓言之中會說人話的動物，也可以算是這些神話的延長點。

代表性的作品，可以舉出19～20世紀的兒童文學。**路易斯·卡羅**的『愛麗絲夢遊仙境』、**碧雅翠絲·波特**的『彼得兔』都擁有很高的知名度，以米奇老鼠為首的迪士尼角色則更不用說。而同樣的手法在Warainaku的『KEYMAN』、Est Em的『工作吧、半人馬』、Juan Diaz Canaies & Juanjo Guarnido的『Blacksad』等漫畫作品之中也都可以看到。一般來說擬人化可以①有效突顯出幽默感、②描述無形、形體不定的對象、③讓人類無法想像的對象現身等等。

變身

在奧維德的『變形記』（Metamorphoseon libri）之中，搜集有希臘、羅馬神話的登場人物變身的故事。星座、自然現象、動植物、礦物等等，變身的範圍非常的廣泛，愛自己愛到無法自拔而變成水仙花的納西瑟斯、愛上納西瑟斯而變成回聲的厄科、愛上自己創作的象牙雕像請女神把它變成人的皮格馬利翁等等，都是相當有名的故事。北歐神話之中則是有綽號形變者的洛基，中國則是有動物化身為人的狐狸精跟人虎。

因為藥物讓狂暴那面浮現出來的

『化身博士』、變成蟲子遭到家族討厭的『蛻變』（卡夫卡），以變身為主題的創作可說是源源不絕。在神話跟古典之中「變身」往往是「結果」或「手段」，近代的變身作品則會加上當事者的苦惱與掙扎。跟神明相比，一般人類的變身或許更具有戲劇性效果也說不定。在社交網路所提供的紙娃娃系統、角色扮演機能之下，沒有煩惱與痛苦的可逆性變身出現在現實之中，這或許稍微拉近我們與神明之間的距離，讓變身所伴隨的負面要素越來越是淡薄。

第1章·主題

第2章·神話

第3章·宗教

第4章·魔法

第5章·幻想生物

第6章·世界

第7章·神祕、懸疑

降魔者

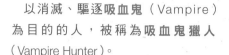

以消滅、驅逐吸血鬼（Vampire）為目的的人，被稱為**吸血鬼獵人**（Vampire Hunter）。

除了由技勇超群的人類來擔任之外，吸血鬼與人類之間的混血兒・**半吸血鬼**（Dhampir），也有可能成為吸血鬼獵人。半吸血鬼的外表雖然跟人類沒什麼不同，但據說可以察覺吸血鬼的位置，擁有足以消滅吸血鬼的超常能力，大多被描述成極為優秀的獵人。小說『德古拉』之中的亞伯拉罕・凡赫辛教授、小說『吸血鬼獵人D』的獵人D、漫畫『厄夜怪客』的阿爾卡特，分別是吸血鬼獵人之中人類、半吸血鬼、吸血鬼等3個種族的代表性角色。

為了跟強大的吸血鬼對抗，獵人必須作好所有準備、想盡各種方法。除了鑽研戰鬥技能之外，還要累積學問研究獵殺對象的弱點，在知識跟武力雙方面都準備周全。武器大多選擇木樁釘這種專門用來攻擊吸血鬼弱點的道具，除此之外還有聖水、經過禮拜的聖銀等獨特的裝備。

與怪物相遇，或多或少會有不幸的事情發生。跟怪物之間所生下來的孩子，可以說是其中之最。大多無法得到雙方種族的認同，註定活在孤獨之中。之所以當上獵人，表面上雖然說是活用自己的天賦，內心說不定是想要對讓自己變成這樣的元凶復仇，憎恨的同時卻又害怕自己漸漸失去人性，常人無法體會的苦惱跟掙扎，或許是他們在苦難之中也能前進的最大原動力。

現代社會的異能者

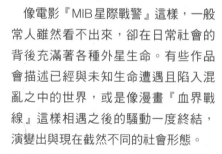

像電影『MIB星際戰警』這樣，一般常人雖然看不出來，卻在日常社會的背後充滿著各種外星生命。有些作品會描述已經與未知生命遭遇且陷入混亂之中的世界，或是像漫畫『血界戰線』這樣相遇之後的騷動一度終結，演變出與現在截然不同的社會形態。

在這樣的世界之中，常常會出現努力維持世界均衡的勢力，跟企圖顛覆權力構造的組織。上述的『厄夜怪客』之中，就出現有吸血鬼阿爾卡特所屬的Hellsing機關（大英帝國王立國教騎士團）跟不對外公開的戰鬥集團以斯加略・猶大機關（法王廳特務局第13課）。

有時也會將歷史上或現代社會的組織套用到作品內。小說『帝都物語』就出現有現代依然持續活躍的陰陽師的名家，漫畫『食靈』則是以由政府以「環境省自然環境局 超自然災害對策室」的名稱，設置有討伐、驅逐怪異跟魑魅魍魎的部署，描述成員們身為異能者的活躍。

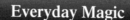

Everyday Magic

在西洋的妖精傳說之中，有許多妖精會干涉人類的日常生活。幫忙做家事的**Puck**、**Brownie**（棕精靈）可說是其代表，但兩者基本上都不會親密到與人類直接交談。日本在阿伊努民族的神話之中，也有所謂的**落葉下的小人**（克魯波克魯）。傳說中的克魯波克魯忌諱與人類接觸，但小說作品『克魯波克魯物語／不為人知的小小王國』之中的「小法師」跟主角的小男孩取得信賴關係，為了保護自己所珍惜的事物，互相合作來阻止市內的建設計劃。

與人類不同的存在出現在主角面前，讓他／她的世界出現日常與非日常性的色彩，這種故事被稱為Everyday Magic（不可思議的日常）。唯一的共通點在於「跟不可思議的存在相遇」，因此讓人發揮的空間非常的大。在「當男孩遇見女孩」的項目之中所提到的「從天而降」的劇情，就廣義來說也是Everyday Magic的一種。這類作品的舞台幾乎都是小鎮或鄉下，因此也被稱為「町內物語」。

一般來說，這些不可思議的存在並不會被詳細的說明。幾乎都只是讓讀者知道劇中的世界有它們存在而已。除了2010年上映的動畫電影『借物少女艾莉緹』、瑪麗‧諾頓的原著小說『地板下的小矮人』、電影『龍貓』等代表性作品之外，另外還有為數眾多的作品群存在。

身旁的不可思議

不可思議的存在，並不一定得是幻想生物。就如同人與人之間無法百分之百互相理解一般，日常生活中的其他人也可能是不可思議的鄰居。言行舉止與一般社會常識相差甚遠，或是男女之間根本性的落差，也可以算是「無法理解」的對象。

漫畫作品『謎樣女友X』就是以男性觀點，來描述這種性別上的差異，特別是思春期那尚未成熟的情緒。身上總是帶著剪刀、用唾液來傳遞感情等等，面對未知感到不安與動搖的同時，卻又產生戀愛的感情。

內容比這更加尖銳的，則是有刻意不與他人溝通的「不可思議小妹（小弟）」，或是一般所謂的「電波系」。在小說作品『電波女&青春男』之中，主角丹羽真突然跟不願意上學、用棉被包住上半身、自稱是外星人的表妹藤和艾莉歐相遇，形成在迷惑之中拉近距離的青春喜劇。

Column
奇幻與科學

　　英國科幻作家亞瑟・查理斯・克拉克曾經說過這麼一句話「充分發展的科學，跟魔法沒有兩樣」。

　　科幻（Science Fiction）與奇幻（Fantasy）的境界可以說是越來越是曖昧，甚至還有存在於兩者之間的「Science Fantasy」這種類別出現。許多作家也以此來發表作品，比方說動畫『強襲魔女』的原典之一波爾・安德森的『Operation Chaos』、安妮・麥卡芙瑞的名作『龍騎士：波恩年史』系列，都是其中的代表。愛德加・萊斯・巴勒斯的『火星公主』等，主角在異世界大展身手的作品群，也都以此來當作副類別。就跟科幻作品一樣，奇幻世界或許也不斷持續的「滲透與擴散」，結果讓兩者在某處交差，甚至融合。

　　值得另人矚目的是，就算追求的手法有所不同，相異的風格混合在一起將可以形成位於中間的類別。在日本，鎌池和馬的『魔法禁書目錄』與『科學超電磁砲』這種魔法跟科學並存的世界，並沒有特別去意識作品類別，讀者也很自然的就接受。

　　「用科學來說明魔法的作品」近年來有增加的傾向，用獨自的理論所架構出來的魔法設定，是這種作品的重點之一。高人氣作品的共通點，與其說是對尖端的科學所深入的理解，不如說是懂得「怎麼編出像樣的謊言」。

　　在佐島勤的『魔法科高中的劣等生』之中，魔法是用來改變現象情報體的「魔法程式」，屬於一種體系化的學問。在這種設定之下，就算用魔法來進行戰鬥，也不是單純的比較誰的力量大，而是像遊戲一樣有各種詳細的法則存在，反敗為勝的時候可以形成更具說服力的說明。

　　面對飛彈跟槍彈的攻擊，魔法是有效的防禦手段，或著是科學可以有效防禦魔法等等，展開這種夢幻對決的時候，理由如果只是「因為魔法就是這樣」的話，那未免太過枯燥無味。

　　重點在於理由是否可以讓讀者接受，甚至不去察覺到自己已經受騙。漫畫家・長谷川裕一的『用了不起的科學來保護大家！ 特攝科學解釋講座』就是相當適合用在這方面的思考訓練。書中嘗試將東映的戰隊系列整理成單一的世界觀，像電玩作品『超級機器人大戰』這樣，一邊突顯出各個作品的特色，一邊活用科幻知識來整體成單一的世界。充分發揮老牌作家的文筆與經驗。

　　思考各種世界觀跟魔法的設定，解釋其中的各種細節，可說是創作的一大樂趣。本書的姊妹作品『SF大事典』可以提供另一種面向的思考，讓您的科幻與奇幻世界更進一步往外擴展。

第2章

神話

Myth

諸多創作的起緣

在各種神話之中，希臘神話的知名度可說是獨冠群雄，對歐洲的文學、藝術、思想帶來很大的影響，是近代以前西歐文化的主要構成元素之一。

現在的希臘神話，是以紀元前8世紀古希臘詩人**荷馬**所寫的『伊利亞特』與『奧德賽』，以及同一時代的希臘詩人赫西俄德所寫的『神譜』與『工作與時日』等四部史詩為基礎。但神話本身從紀元前20世紀就已經存在，以口傳的方式一路留傳。在那些口傳的故事之中，最高傑作被認為是『伊利亞特』，與其他故事一起由赫西俄德整理成體系。

吟遊詩人，是將與眾神有相關的知識傳遞給人們的功勞者。就像中世的日本，由琵琶法師（盲目的僧侶）藉由彈唱將『平家物語』傳播開來一般，兩者所使用的方法極為類似。據說在講故事的時候，神的靈魂會寄宿在吟遊詩人的內心。因此在朗誦『伊利亞特』的一開始，會先說出獻給文藝女神繆斯的禱告文。

4000年以前所創造的故事，現在依然由全世界的人們所閱讀著，光從這點就可以看出希臘神話所具備的影響力。

『**變形記**』
類別：小說
作者：奧維德
出版：1981年
古代羅馬詩人奧維德以變身為主題所整理出來的故事集。

充滿人性的神

希臘神話由許多故事所構成，其中最有魅力的，是與眾神有關的趣聞。

以全知全能的主神**宙斯**為首，古希臘的眾神感情非常豐富且具有獨特的感性。由他們所構成的這些故事，不論經過多久的時間都不會褪色，娛樂每個時代的觀眾。

希臘眾神的另一個特徵，是性生活相當開放（少部分除外），跟戀愛有關的故事非常的多。性愛之神厄洛斯跟普賽克的純愛、演變成特洛伊戰爭的海倫與帕里斯的婚外情、光明之神阿波羅與雅辛托斯的同性之間的愛情、

主神宙斯數不清的風流故事等等，愛情的形態千差萬別。這些故事同時也非常直接的描繪出嫉妒、獨佔、背叛等負面的情感跟欲求，讓讀者對劇中的角色有更進一步的親近感。

在絕大多數的神話之中，神明是崇拜或畏懼的對象，精神構造跟人類有很大的出入。但在希臘眾神的場合，能力雖然遠遠超越人類，精神方面卻與人類非常的接近。這說是希臘神話獨自的特徵，或許也是它自古以來一直受到人類喜愛的原因。

第1章・主題

第2章・神話

第3章・宗教

第4章・魔法

第5章・幻想生物

第6章・世界

第7章・神祕・懸疑

在希臘神話之中，所有一切的初原為**混沌**（Choas）。從混沌之中誕生了厄瑞玻斯（幽冥）與倪克斯（夜晚），更進一步的從倪克斯身上誕生了埃忒耳（太空）與赫墨拉（白晝），讓世界從此開始。

接著誕生的是大地的**女神蓋亞**，從她身上又誕生了性愛之神厄洛斯、黑暗的化身厄瑞玻斯、天空之神烏拉諾斯、海神蓬托斯等4尊神祇（在神譜之中，蓋亞、厄洛斯、地獄的塔耳塔羅斯跟混沌一起誕生）。

之後蓋亞跟烏拉諾斯生下男女共6尊的**泰坦**（巨神），泰坦的體型非常龐大，力量也極為強大。之後又生出了只有一顆眼睛的巨人庫克洛普斯，以及擁有50顆頭與100隻手臂的赫卡同克瑞斯。

但身為父親的烏拉諾斯卻討厭這些孩子，把他們推回到妻子蓋亞的胎內。而庫克洛普斯、赫卡同克瑞斯則被關到連神都害怕的塔耳塔羅斯內。深愛自己孩子的蓋亞對此感到無比的忿怒，計劃對烏拉諾斯展開報復。

被母親挑選出來的復仇者，是泰坦之中最為年輕的**克洛諾斯**。手中握著母親蓋亞所賜予的大鐮刀，克洛諾斯趁父親熟睡的時候展開行動，把烏拉諾斯的陰莖切下（據此時從陰莖周圍冒出的泡沫，誕生了美麗與性慾的女神愛芙羅黛蒂）。

此時所受的傷讓烏拉諾斯不得不退位，由克洛諾斯成為新的神王。但烏拉諾斯最後卻留下「你總有一天也會被自己的兒子奪走王位」這個有如詛咒一般的預言。害怕這個預言成真，擔心自己的王位會遭到剝奪，克洛諾斯將妻子‧時光女神瑞亞所生的孩子一個又一個吞下，傷心的瑞亞在生下最後一子的時候，用石頭掉包襁褓內的嬰兒，並且將嬰兒藏到遠方的小島上。這個小孩正是之後成為天神之王的宙斯。

成長之後，宙斯請瑞亞讓克洛諾斯吞下藥丸，趁克洛諾斯昏睡不醒的時候讓兄弟姊妹們被吐出來。他們分別是爐灶與聖火的女神赫斯提亞、豐收的女神得墨忒耳、婚姻的女神希拉、冥府之神黑帝斯、海神波賽頓。他們全都跟宙斯站在同一陣營，與克洛諾斯敵對。不願意讓出王位的克洛諾斯要求兄弟泰坦們的協助，雙方展開大戰。這場戰爭被稱為泰坦之戰（Titanomachia），據說持續了10年之久。

『超世紀封神榜』
類別：電影
導演：路易斯‧賴托瑞
上映：2010年
改編自1981年的電影『諸神恩仇錄』，半人半神的珀耳修斯面對眾神與怪物的冒險故事。

泰坦之戰

克洛諾斯與宙斯雙方勢均力敵，戰況陷入膠著狀態。就在此時，女神蓋亞對宙斯提出「解放被關在塔耳塔羅斯的庫克洛普斯、赫卡同克瑞斯，讓他們成為你的力量」的建言，這個策略成為分出勝敗的關鍵。從塔耳塔羅斯被解放出來的鍛造之神庫克洛普斯，打造**雷霆**（Keraunos）送給宙斯、**隱形頭盔**（Aidos Kuneｎ）送給黑帝斯、**三叉槍**（Trident）送給波賽頓當作謝禮。赫卡同克瑞斯用一百隻手臂丟出巨大的岩石，對克洛諾斯的軍勢展開攻擊，無法抵擋的巨神敗退，讓宙斯一方取得勝利。

泰坦們被關到塔耳塔羅斯內，由赫卡同克瑞斯進行看守。唯獨亞特拉斯被處以用雙肩支撐蒼天的刑罰，留在地面上。

『戰神世紀』
類別：電影
導演：Tarsem Singh
上映：2011年
為了避免人類在有史以前所封印的黑暗毀滅世界，英雄特修斯挺身而出。

巨靈之戰與其之後

隨著克洛諾斯被推翻，眾神的戰爭看似歇止，但這份和平並沒有持續太久。蓋亞的孩子**巨靈**（Gigas）對宙斯的勢力展開攻擊。

在泰坦之戰協助宙斯得到勝利的大地女神蓋亞。對她來說，心愛的孩子們（泰坦）被關到地獄‧塔耳塔羅斯內，並非原本期望的結果。就這樣，由蓋亞所率領的巨靈，跟宙斯所率領的奧林帕斯眾神，展開了所謂的「巨靈之戰」（Gigantomakhia）。

巨靈雖然並非不死之身，卻擁有「無法由神的雙手殺死」這個特徵。對此宙斯與人類的女性生下了半人半神的英雄海克力斯。在光明之神阿波羅與其妹妹月跟狩獵的女神阿耳忒彌斯，還有勝利之女神雅典娜的協助之下削弱巨靈的勢力，由海克力斯給予致命的一擊。

這個結果當然使蓋亞非常的憤怒，她與塔耳塔羅斯生下堤豐，命令堤豐攻擊宙斯陣營。堤豐被認為是希臘神話之中最強大的怪物，主神宙斯也一度敗在它的手中。但命運三女神欺騙堤豐吃下「願望絕對無法達成的果實」，讓堤豐失去它的神力。復活的宙斯展開猛攻，最後將堤豐封印在火山之下。就這樣，宙斯將整個宇宙全部納入自己的勢力範圍之內。

特洛伊戰爭

希臘神話之中，亞該亞人派出遠征軍來攻打特洛伊的戰役。

因為地面人口過多，宙斯找法律與正義的女神泰美斯商量，最後決定引發大戰讓地上人類的半數死亡。而這場大戰正是所謂的特洛伊戰爭。

事情的發端，是色薩利國王佩琉斯與海之女神忒提斯的婚禮。不和的女神厄里斯沒有受到邀請，在忿怒之下將赫斯珀里得斯（日落仙女的庭園）的黃金蘋果拋到諸神的寶座前，說這個蘋果獻給最美麗的女神。讓希拉、雅典娜、愛芙羅黛蒂爭執不下。

為了解決這個問題，宙斯將人間最為俊美的男性，特洛伊的王子帕里斯找來，讓他決定哪位女神可以得到這顆**黃金蘋果**。

三位女神在此時紛紛嘗試收買帕里斯，希拉說要讓帕里斯成為亞州的國王、雅典娜說會保證帕里斯戰無不勝。但贏得勝利的，是答應要讓帕里斯得到世上第一美女的愛芙羅黛蒂。結果在愛芙羅黛蒂的安排之下，帕里斯拐走了斯巴達國王墨涅拉俄斯的妻子「海倫」。忿怒的墨涅拉俄斯當然要求帕里斯還人，在帕里斯的拒絕之下，演變成亞該亞與特洛伊的全面戰爭。

在這場戰爭之中，希臘的眾神也分成了兩派。怨恨帕里斯沒有選擇自己的希拉與雅典娜，跟海神波賽頓一起站在希臘一方。太陽神阿波羅與月神阿耳忒彌斯，以及愛芙羅黛蒂還有她的戀人戰神阿雷斯站在特洛伊一方。根據『伊利亞特』的描述，雙方戰爭超過9年。在慘烈的戰鬥之下希臘第一勇士阿基里斯、特洛伊勇冠三軍的猛將赫克特紛紛喪命。為了突破這個僵局，亞該亞聯軍之中智足多謀的奧德修斯，提出讓士兵躲大巨大木馬內部來混入特洛伊城內的計謀（在小伊利亞特之中，是由雅典娜想出來）。這個**木馬屠城**的計謀，其實被特洛伊的神官拉奧孔所懷疑，他提出了不要將木馬搬到市內的警告。但此舉觸怒雅典娜，讓拉奧孔被海中的兩條大蛇所吞噬。而特洛伊的公主卡珊德拉具有預知能力，一樣看穿這個計謀，但卡珊德拉拒絕阿波羅的愛，被阿波羅詛咒沒有人會相信她的預言。就這樣子9年攻打不下的特洛伊，在一夜之間被敵人佔領。

特洛伊戰爭雖然由亞該亞人取得勝利，但亞該亞的指揮官們下場卻也沒有好到哪去。傲慢的洛克里斯之王小埃阿斯，強暴躲在雅典娜神殿內的卡珊德拉，在雅典娜的忿怒之下命喪大海。墨涅拉俄斯忘了獻祭給神明，回國途中遇到風暴，在埃及流浪8年才抵達祖國。身為統帥的邁錫尼國王阿伽門農雖然平安歸國，但出征時也把自己的長女獻祭給阿耳忒彌斯讓船艦可以順利出航，對此懷恨在心的妻子克呂泰涅斯特拉在他歸國時，跟情夫埃癸斯托斯共謀將他殺害。奧德修斯在

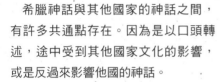

歸國時被海神波賽頓的兒子呂斐摩斯（吃人的獨眼巨人）所抓，雖然運用智謀逃出，卻在海神的詛咒之下流浪，10年之後才平安返國。

與其他神話的共通之處

希臘神話與其他國家的神話之間，有許多共通點存在。因為是以口頭轉述，途中受到其他國家文化的影響，或是反過來影響他國的神話。

其中特別有名的，是希臘神話中的吟遊詩人俄耳甫斯，與日本神話的男神伊邪那岐的相似之處。

俄耳甫斯才剛結婚，妻子歐利蒂絲就被毒蛇咬死。癡情的俄耳甫斯整天活在悲哀之中，最後決定前往冥府尋找愛妻。他在冥王黑帝斯與他的妻子普西芬妮面前，彈唱自己的悲傷。受到那充滿哀痛的琴音所感動，普西

芬妮說服黑帝斯讓俄耳甫斯帶愛妻返回人間。黑帝斯雖然答應，但開出了「回到地上之前不可回首張望」的條件。歡喜的俄耳甫斯帶著妻子返回人世，卻在只差一點就要離開冥府的時候忍不住回頭，讓歐利蒂絲被拉回冥府，兩人永遠無法再相見。

日本神話之中的伊邪那岐與伊邪那美，有非常相似的故事存在。除此之外還有九頭蛇（Hydra）與八岐大蛇的類似性，食用冥府的食物就無法再回到人間等規則上的共通點。

在日本的電玩與漫畫之中登場

希臘神話之中的眾神與英雄，在日本的電玩與漫畫之中也都可以看到。

Index控股的電玩公司「ATLUS」，名稱就是來自於支撐天空的泰坦神族。而在他們所研發的遊戲之中，也有很多以希臘神話為設計主題的角色登場。另外在Typemoon的電玩作品『Fate/stay night』之中，出現有梅杜莎、海克力斯、美狄亞等希臘神話的登場人物。

漫畫、動畫的知名作品，則是有車田正美的『聖鬥士星矢』、武內直子的『美少女戰士』（戰士的名稱雖然是太陽系的行星，但行星的名稱源自於希臘神話的眾神）。安彥良和的漫畫『阿里翁』則是以普羅米修斯的神話為主題。主角的原型是海神波賽頓的雙胞胎兒子阿洛伊代，名稱則是來自於神馬阿里翁。就像這樣，在日本的娛樂作品之中常常可以看到希臘神話的影子。

『蘋果核戰』
類別：漫畫
作者：士郎正宗
出版：1985年
以近未來為舞台的科幻作品，出現有以希臘神話命名的機械跟角色。

第1章・主題

第2章・神話

第3章・宗教

第4章・魔法

第5章・幻想生物

第6章・世界

第7章・神祕、懸疑

散佈於各地的古代傳奇

北日耳曼人透過口述所傳承的日耳曼神話之中，芬蘭以外的北歐諸國（挪威、瑞典、丹麥、法羅群島、冰島）的神話。

除此之外的日耳曼神話，在基督教的勢力範圍擴大時被迫改信基督教，沒有留下文書記錄就消失在歷史之中。只有在北歐地區，神話以口傳詩歌的形態被保存下來。

北歐神話的原典，是13世紀詩人兼政治家的斯諾里・斯圖魯松所寫的詩學入門書『新埃達』（散文埃達、斯諾里的埃達），跟1643年在冰島南部的Skálholt所發現的集合抄本『老埃達』（詩體埃達，韻文埃達）這兩份資料。

北歐神話的主要內容大多記述在『老埃達』之中，從天地創造到眾神與巨人族的慘烈戰役、世界末日，透過這些故事，讓我們了解個性獨特的神祇有什麼樣的活躍，以及北歐神話整體的面貌。

天地開闢與人類的誕生

在世界的一開始，只有火之國・穆斯貝爾海姆（Muspelheim），跟霧之國・尼福爾海姆（Niflheim）存在。兩個世界的冰跟熱產生衝突，創造出史祖的巨人尤彌爾（Ymir）跟冰之母牛歐德姆布拉（Audhumbla）。邪惡的巨人族從尤彌爾身上誕生，歐德姆布拉所舔的鹽塊在3天之後誕生了第一位神明布利。布利最後被尤彌爾殺死，但在那之前包爾已經從他身上誕生。包爾與巨人族之女貝斯特拉生下奧丁（Odin）、威利（Vili）、菲（Ve）這3尊神祇。

之後諸神與巨人族產生對立，將巨人之王尤彌爾殺害。從尤彌爾身上流出的血，將一對男女之外的所有巨人全都淹死。三神用尤彌爾的身體創造出大地、血創造出海、河川、湖泊、牙齒跟骨頭創造出岩石跟山、頭蓋骨創造出天空、腦創造出雲、毛髮創造出花草。

另外讓兩棵樹的樹幹化為人類，奧丁賦予它們生命、威利賦予它們精神、菲賦予它們聽覺、視覺、說話的能力，成為最早的人類。最後用尤彌爾的睫毛創造出人類所居住的第3個世界米德加爾特（Miðgarðr）。

『雷神索爾』
類別：電影
導演：肯尼斯・布萊納
上映：2011年
被放逐到人間的雷神索爾（托爾）為了保護這個世界而發揮他的神力。

北歐神話的諸神與其背景

北歐神話的眾神，分為阿薩神族（Æsir）、華納神族（Vanir）、霜巨人約頓（Jǫtun）等3個種族。野蠻且好戰的阿薩神族，在一開始跟擅長文化的華納神族對立，之後雙方和解，交換人質並立下和平的證明，因此有部分的華納神族被歸類為阿薩神族。

兩種神族雖然有時對立，但交流似乎也相當頻繁，有時甚至會通婚。阿薩神族在末日戰爭**諸神的黃昏**（後述）之中與世界一起滅亡，華納神族則沒有明確記載他們最後的命運。

在北歐神話的世界之中，世界是由巨大的世界之樹 **Yggdrasill** 來支撐，由世界之樹將9個領域連接起來。在此簡單介紹這9個領域。

『太空戰士7』
類別：電玩
作者：史克威爾
銷售：1997年
描述主角一行人怎麼拯救他們的星球。許多地名跟武器名稱來自北歐神話。

《第1層》	①亞斯格特	阿薩神族的眾神所居住的國度，奧丁的居所瓦爾哈拉（英靈神殿）也在此處。
	②華納海姆	華納神族所居住的國度。
	③亞爾夫海姆	位於天空附近的白精靈（光之精靈）的國度。據說華納神族的豐饒之神弗雷是妖精們的王。
《第2層》	④瓦特海姆	黑暗精靈所居住的國度。
	⑤米德加爾特	具有「中庭」的意思，人類所居住的世界，由北歐諸國的王所統治。『太空戰士7』所登場的地名「米德加爾」取自於這世界的英文拼音 Midgard。
	⑥約頓海姆	霧巨人族與山巨人族所居住的領域。
《第3層》	⑦穆斯貝爾海姆	被稱為 Muspel 的火巨人所居住的國度，由拿著火劍的巨人史爾特爾守護著。
	⑧海姆冥界	死者的國度，由死亡之女神赫爾統治。
	⑨尼福爾海姆	霜巨人所居住的國度。『太空戰士7』的主角·克勞德的故鄉也是這個名稱。

最高神‧奧丁

　　奧丁是北歐神話之中創造世界的主神，亞斯格特、米德加爾特的支配者。在藝術作品之中被繪製成獨眼的造型，這是因為他在世界樹的根部用一隻眼睛交換喝一口智慧之泉的泉水。另外他為了得到**盧恩字母**的祕密，也曾倒吊在世界之樹上，用侏儒的名匠所打造的**昆古尼爾**（永恆之槍）刺傷自己，不吃不喝9天9夜。

　　為了總有一天會來臨的諸神黃昏，奧丁將勇士死後的靈魂帶到英靈神殿，白天訓練、晚上舉辦宴席，用野豬肉和香濃羊奶蜜酒款待勇士。這些勇士在諸神的黃昏到來時，會以「英靈戰士」（Einherjar）的身份與奧丁一起參戰。接受奧丁神力加持的戰士將成為**狂戰士（Berserker）**，陷入無視痛楚的狂暴狀態，發揮野獸般的勇猛。

《華爾秋蕾》

　　對奧丁宣誓絕對性的忠誠，也被稱為「奧丁的侍女」或「戰爭處女」。負責在勇士死後將他們的靈魂帶到英靈神殿（死者之館），同時也具有挑選戰士、決定生死的權力。每一位華爾秋蕾的名字取自於戰爭或武器（長槍），歌劇『尼伯龍根的指環』之中所登場的布倫希爾德（Brynhild），名字代表「光輝的戰役」。超群的武藝跟英姿煥發的美麗外表，讓她們成為勇猛女性的代名詞，近年來也被稱為「女武神」。

《邪神‧洛基》

　　洛基屬於巨人族，被認為是火的神格化，雖然跟奧丁結為兄弟，卻是透過詭計讓眾神陷入混亂之中的奸詐之神。諸多惡行之中最有名的，莫過於光明之神巴德爾的死。巴德爾受到萬物愛戴不被其所傷，唯獨槲寄生例外。洛基欺騙巴德爾盲目的弟弟霍德爾，丟出米斯特汀（槲寄生）將哥哥殺死，讓世界失去光明。洛基之後被關到洞穴之中，但是當諸神的黃昏來臨時，被解放的他將帶著跟巨神族的妻子之間所生的3匹怪物，巨狼芬里爾、大海蛇耶夢加得、冥界的女王赫爾來挑戰眾神。

《諸神的黃昏》

　　北歐神話的特徵之一，是神明並非不死，甚至被預言將在末日戰爭之中滅亡。這段預言稱為「諸神的黃昏」（Ragnarök），被認為是眾神與巨人族最終決戰的一刻。巴德爾死後世界失去光明，破曉之神‧海姆達爾吹起加拉爾（號角），所有一切封印跟束縛將會消失，英靈戰士跟巨人的軍隊展開死鬥，奧丁被巨狼芬里爾吞噬、托爾用神鎚妙爾尼爾擊殺大海蛇耶夢加得，自己也因為蛇毒而死。最後由海姆達爾跟洛基對決，以兩人的死來畫下句點。巨人史爾特爾的火將燒遍9個世界，讓世界沉入海中，只有津利（Gimle）的黃金宮殿完好無缺，一對人類的男女將在此生下眾多的子孫，繁榮於世界的每個角落。

第1章‧主題

第2章‧神話

第3章‧宗教

第4章‧魔法

第5章‧幻想生物

第6章‧世界

第7章‧神祕、懸疑

凱爾特神話

Fantasy Encyclopedia For Creators Celtic Mythology

何謂凱爾特神話

　　紀元前5～1世紀，活躍在阿爾卑斯以北的歐洲中部、西部的凱爾特民族所傳承的神話。特徵是跟其他神話相比沒有創世的傳說存在，登場的神族取自實際存在的民族與歷史，突顯出人性化的一面。目前一般的凱爾特神話，絕大多數來自所謂的「島嶼的凱爾特民族」，也就是英國與愛爾蘭等羅馬跟日耳曼勢力未及之處所流傳的神話。歐洲大陸本土的「大陸的凱爾特民族」則是在羅馬帝國的影響之下改信基督教，只在法國跟西班牙的部分地區留有極少數的資料。

德魯伊僧侶

　　德魯伊是一種神官職位，在凱爾特社會中的宗教、政治、神話等各種局面扮演重要的角色。名稱的由來據說是代表「橡樹的賢者」的「Daru-vid」。他們負責跟眾神對話來轉達神的旨意，也會使用醫術跟咒語，以預言者或賢者的身份來活動。據說他們是達努神族（Tuatha De Danann）的後代，擁有足以跟神比擬的權力。挑選國王也是德魯伊神官重要的工作，據說必須在儀式之中殺死前任國王，用前王的血來選出有資格成為下一任國王的人。

　　德魯伊沒有用文字記載的教條（Dogma），宗教整體的樣貌被神祕的面紗所包覆。為了將龐大的教條背到一字無誤，據說得花上數十年的時間。

阿爾斯特神話與勇者克夫林

阿爾斯特神話是「島嶼的凱爾特民族」之中，愛爾蘭神話的「4大神話群」之一。過去也被稱為「紅樹枝騎士團神話」（Red Brand Cycle），有半人半神的英雄克夫林（庫林的猛犬）登場。**克夫林**在『Fate／stay night』、『女神異聞錄』等電玩作品之中也有登場，是知名度很高的神話英雄。他兒時的名稱為瑟坦特，知道的人相信也不在少數。

瑟坦特在7歲時徒手殺死鐵匠庫林的猛犬，看到引以為傲的猛犬被殺，讓庫林非常的傷心。內疚的克夫林提出「自己會負責將這隻猛犬的小孩養大，在那之前自己會像猛犬一樣保護庫林家」作為補償，同時改名為代表「庫林之猛犬」的克夫林，並立下「永不吃狗肉」的禁忌（Geis）。

在愛爾蘭文之中最為雄偉的故事「奪牛長征記」（Táin Bó Cúailnge）之中，德魯伊的神官Cathbad下達「今日成為騎士之人，將是Erinn（愛爾蘭的古名）長遠流傳的英雄，但生涯卻無法長久」的預言。成為騎士的克夫林在影之國（Isle of Skye）通過女王斯卡哈（Scathach）的考驗，學到一身精湛的武藝，之後女戰士Aífe與斯卡哈對立，在這場戰爭中立下功勞的克夫林被賜予海獸骨頭所製造的魔矛蓋博爾加（Gáe Bolg），並跟Aífe產下一子。完成考驗之後回到祖國，克夫林在戰場上所向披靡，如願跟心愛的女性Emer結婚。但後來受到Aífe報復，不知情的殺死自己兒子，又被敵人陷害吃下狗肉犯了禁忌，被自己的魔矛刺死。克夫林將自己綁在一塊大石頭上，死後依然沒有倒下。最後停在他屍體上的烏鴉，據說是愛他卻又無法如願的繁榮之女神摩莉甘的化身，前來看他最後一面。

『**亞瑟之死**』
類別：小說
作者：湯馬斯·馬洛禮
出版：1986年
將各種亞瑟王傳說整理在一起的作品，最適合用來了解古典亞瑟王傳說的整體面貌。

凱爾特的妖精

凱爾特的神話之中有許多妖精登場，各種奇幻作品之中常常都可以看到這些妖精的存在。幫人修補鞋子、抓到可以得到龐大財富的小人**拉布列康**（Leprechaun）。出現在死者身旁尖叫哭泣的**報喪女妖**（Banshee）。幫忙做家事的**棕精靈**（Brownie）。變身成三隻腳的椅子來嚇人、喜歡惡作劇的**Puck**。跟同類一起跳舞，讓旅行者迷路的Pixie。在妖精之中最為醜陋、原本是巨人且可以自由改變大小的Spriggan等等，都是相當有名的代表。

斯拉夫神話

Fantasy Encyclopedia For Creators **Slavic Mythology**

何謂斯拉夫神話

　　一直到9世紀為止，於現在的白俄羅斯、烏克蘭、西俄羅斯的東斯拉夫、波蘭、奧地利的西斯拉夫、保加利亞、馬其頓、塞爾維亞、波斯尼亞、克羅埃西亞、斯洛維尼亞的南斯拉夫等民族之間所流傳的神話。斯拉夫民族人沒有文字，因此不會將神話記錄起來，也沒有整合性的資料存在。從9世紀到12世紀，基督教在各地強迫人們改信，用基督教的觀點留下少數與異教相關的記錄，用這些零星的資料所還原的內容，就是現在的斯拉夫神話。

斯拉夫的眾神

在此介紹東西雙方主要的神祇。

東斯拉夫的眾神	主神（雷神）Perun、主神（獸神、家畜、財富之神）Veles、太陽神Dazhbog、太陽神Khors、太陽神（火神）Svarog、風神Stribog、農耕神（七頭神）Semargl、地母神Mokosh
西斯拉夫的眾神	軍神Sventovit、軍神（三相神）Triglav、軍神Ruevit、火神（主神、最高神）Radigost、豐饒之神（春之神）Jarilo、冥府之神（惡神、黑神）Chernobog、太陽神（善神、白神）Belobog、魔法神Zirnitra

斯拉夫的民間信仰

除了以斯拉夫的眾神當作主角的抒情詩，還會出現民間所信仰的森林的妖精 Leshy、水之精靈 Vodianoi、水跟森林的妖精 Rusalka。

在斯拉夫各個民族所傳承的信仰之中，特別值得一提的，是吸血鬼跟狼人的傳說。在此對吸血鬼跟狼人作比較詳細的介紹。

《吸血鬼》

斯拉夫的各個民族認為，罪人、咒術師、狼人在死後屍體將會成為**吸血鬼**。而用自殺等自然以外的方式死亡的人也是一樣。據說這種吸血鬼信仰來自於「身為母親的大地不接受罪人的肉體」這個斯拉夫人對於自然的宗教觀念，不過在極為寒冷的斯拉夫北部，土葬的屍體沒有腐爛其實並不奇怪。

《狼人》

在東、西斯拉夫地區，某些咒術師會在特定時期變身成狼，或是用咒術將人變成狼，成為所謂的**狼人**。據說生前變成狼的咒術師在死後會成為吸血鬼。

另一方面在南斯拉夫，狼人跟吸血鬼幾乎被認為是同一種存在。根據塞爾維亞民間的信仰，狼是惡魔的動物，死者的靈魂會變成狼再次返回人間。而吸血鬼一定會在在特定期間變身成狼。

森林裡的妖婆

雅加婆婆（Baba-yaga）據說是住在森林裡的邪惡女巫。外表有如皮包骨一般瘦弱，雙腳甚至露出骨頭非常嚇人。在民間傳奇登場的時候，大多會誘拐小孩來當作食物。但只要主角遵守禮儀來表示尊敬，雅加婆婆也會成為主角的救星，或是贈送有用的道具。

據說雅加婆婆的起源來自斯拉夫神話之中冬天的化身。在改信基督教的時候，象徵大自然威脅的神明被捏造成惡魔或妖怪的形象。代表北方寒冷

冬天的神性存在，也在此時被塑造成可怕的老婆婆。

『磨鞋子戰線』
類別：漫畫
作者：速水螺旋人
出版：2011年
雅加婆婆的徒弟跟蘇聯軍官所展開的冒險故事，以斯拉夫神話為背景。

美索不達米亞神話

Fantasy Encyclopedia For Creators Mesopotamian Religion

世界最為古老的創世傳說

美索不達米亞神話，被認為是這個世上最為古老的神話。將巴比倫神話、蘇美爾神話等當時民族分開記載的故事整理成單一體系，就成為今日的美索不達米亞神話。

美索不達米亞神話的創世傳奇，記載於『埃努瑪‧埃利什』這份史詩內。

古代巴比倫的眾神，跟太母神**迪亞馬特**（Tiamat）生活在一起。但恩基（Enki）那好勇善戰、有最強武神之美名的兒子**馬爾杜克**（Marduk）四處大鬧，妨礙眾神的安眠，甚至挑戰迪亞馬特。迪亞馬特讓兒子兼第二任丈夫的金固（Kingu）帶著「天之石板」迎戰馬爾杜克，卻簡簡單單的就落敗。忿怒的迪亞馬特移動巨大的身軀將大口張開，要把馬爾杜克整個吞下，但在同一瞬間馬爾杜克用暴風讓迪亞馬特的嘴合不起來，並用寶劍刺進迪亞馬特的體內。馬爾杜克將迪亞馬特的屍體分成兩半，一邊往上丟來成為天空，一邊往下丟來成為大地、乳房成為山、山邊出現泉水。據說從金固流出的血成為人類，馬爾杜克則當上眾神之王。

『吉爾伽美什史詩』
類別：小說
譯者：矢島文夫
出版：1998年
恩奇杜、吉爾伽美什的傳說，世界最為古老的英雄傳奇，同時也是最為古老的故事。

吉爾伽美什與恩奇杜

美索不達米亞神話之中最為有名的，莫過於半人半神的吉爾伽美什，跟他的好友恩奇杜的故事。

烏魯克之王吉爾伽美什雖然擁有過人的美貌跟力量，卻是一位暴君。烏魯克的人民請求神幫助，於是眾神用土堆捏成人的形狀，創造出跟吉爾伽美什擁有同等力量的恩奇杜。

恩奇杜在一開始全身長毛，是個跟野獸結伴吃草的野人，對文明社會一無所知。要跟吉爾伽美什見面得先讓他習慣人類社會，因此人們讓他與神妓Shamhat交媾七天六夜，使他失去野性來得到智慧跟判斷力。

之後就如眾神所策劃的，恩奇杜與吉爾伽美什展開大戰，但最後卻因為擁有對等的力量而互相認同，進而結交成最好的朋友。

在某一天，女神伊絲塔看中吉爾伽美什而向他求婚。但吉爾伽美什知道伊絲塔的愛人全都沒有好的下場，嚴厲指責伊絲塔對歷任情人始亂終棄的淫亂行為。忿怒的伊絲塔請父親‧眾神之首的安努降下天牛來懲罰吉爾伽美什，卻被吉爾伽美什跟恩奇杜聯手殺死。女兒遭到侮辱、飼養的天牛又被殺死，眾神終於決定下詛咒來害死吉爾伽美什，但恩奇杜挺身而出，保護朋友而喪命。吉爾伽美什在傷心的同時卻也開始害怕死亡，於是出外尋找長生不死的方法。

身為「角色」的眾神

美索不達米亞神話的內容，對日本人來說相當陌生。但在電玩跟動畫作品之中，卻很意外的常常可以看到眾神的名字。

比方說在電玩作品『迷宮塔』之中，主角吉爾（吉爾伽美什）、王國的巫女卡依（地母神Ki）、女神伊絲塔（愛與戰爭之女神伊絲塔）等等，主要角色的名字全都來自美索不達米亞神話。而在『太空戰士』系列之中，迪

亞馬特則是以敵人的身份登場。

除此之外還有動畫『新世紀福音戰士』的「馬爾杜克機關」。翻拍成電影的小說「殼中少女」（Mardock Scramble）劇中未來都市的名稱也是取自眾神之王馬爾杜克。

了解一下美索不達米亞神話，說不定可以讓記憶中各種作品內所登場的名稱，突然之間得到更為鮮艷的色彩。

第1章‧主題

第2章‧神話

第3章‧宗教

第4章‧魔法

第5章‧幻想生物

第6章‧世界

第7章‧神祕、懸疑

埃及神話

Fantasy Encyclopedia For Creators Egyptian Mythology

沒有主體的神話

在基督教跟伊斯蘭教擴散之前，由古埃及人所信仰的神明與宗教體系。但是從紀元前3000年開始，一直到被羅馬帝國所支配的這段漫長的期間，古埃及人實質上的信仰隨著時代而改變，跟記錄上埃及神話的主神有所不同，具有強烈的區域性色彩。雖然有希臘作家普魯塔克所寫的『歐西里斯神話』、統稱為『死者之書』的宗教性文書存在，但一般來說，埃及神話所指的是尼羅河下游以赫里奧波里斯為中心所流傳的「赫里奧波里斯神話」。

赫里奧波里斯神話的天地開闢

在宇宙出現之前，就已經從混沌（或初源的大海）Nun之中出現有半陰陽的神祇亞圖姆（Atum）。從亞圖姆自慰的精液之中誕生了大氣神舒（Shu）與濕氣神泰芙努特（Tenfnut）這對兄妹，兩尊宇宙之神結為夫妻，生出了努特（Nut）與蓋布（Geb）這對雙胞胎。兄妹兩人非常的要好的總是抱在一起，於是父親舒將兩人強制的拉開，努特被高高推到上方成為天空的女神，在下方的蓋布則成為大地之神。當兩人被分開時，生出了代表死亡的歐西里斯（Osiris）與代表沙漠的賽特（Set）這兩尊男神，還有代表生命的伊西絲（Isis）與掌控夜晚的奈芙蒂斯（Nephthys）這兩尊女神。歐西里斯與伊西絲結為夫妻，賽特則是與奈芙蒂斯在一起。

冥府之王歐西里斯

歐西里斯誕生的時候，因為「偉大的善之王誕生」讓神殿上下充滿歡喜之心。歐西里斯與妹妹伊西絲結婚，成為埃及之王。他教導人類種植小麥來製作麵包跟酒，並制定國家法律，得到人民壓倒性的支持。但歐西里斯的弟弟賽特對此感到嫉妒，將哥哥殺害之後把遺體丟到埃及各地。伊西斯與她的姊妹奈芙蒂斯將屍體找回，製作成木乃伊之後用魔法要使歐西里斯復活，但卻因為沒有找回陽具，讓歐西里斯無法停留在活人的世界。於是歐西里斯停留在陰間成為冥府雅盧（Aaru）的王，負責審判死者的靈魂，之後由他的兒子荷魯斯（Horus）擊退賽特成為人間之王。

金字塔

金字塔（Pyramid）這個構想的根本來源，據說是「初源的山丘」。

在赫里奧波里斯神話的創世神話之中，最早存在的亞圖姆沒有地方可住，於是創造一座山丘來當作居所，成為所謂的初源的山丘。這個山丘之後修整為金字塔形的Benben山，現在依然存在於赫里奧波里斯（現代開羅附近的城市）。在埃及神話之中「地球由此處誕生」。

模仿這個Benben山的四角錐石被稱為「Benben Stone」，據說寄宿有復活與重生的精靈。Benben Stone會被安置在金字塔的頂部。

《木乃伊》

在各種長期保存屍體的方法之中，埃及的木乃伊擁有全球最高的知名度。迅速進行乾燥來抑制分解屍體的細菌，形成跟乾燥花類似的狀態。

木乃伊在古埃及語之中被稱為Sah，意思是「轉化成高貴的存在」。木乃伊被認為是將靈魂提升到更高境界所須要的行為，另外也認為靈魂總有一天會回到肉體，因此必須將身體製作成木乃伊來長期保存。

西歐用來稱呼木乃伊的「Mummy」一詞，在阿拉伯語之中代表瀝青。木乃伊用來當作防腐劑的「Muumiya'」跟歐洲被當作藥材使用的木乃伊被搞混，兩者的名稱也合而為一。

『神鬼傳奇』
類別：電影
導演：史蒂芬‧桑莫斯
上映：1999年
邪惡神官印和闐的封印被解開，木乃伊的肉體漸漸復回復人身，極為賣座的冒險電影。

第1章‧主題

第2章‧神話

第3章‧宗教

第4章‧魔法

第5章‧幻想生物

第6章‧世界

第7章‧神祕‧懸疑

許多民族編織而成的神話

從天地開闢到「三皇五帝」等傳說中的帝王所統治的時代，中國一直以來被認為是沒有「神話時代」存在。但實際上似乎還是有眾神跟神話的存在，只是沒有整理成體系，並且後世的為政者會將神話修改成對自己有利的內容。中國最為古老的地理書籍『山海經』之中，就介紹有許多神明與妖怪的傳說。

跟印度一樣，中國是各種民族融會交流非常興盛的地區，由超過50種的民族所構成。在這之中，多數派的漢民族常常被當作核心族群，漢民族以外的民族總人口大約為1億人，分別由3000到1千萬人的規模所構成。以神話方式傳承下來的眾神，在各個民族之中擁有不同的稱呼。另外值得一提的，是跟人類用木乃伊在死後變成神

的古希臘相反，中國神話認為人類是由眾神所繁衍出來的生命。

在一開始，這個世界什麼都沒有，只在空虛之中存在一顆巨大的蛋。名為盤古的巨人從中誕生，流出的蛋白成為天、蛋黃成為地，破裂的蛋殼掉到蛋黃上的部分成為岩石、碰到蛋白的部分成為星星。蛋殼之中較大的破片，成為太陽跟月亮，演化出現在這個世界的原始形態。

根據『三五歷記』殘留下來的記載，盤古活到10萬8000歲，死後屍體沒有腐化，變成堅固的土堆成為崑崙山，靈魂成為人們所懼怕的雷電。

另外一種說法則是先有盤古存在，死後左眼成為太陽、右眼成為月亮、頭跟身體的一部分成為五岳、其他部分成為大地、血流變成河川、皮膚變

成田地、毛髮變成星星。更進一步的體毛變成植物、骨頭跟牙齒變成岩石。這兩種創世神話是否來自同一個根源，現在已經很難確定。源自於希臘文的超大陸**Pangaea**，在翻譯成中文時使用盤古大陸一詞，除了發音相似之外，應該也是考慮到盤古在神話之中的定位。

『聊齋誌異』
類別：小說
作者：蒲松齡
日文譯者：立間祥介
出版：1997年
幽靈、妖怪、狐狸精等等，中國代表性的靈異作品。

創造人類的神明 女媧

中國神話之中創造人類的故事，有幾種不同的版本存在，其中以**女媧**造人的傳說為主流。較為一般的神話內容如下。

天地創造之後草木叢生，開始有動物居住，河川內也出現魚兒游泳。但主掌農業跟草藥的神農氏與當時的帝王伏犧，卻覺得其中所有不足。對此，伏犧的妻子女媧提出「欠缺人來管理大地」的意見，於是用土捏出360尊人偶，透過日曬來讓土人乾燥。此時剛好有雞跑來啄土人的腿間，被啄的成為女性，完好的成為男性。但女性們抱怨「只有自己有所欠缺不公平」，困擾的女媧最後將男女分成一對一對，成為人類應有的形態。由女媧所創造的人類開始成為地上的主人，一路繁衍到現在。

《伏犧》

伏犧大多被認為是「三皇五帝」之中三皇的其中一位，他是中國神話之中的神明，或是中國傳說之中的帝王。根據『易經』繫辭傳·下的記載，伏犧瞭然天地之理，用八卦（參閱148頁）的書契（寫有文字的木板）取代過去的繩結，並模仿蜘蛛網來創造魚網，教人們撒網捕魚。

『西遊記』
類別：小說
作者：吳承恩
日文譯者：中野美代子
出版：1977年
法師三藏跟他的護衛前往西天取經的冒險故事。

第1章·主題

第2章·神話

第3章·宗教

第4章·魔法

第5章·幻想生物

第6章·世界

第7章·神祕、懸疑

南、北美洲大陸神話

Fantasy Encyclopedia For Creators South & North American Mythology

中部美洲（Mesoamerica）神話

　　從現在的墨西哥到哥斯大黎加這一帶，曾經有馬雅、阿茲特克等文明存在過，更往南方則是有組織與制度更為先進的印加帝國存在。

《馬雅神話的傳說》

　　自然元素、星相、13層天、9種黑暗等馬雅神話的特徵，是從許多自然現象之中展現出神性。太陽信仰與活人獻祭的盛行，可說是造成不小的話題，也有人認為他們的遺跡對後來的阿茲特克文明帶來不小影響。在現存的馬雅文書『波波爾‧烏』（Popol Vuh）之中，描述有萬物怎麼被創造出來、最早的居民的故事以及雙子神‧Hun Hunahpu與Ixbaranque的英雄傳奇。

《阿茲特克神話的傳說》

　　紀元1325年到1521年，繁榮於墨西哥中部的阿茲特克文明所流傳的神話。由部落神維齊洛波奇特利（Huitzilopochtli）下達旨意把首都定在特諾奇提特蘭（Tenochtitlan），根據他們的宇宙觀，此地是大地、天、冥府的交匯之處。為了祈求太陽永遠不滅，他們用活人的心臟來獻祭，認為這樣可以延長太陽的壽命。祭壇上的儀式雖然悽慘，但被選為祭品似乎是極為光榮的事情，也會也由比賽的優勝者來擔任。

《印加神話的傳說》

　　印加帝國主要的信仰以創造神Viracocha的天地開闢的神話，與印加王朝起源神話這兩者為主，不像阿茲特克那樣有複雜的眾神體系與獨特的宇宙觀。第一代庫斯科王‧曼科‧卡帕克（Manqu Qhapaq）與他的姊妹Mama Ocllo一起征服庫斯科谷來建立王國，是整個故事的主軸。

北美神話

美國原住民與北美、北極地區的因紐特人（Inuit）由超過數百個部族所構成。而他們共同的特徵，是重視與自然的和諧。

神話對他們來說，是學習自己部族的起源、大地、水、動物的關係，屬於一種靈性世界的教材，同時也是為生活帶來和諧的規範。藉此形成部族整體性的價值觀、知識體系，更進一步的成為帶領他們前進的力量。把知識傳遞給下一代是族長的工作，因此在相關創作之中，常常會由長老或族長來擔任說故事的角色。

美國印地安人獨特的習俗之一，是煙草、煙斗具有神聖的一面。吸煙時所冒出的煙霧，據說會將他們的祈求帶到天空送給 Great Spirit（偉大的神靈）。輪流吸這個神聖的煙斗、煙草是友好的証明，拒絕的話對他們來說將是最大的侮辱。

下表介紹有各個部族所祭拜的精靈或神明。

名稱	信奉的部族	說明
Wakan Tanka	拉科塔族	位在天上的大自然之主，偉大的神靈。
Heng	Huron族	破壞森林的雷電之神靈，也會下雨來造成豐收。
Kokopelli	Hopi族	吹笛子為人們帶來豐收、小孩、幸運的豐饒之神。
西忽密斯	Hopi族	善良的雨之精靈。
Kachina	Hopi族	知識的精靈、人類的守護神。
Gaol	易洛魁族	促使所有風之精靈活動的風之主靈。
Tulungusaq	因紐特族	擁有烏鴉外表的創造神。
Sedna	因紐特族	單眼的女神，海的監視者與冥府的支配者。
Ipiup Inua	因紐特族	Ingalilik族所流傳的吃人的妖精。

第1章・主題

第2章・神話

第3章・宗教

第4章・魔法

第5章・幻想生物

第6章・世界

第7章・神祕、懸疑

世界神話的終點

日本神話，由『古事記』、『日本書紀』以及各個地區的『風土記』所流傳的記述所構成。在『古事記』之中記載有天地創造、眾神的故事、一直到推古天皇的歷史。『日本書紀』則是將奈良時代整理在一起的歷史書籍，也是日本最為古老的正史。除此之外則是有將地方所流傳的資料整理在一起的『風土記』。

日本神話絕大部分的內容，是居住在高天原的天津神（天神）與降臨到地上的國津神（地祇）這兩種神明的故事。

從眾神跟島嶼的誕生開始，延續到神與天皇、望族，最後則是記載內亂跟政治等歷史性故事。進入大和時代，有力氏族的支配範圍漸漸擴大。這些權威較強的氏族，在高天原神話之中被記載為「國津神」或「不歸順之神」。「由身為天皇始祖的天津神來平定國津神」是日本神話的基本形態。

日本神話的天地開闢

在『古事記』之中，宇宙（天地）是以混沌的狀態來開始。當時的大地有如飄浮在水上的油一般，沒有實際的形體。在天空最高處的天高原出現眾神，接著在地上也出現神明，並移居到天上。

為了完成創造大地這個使命而出現的，是伊邪那岐命、伊邪那美命這對兄妹。

他們用天之瓊矛（天沼矛）刺入混沌的下界來進行攪拌，抽起時從矛尖滴落的鹽累積變成了島嶼。這座島被稱為淤能碁呂島（磤馭慮嶋）。降臨到這座島上的兩尊神，建設天御柱跟八尋殿這座神殿，並在此結為夫妻，讓八大洲跟6座島就此誕生。這段傳奇被稱為「產國」的神話。

在這其中，伊邪那岐與伊邪那美生下17位神明，身為孩子的眾神也紛紛結為夫妻，生下萬物與眾神。但是當伊邪那美生下火神迦具土的時候，卻因為陰部燒傷而喪命。

伊邪那岐悲奮之下將迦具土殺死，並將妻子的遺骸埋在比婆山。從血跟遺體之中另外又誕生了16尊神明，成為後世所謂的「產神」的神話。

『古事記』
類別：小說
作者：太朝臣安萬侶
出版：712年
日本最為古老的歷史書籍。記載了從開天闢地到推古天皇之間所發生的事情。

之後的伊邪那岐・天岩戶

對於愛妻的死感到無比的悲痛，伊邪那岐前往黃泉之國希望可以相會。兩人隔著石門再次聽到對方的聲音，但歡喜卻沒多久，伊邪那美告訴丈夫「自己已經無法回到地上」。食用過黃泉世界的食物，伊邪那美再也無法回到活人的世界。伊邪那岐跟眾神交涉，答應「自己絕對不會窺看黃泉內的樣子」，來讓妻子伊邪那美可以回到地上，但伊邪那岐卻沒有遵守承諾，忍不住看了黃泉內的樣子。印入眼中是愛妻死後腐爛的醜陋模樣，讓伊邪那岐嚇得轉身就跑。將髮飾生出的葡萄、梳子生出來的筍子、長在黃泉境界的桃果丟棄來甩開追兵，勉強逃回地上。

回到地上的伊邪那岐，為了擺脫死者國度的污穢，在阿波岐原進行洗身的儀式。在他洗左眼時誕生了**天照大神**、洗右眼時誕生了**月讀**、洗鼻子的時候誕生了**須佐之男**（素盞嗚尊）。之後伊邪那岐將自己的工作交給這三貴子來執行。

須佐之男

三貴子之中，天照大神統治高天原、月讀統治夜之食國、須佐之男則被伊邪那岐下令統治海原。但無法跟母親見面、悲傷的須佐之男根本無心工作。忍受不了的伊邪那岐將須佐之男從地上放逐。決定去找母親的須佐之男，在動身之前先去找姊姊天照大神。

以為弟弟是來進行侵略，天照全副武裝出迎。在稱為"宇氣比"（誓約）的占卜之下，須佐之男証明自己的清白，才沒有演變成大事。但得意的須佐之男在天高原到處惹麻煩，在一開始為弟弟辯護的天照大神，也因為須佐之男把剝皮的馬丟到紡織房內，讓其中一位織女喪命的事件，羞忿的躲到「天岩戶」這個洞窟之內，並用巨岩封住入口。

身為太陽的化身照亮整個世界的天照大神躲起來，讓世界陷入永遠的夜晚之中。困擾的眾神，在思兼神的提議之下製作三神器之中的**八呎鏡、八尺瓊勾玉**，掛在整株拔起的榊（紅淡比）上，由女神・天鈿女命裸露胸部、衣服脫到下體來熱情的舞蹈，讓眾神看到哄堂大笑。

對於外面發生的事情感到非常好奇，天照大神從洞口的細縫往外偷看，就在這一瞬間，躲在一旁的天手力男神將天照大神拉出，並用注連繩將洞口封住，以免她再躲回去。

另一方面被放逐到地上的須佐之男，在流浪中斬殺八岐大蛇，與奇稻田公主結為夫妻。此時從大蛇的屍體之中出現了第三樣神器・草薙劍（天叢雲劍）。須佐之男在留下許多子孫之後，為了跟母親見面而前往黃泉之國。

大穴牟遲神・造國與讓國

須佐之男的子孫大穴牟遲神（大國主），在異母兄弟的八十尊神明的要求之下，背上袋子有如隨從似的一起前去向女神‧八上比賣求婚。途中遇到因為惡作劇而被剝皮的兔子（因幡之白兔）。

兄弟們紛紛叫白兔用海鹽泡傷、躺在山頂風吹日曬，讓傷勢更加惡化。只有大穴牟遲叫白兔用河水淨身，取河邊蒲黃的花粉鋪在地上，並在上面打滾。白兔在此時預言八十神求婚將會失敗，八上比賣將與大國主結為夫妻，結果真是如此。

看到想要求婚的八上比賣被大國主搶走，生氣的八十神將大穴牟遲殺死。悲哀的母親求高天原的眾神使大穴牟遲復活，卻還是一直被八十神找麻煩。困擾的大穴牟遲出發前往祖先‧須佐之男所居住的根之國（黃泉之國）。

在根之國見到須佐之男的大穴牟遲，對須佐之男的女兒‧須世理姬一見鍾情。一次又一次通過須佐之男的考驗，最後帶著須世理姬一起離開根之國。

認同大穴牟遲有資格當自己女婿的須佐之男，將他擾人的兄長們趕走，並且告訴大穴牟遲改名為大國主（大國之帝王）來統治地上。據說大國主在這之後把葦原中國治理的非常富饒。

可是就天照大神的觀點來看，地上的這個狀況並不受歡迎。她理所當然

的主張自己對於地面上的支配權，但派出神明去找大國主卻也沒有結果。最後決定派出雷神‧建御雷跟鳥之石楠船神。建御雷要求大國主把國家讓出來。

大國主把決定權交給兒子事代主，事代主則是很乾脆的就答應讓出國家。建御雷再次確定大國主是否同意，大國主則說另一個兒子建御名方神或許反對。兩者決定比力氣來分出勝負，當建御名方握住建御雷的雙手時，突然變成冰柱跟劍，趕緊鬆開之後反而被建御雷扯斷雙手，逃跑到最後走投無路才決定服從。於是大國主同意以巨大的宮殿作為交換條件來讓出國家，因此建造了出雲大社。

就這樣子天高原的眾神統治地上，據說統治者是天照大神的孫子‧瓊瓊杵尊。他得到天照大神賜予跟天岩戶有關的三神器，在面相怪異發出光芒的猿田彥陪伴之下來到地上，這一連串的神話被稱為天孫降臨。

『空色勾玉』
類別：小說
作者：荻原規子
出版：1988年
在眾神還存在於地上的時代，光與黑暗的兩人相遇成長的故事。封面為英文版。

克蘇魯神話

Fantasy Encyclopedia For Creators Cthulhu Mythos

新的神話體系

克蘇魯（Cthulhu）是在比人類誕生更為古老的時代之中，不為人知的統治這個地球黑暗面的邪神。由於懼怕克蘇魯，便把這尊邪神當作守護神來膜拜。

一般對於眾神御所的概念，是位在遙遠的天上世界或天空的國度之中，俯看地上的人類世界。但克蘇魯的御所卻是位在海底，用巨石創造出來的古代海底都市拉萊耶。潛藏在這深遠的黑暗之中，使用令人恐懼的力量跟邪惡的智慧來統治這個世界。這個不為人知的事實，以克蘇魯神話的方式偷偷承傳在世界歷史的陰暗之處。

在許多神話的傳說之中，位在天空的神民都會以自身的外貌來製造人類（反過來說神的外表與人類相似）。但克蘇魯神據說頭部像章魚、有著像魷魚一般的觸腕、手腳具有尖銳的爪子、橡膠狀的身體像山一樣且被鱗片包覆、背部有著蝙蝠一般的細小翅膀。與地球上的任何一種生物都不相同，無法被人類感官所接受的恐怖外表，據說光是看到就會讓人發狂。

克蘇魯神話在大約100年前，於美國作家霍華德‧菲利普斯‧洛夫克拉夫特的創作之中誕生。當代所流行的恐怖電影，先後創造出吸血鬼、狼人、木乃伊等眾多的怪物。但在作品之中一次又一次的登場，給人的恐懼感卻也漸漸淡化。因此洛夫克拉夫特以人類最為恐懼的「無法理解的事物」、「黑暗」、「未知」為主題，創造出新的黑暗世界。

在20世紀初，「宇宙天文」跟「深海」都還屬於未知的領域。人類沒有方法可以到達，也沒任何方式可以進行探查。有未知的存在於這些領域之中蠢

蠢欲動，這種描述具有無比的神祕性跟恐懼感，也被稱作宇宙性的恐懼（Cosmic Horror）。

持續擴張的克蘇魯世界

克蘇魯神話的魅力之一，是未知與神祕所帶來的真實感以及獨特設定。

比方說劇中所登場的「**死者之書**」（Necronomicon）或「**伊波恩之書**」（Book of Eibon）等禁忌的魔導書籍，現在已經超越克蘇魯神話的框架，成為魔術書的代名詞而在許多作品之中出現，得到很高的人氣。

而在洛夫克拉夫特本人去世之後，則是由作品版權繼承者的奧古斯特·德雷斯、倫道夫·卡特等人追加獨自的設定，且更進一步推廣克蘇魯神話的體系。比方說將克蘇魯設定成具有水的屬性，並把風火水土**四大元素**加入其中。克蘇魯神話的世界觀，現今不只出現在小說當中，也被廣泛運用在漫畫或遊戲裡，讓眾多的讀者也能享受其世界觀的樂趣。

與萌文化結合的克蘇魯神話

克蘇魯神話在日本被人得知的契機，是1949年由江戶川亂步在雜誌之中所進行的介紹。在一開始只有翻譯作品，之後漸漸出現由日本人所創作的跟克蘇魯神話相關的故事。宇宙性的恐懼，跟日本文化融合之下也開始受到萌這股潮流的影響，出現有喜劇跟女性化的作品。

《奈亞子》

『襲來！美少女邪神』

外表是銀髮的美少女，實際上卻是「無貌之神」奈亞拉托提普（Nyarlathotep、別名：伏行之混沌、黑法老、無貌的獅身人面、夜吼者）。外表可自由的變化，頭上的俏呆毛是可以探測敵人的「邪神雷達」。在劇中屬於宇宙連合／惑星保護機構的一員，奈亞拉托提普是她們整個種族的統稱。

《泰克利小姐》

『我家的女僕形狀不定』

角色原型來自於克蘇魯神話的創作『瘋狂山脈』所登場的假想生物·修格斯（Shoggoth）。在本作以果凍的狀態宅配送到府上，用熱水泡3分鐘就會成為女僕，登場方式充滿了驚奇。分裂與合體，身上長出觸手等等，一方面維持修格斯本來的特色，卻又以可愛女僕的身份充滿朝氣的完成家中各種工作，被描述成萬能的幫手。

『襲來！美少女邪神』
類別：輕小說
作者：逢空萬太
出版：2009年
克蘇魯神話中的神性以美少女的樣貌現身，步調高昂的混沌喜劇作品。

第1章·主題

第2章·神話

第3章·宗教

第4章·魔法

第5章·幻想生物

第6章·世界

第7章·神祕·懸疑

Column
神話上的道具

開始閱讀神話之後，會發現某種程度的有特定模式存在，且有些部分是從其他神話之中流用。就某種觀點來看，神話也是小說的其中一種形態，試著想像歷史之中可能發生的幕後花絮，或多或少給人「好的創意總是會被繼承下去」的感慨。

進行創作時，神話之中所登場的武器、防具、地名以及各種道具的名稱都可以成為靈感的來源。北歐神話之中雷神索爾的戰鎚「妙爾尼爾」（Mjollnir），就在小說『銀河英雄傳說』之中以要塞兵器「雷神之鎚」的方式登場，最近的輕小說『中二病也要談戀愛！』也出現有「雷霆戰鎚」（Mjollnir Hammer），在那帥氣的名稱與含義的影響之下，以相當高的頻率出現在各種創作之中。另外則是有像「諸神的黃昏（Ragnarök）」這樣，以旁註標記的方式給人直達內心的帥氣感覺。

在電玩作品『Fate／stay night』之中，不光是出現名劍寶甲等道具，就連神話之中的角色名稱也會登場。「Excalibur」（誓約勝利之劍）、「Durandal」（絕世名劍）等等，光是將系列作品之中所登場的寶具列出來，似乎就能製作成神話道具的概略表格。

為了找出這些帥氣的名稱而閱讀各種神話，會發現越是古老的神話，道具的形態也越是原始。在中東敘利亞，於紀元前12～3世紀寫在黏土板上的烏加里特神話之中，為了打倒海神，工藝之神送給風暴之神的武器，是兩根「棍棒」。在當時的中東有繁榮的美索不達米亞文明，也有青銅器的存在。或許是為了追求古老神話的真實性，採用「棍棒」可以給人比較高的說服力。就RPG遊戲的觀點來看，這種裝備或許連討伐史萊姆也有問題，但神所使用的道具當然不會有這種不名譽的事情發生才對。

日本的「三神器」為劍、鏡子、勾玉，由歷代天皇所繼承。目前八咫鏡在伊勢神宮的皇大神宮、天叢雲劍在名古屋的熱田神宮被奉為神體，八尺瓊勾玉則被安置在皇居御所。但真品似乎有因為政變而流失的可能性存在，關於目前這三樣物品是真是假，因為無從比較而沒有結論。反過來說這樣反而可以增添神祕的色彩，讓人有比較多想像的空間。有機會來繪製巫女的時候，不妨也可以幻想一下「如果三神器是美少女的話會是什麼樣子」。相信在現代萌文化的流行之下，大家的想像（妄想）力一定非常受到期待。

第3章

宗教
Religion

眾神的角色

異世界
命運、宿命
禁忌

Fantasy Encyclopedia For Creators Gods' role

扮演各種角色的神祇

　　自古以來，人類將自然現象、高山大海等地形、動物、情感等許多事物神格化。遠方的雷鳴可說是其中之最，從天空發出轟隆隆的巨響，來自天頂的閃光偶爾還會造成火災的這個現象，讓它在許多神話之中得到相當於主神的神格。另外，在異民族的侵略跟改宗、傳教的影響之下讓神祇的角色跟性質產生變化，也是接觸宗教與神話時必須注意的一點。被基督教所教化，讓神明的地位跟神聖性出現改變，可以說是相當有名的一段歷史。這種融入不同的信仰來組合成單一宗教體系的作法，在日本神道之中也可以看到。而印度教則是擁有更高的容納性，不管什麼全都吸收起來融合成一團，演變出種類極為多元的眾神。在此簡單介紹一下神所負責的角色，以及擔任這個角色的主要性的神祇。

角色	負責的工作	主要的神祇
創造神	在它的意志或行動之下，讓世界、宇宙、生命、人類被創造出來。一神教之中創造神是唯一可以被稱為「神」的存在，大多具有無中生有的能力。	亞圖姆（埃及神話）、天之御中主神（日本神道）、梵天（印度神話）
地母神（母性之神）	帶來子孫繁榮、肥沃與豐饒的神明，被認為是富饒大地的體現。	伊邪那美（日本神話）、伊絲塔（美索不達米亞神話）、蓋亞（希臘神話）
天空神（天父）	掌管天空的神祇，在某些創世神話的概念之中會跟地母神成對。	伐樓拿（古伊朗、印度的初原之神）、努特（埃及神話）、朱庇特（羅馬神話）

角色	負責的工作	主要的神祇
太陽神	把太陽當作信仰對象，使它神格化的存在。太陽自古以來在世界各地被當作崇拜的對象，讓這種崇拜與承傳形成一種信仰。	阿波羅（希臘神話）、天照大神（日本神話）、拉（埃及神話）
月神	將月亮神格化的存在，常常與男性的太陽神成對，以女性來當作月神。日本神話則是與此相反。	阿耳忒彌斯（希臘神話）、辛（美索不達米亞神話）、月讀（日本神話）
破壞神	就如同名稱一般，掌管破壞之神。在絕大多數的經典之中，破壞被描述成「為了創造而必須經歷的過程」。	時母（印度神話）、濕婆（印度教）、摩莉甘（凱爾特神話）
維持神	如同名字面上的意思，掌管維持與不變，據說是負責維持這個世界的存在。	毗濕奴（印度神話）、泰美斯（希臘神話）、荷賴（希臘神話）
雷神	掌管打雷或閃電的神祇，或是雷電本身神格化的存在。從日文「神鳴」（閃電）一詞之中可以看出，打雷被認為是神所發出的聲響，被描述成與神的威能同格，或是其威能本身。	宙斯（希臘神話）、建御雷（日本神話）、索爾（北歐神話）、九天應元雷聲普化天尊（道教）、朱庇特（羅馬神話）、因陀羅（印度神話）
風神	掌管風的神祇，據說雷神與風神是成對的存在。	魁札爾科亞特爾（阿茲特克神話）、賽特（希臘神話）、御見名方神（日本神話）
海神	掌管大海，或是住在海中的神祇。在世界各地的神話之中，大多屬於層級較高的神。	波賽頓（希臘神話）、尼普頓（羅馬神話）、尼奧爾德（北歐神話）
火神	將火燄神格化的存在，或是掌管火的神祇。有將火（的知識與用法）傳授給人類的故事存在。	阿耆尼（印度神話）、普羅米修斯（希臘神話）、赫淮斯托斯（希臘神話）
知識之神	知識、智慧、思維之神。據說教導人類怎麼使用文字與知識。	奧丁（北歐神話）、辯才天女（印度教）、少彥名（日本神話）、荼吉尼（佛教）
愛神	掌管愛情或性愛之神。被認為是從地母神信仰、祈求豐饒、子孫繁榮等，崇拜女性特質的觀念之中所誕生。	愛芙羅黛蒂（希臘神話）、邱比特（羅馬神話）、弗蕾亞（北歐神話）
美之神	掌管美麗與優雅的神。性質與愛神大略相同，但也象徵調和與和平。	吉祥天（佛教）、Pasithee（希臘神話）、吉祥天女（印度教）、
軍神（武神）	據說可以保佑勝利、武運昌隆而被人們所崇拜的對象。	阿雷斯（希臘神話）、須佐之男（日本神話）、馬爾斯（羅馬神話）
邪神	會對人類帶來災害的神明，在具有二元論世界觀的神話之中，被描述成最高神的敵對者。	蚩尤（中國神話）、Chernobog（斯拉夫神話）、天魔（佛教）
死神	掌管生死的存在，在冥府之中被認為是靈魂的管理者。	斯卡哈（凱爾特神話）、塔耳塔羅斯（希臘神話）、黑帝斯（希臘神話）

第1章・主題

第2章・神話

第3章・宗教

第4章・魔法

第5章・幻想生物

第6章・世界

第7章・神祕、懸疑

神的使者

Fantasy Encyclopedia For Creators Angels

神所派出來的信使

在猶太教跟基督教、伊斯蘭教的聖典跟承傳之中所登場的「神的差使」或「神的使者」，一般被稱為天使。紀元前597年到515年的巴比倫囚虜時期以後，許多靈性存在為神所服務的概念誕生，出現各個國家有專任的天使來進行主掌的思考方式。在這之中，天使們被分為兩大類別。

一種是被稱為「使者」的天使，在『舊約聖書』與『新約聖書』之中登場，他們背上沒有翅膀，外表跟成年男性沒有什麼不同。另一種則是被分類成熾天使、智天使、座天使的類型，他們擁有複數的翅膀跟複數的眼睛，跟一般天使的形象有很大的出入，被描述成怪物一般的外表。

在後年，似乎是受到東方跟波斯對於天使跟精靈的形象所影響，身為「使者」的天使們也開始擁有翅膀。在近世之後又以天真無邪的小孩或女性外表、溫柔男性造形出現，據說這是因為在文藝復興時期，流用羅馬神話中愛神邱比特的造型。在有些場合只描繪出小孩的臉跟翅膀，沒有身體存在。

另外，據說天使並沒有性別的概念存在。根據馬太福音22章30節所描述「在復活時，男人不娶，女人不嫁，變成像位在天上的使者一般」。據說天使們沒有留下子孫的概念存在，因此也沒有性別。

天使的階級

天使可大分為3類，細分之後則是有9種階層存在。這種分類是以偽・狄奧尼修的著作『邊上位階』所記述的天使階級為基本。

位階	名稱	古希臘文的發音（座天使抄襲自希伯來文）		英文名稱	
		複數	單數	複數	單數
上三級"神聖"	熾天使	Seraphim	Seraph	Seraphim	Seraph
	智天使	Cherub	Cherubim	Cherub	Cherubim
	座天使	Thrones／Ofanim／Galgalim	Throne／Ophde	Thrones／Ofanim／Wheels of Galgallin	Throne／Ophde
中三級"子"	主天使	Kryotetes	Kyrios	Dominions	Dominion
	力天使	Dunamites	Dunamis	Virtues	Virtue
	能天使	Exusiai	Exusia	Powers	Power
下三級"聖靈"	權天使	Arkhai	Arkh	Principalities	Principality
	大天使	Archangeloi	Archangeloi	Archangeloi	Archangel
	天使	Angeloi	Angelus	Angels	Angel

七大天使

七大天使，指的是猶太教、基督教之中最有權威的7位大天使。米迦勒、加百列、拉斐爾、烏里耶爾等四大天使為基本，在『以諾書』之中加上 Raguel、Zerachiel、Ramiel，而在『狄奧尼修文書』則是加上 Chamael、Yofiel、Zadkiel 等3位。另外也會加上 Metatron、Sandalphon、Rasiel 等完全不同的天使，隨著教派跟聖典的不同而產生變化。

《墮天使》

因為反叛神而從天界放逐，或是以自己的意志離開神的天使們。

其中的代表莫過於另外也被稱為撒旦的路西法（Lucifer、Lucifero）。身為擁有6對翅膀的美麗大天使長，卻不願意遵循神所下達的「服侍用土製造出來的亞當跟夏娃」的命令，再加上它在神的創造物之中擁有最高的能力與地位，讓他出現「自己可以取代神」的傲慢心態，進而率領3分之1的天使來反叛神。一般來說墮天使的領神被認為是撒旦，但有時也會記載成彼列、巴力西卜、阿撒瀉勒等存在。

第1章・主題

第2章・神話

第3章・宗教

第4章・魔法

第5章・幻想生物

第6章・世界

第7章・神祕、懸疑

奇蹟之人

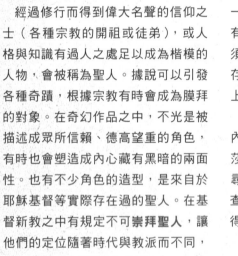

　　經過修行而得到偉大名聲的信仰之士（各種宗教的開祖或徒弟），或人格與知識有過人之處足以成為楷模的人物，會被稱為聖人。據說可以引發各種奇蹟，根據宗教有時會成為膜拜的對象。在奇幻作品之中，不光是被描述成眾所信賴、德高望重的角色，有時也會塑造成內心藏有黑暗的兩面性。也有不少角色的造型，是來自於耶穌基督等實際存在過的聖人。在基督新教之中有規定不可**崇拜聖人**，讓他們的定位隨著時代與教派而不同，在劇中登場時必須多加注意。

　　基督教的大公教會則是秉持崇拜聖人的原則，對於德性跟聖性得到認同的信者，會在死後以「封聖、列聖」的方式來贈與聖人的稱號。聖人的前一個階段為福者（列福），再下去則是有尊者的位階。要被認定為聖人，必須是**殉教者**，或是有引發奇蹟的事實存在，為了進行綿密的調查通常會花上數十～數百年的時間。

　　根據基本規定，在對象死亡的5年以內不會進行列聖或列福。但是在德蕾莎修女、若望・保祿二世等功勞超越尋常的人物，則在生前就開始準備審查。兩者都在6年這個極短的時間內就得到列福。

聖髑

據說聖人肉體的一部分或是他們的遺物，具有引發奇蹟的力量。在科學性知識還不普遍的時代，光是擁有這些聖髑就能產生宗教性的向心力，因此讓教會想盡辦法搜集，甚至出現許多偽造品。跟耶穌基督相關的假物更是為數眾多，相當有名的笑話是如果將處刑當時的十字架碎片（真假都包含在內）全都拼湊在一起的話，耶穌基督的身高可是會變得跟超人力霸王一樣。

在創作之中，聖髑大多是可以讓人長生不老、實現人們願望、治療各種傷痛疾病的魔法道具。有時也會被描述成足以改變世界趨勢的超級兵器，在漫畫作品『STEEL BALL RUN』之中，就是為了搶奪 可以保障國家將來1000年繁榮的聖人遺體，來展開橫越美洲大陸的騎馬比賽。

在佛教之中也有聖髑存在，比方說佛的牙齒，就被當作舍利（佛陀的遺骨、骨灰）來膜拜。收藏在斯里蘭卡康提市的佛牙寺之中，被當作保障國王權威的證明，據說可以帶來豐收而成為祈求的對象。

《基督教的聖髑》

真十字架	據說是釘死耶穌基督的十字架，用伊甸園的生命之樹製造而成。
聖釘	釘死耶穌基督時，刺穿基督手腳的釘子。據說跟真十字架一起被發現。
聖槍	據說是為了確認十字架上的基督是否真的死亡，用來刺穿其右腹的長槍。同時也以執行者的羅馬士兵的名稱，來命名為隆基努斯之槍。
都靈裹屍布	用來包住耶穌屍體的麻布，據說留有耶穌的血跡。
聖杯	基督與弟子們進行最後的晚餐時所使用的杯子。
聖若翰洗者的右手	為基督進行洗禮的聖若翰騎士團的守護聖人的右手。
聖亞努阿里斯之血	死後經過1700年仍舊沒有凝固，只要甩動就會變回液體的殉教者的血液。
Sudarium	因為奇蹟而印有基督臉孔的麻布。據說是在前往哥耳哥達的時候，基督用來擦汗的物品。
聖包皮	因為割禮（將男孩包皮切除的習俗）而切下的基督的包皮。出現在虔誠禱告的少女的舌頭上，據說帶有甜味。

第1章・主題

第2章・神話

第3章・宗教

第4章・魔法

第5章・幻想生物

第6章・世界

第7章・神秘、懸疑

生死觀

Fantasy Encyclopedia For Creators View of life and death

死者的國度

古代在美索不達米亞架構出都市文明的蘇美人所想出來的冥府，是代表「絕對無法歸來之地」的「Kur」。這被認為是跟冥府有關的最為古老的概念。

對他們來說，這塊土地並非承受永遠的折磨或享受平穩的地方，純粹只是死者居住的國度。之後在對於死亡的恐懼跟跳脫嚴苛現實等觀念的影響之下，死亡反而有受到歡迎的傾向，天國、淨土、極樂等死後得到救贖的概念出現，然後才發展出冥府的存在。

《Hades》

Hades同時也是冥府之王黑帝斯的名字，被描述成非常暗淡、寧靜，沒有任何變化的場所。此地沒有痛苦也沒有喜悅，只有停滯。在希臘神話之中，跟我們想像中的地獄比較接近的場所是塔耳塔羅斯，但此處並非死者

的去處，而是像監獄一般的場所。

其他還有死後的樂園Elysium，要由拉達曼迪斯、米諾斯、艾亞哥斯等3位審判官審查通過才能進入。

《海姆冥界》

由女神赫爾所統治的國家，赫爾的名稱同時也是英文「地獄」（Hell）一詞的來源。她的身體半生半死，據說這是象徵在自然環境險惡的北歐，「死亡」與日常生活之間距離非常的密切。而在北歐神話之中除了赫爾之外，還有許多神祇分別統治各自的冥府。

由主神奧丁所掌管的瓦爾哈拉（英靈神殿）是戰士死後英靈所被帶往的場所，另外則是有身為戰神與豐收之神的索爾統治的畢爾斯基爾尼爾（閃電宮），此處據說是農民死後前往的世界。

認真工作的農民將在此為他們的勤奮而受到讚美，過著幸福快樂的生活。

弗爾克范格宮殿則是愛之女神弗蕾亞的居所，據說英靈戰士有一半前往奧丁的英靈神殿，另外一半則來到此處。弗蕾亞似乎擁有優先挑選戰士的權利。農民與戰士以外的，沒有被三位神祇選中的靈魂則是前往海姆冥界。

《喜悅之島》（Mag Mell）

凱爾特神話之中死者的國度，「Mag Mell」一詞具有「喜悅之島」或「常青之原」的意思。據說跟妖精所居住的「Tír na nÓg」（長青之國）還有亞瑟王的傳說之中所登場島嶼的「Avalon」（天佑之島）被認為是同一個存在。這是人類出生之前所居住的地方，也是死後回歸的場所。在凱爾特人的思想之中，現實世界的生命反而是一趟短暫的旅程。

這是沒有生病也沒有衰老，痛苦跟悲哀也不存在，忿怒馬上就會消失的奇異場所。人們在舞蹈與音樂之中享受，等待轉生的一刻到來臨。

喜悅之島被認為跟妖精之國是同一個世界。這是受到人們會在死後會成為妖精，或是死者本身就是妖精等思考方式的影響。就如同在日本，妖怪跟幽靈的境界相當曖昧一般，在歐洲，妖精、精靈被描述成與死者非常接近的存在。

《Pitris》

在古印度文之中代表父親或祖靈的Pitri，而Pitris則是他們所居住的天上國度。此地的支配者是最早的死者Yama（閻魔），這同時也是閻羅王的來源。Pitris原本被認為是理想的世界，但漸漸演變成只有善良的人才能前去的場所，而閻魔也轉變成審判人類生前所作所為的處斷之神。

《六道》

在佛教對於生死的觀念之中，人基本上會在死的同時轉生成為其他生命。轉生的概念，據說是從先前提到的死後審判的概念而來，按照生前的生活態度與罪過，分別轉生到地獄道、餓鬼道、畜生道、修羅道、人道、天道等其中之一。從這「六道」之中誤入岐途的異端，被稱為外道，相當於所謂的妖怪。只要無法開悟從執著之中解放，生命將永遠在這六道之中輪迴，擺脫不了迷惑與迷惘的折磨。

《陰曹地府》

在中國，人死之後會先前往土地神那兒來辦理成為死人的手續，由包含閻羅王在內的十王來進行審判。一般都將焦點放在它們那可怕的外表，與不放過任何壞事的無情的一面，但審判結果極為公平，對於善行也會確實的進行評價，據說是地藏王菩薩的化身。

審判結束之後，會按照結果來決定去處。被打落地獄的，是惡大於善的少數人，許多會到天界或地祇、或是在陰府麾下當差。其中也會出現以死者為對象來作生意，甚至是找不到工作的人。當差的人在論功行賞之下可以往上攀升，身為判官的十王，原本也是冥府之中的死者。

第1章·主題

第2章·神話

第3章·宗教

第4章·魔法

第5章·幻想生物

第6章·世界

第7章·神祕、懸疑

世界最大規模的宗教

基督教以魔法的源流，西洋魔術根深柢固的歐洲圈為中心來分佈。聖髑、十字軍、聖戰、異端審判、獵巫等等，它所擁有的文化對奇幻作品的世界觀帶來絕大的影響。認為拿撒勒的耶穌是古代所預言的救主（基督），在全世界擁有超過20億人口的信徒，是現代最為巨大的宗教。

據說基督是由神派到這個世界上，用各種奇蹟來拯救人們，並且背負全人類的罪惡自願被釘到十字架上。

身為教典的聖經，分成基督誕生以前記載猶太教教條的舊約聖經，跟由弟子們將基督本人所說所言記錄下來的新約聖經。前者記載有跟聖人相關的各種奇蹟，摩西帶著希伯來（猶太）人逃出埃及、用杖子讓大海分成兩半、基督用5個麵包跟2條魚讓5000人都能吃飽、基督走在加利利湖上用言語就讓暴風雨停下來等等，都是相當有名的故事。

其中特別受到重視的，是基督復活的部分。因為加略人猶大的背叛而被釘在十字架上處死的基督，在回到天上之前，約定自己將在3天之後復活，重新出現在地上與門徒面前。這是基督教各種教義的核心。

基督教內部對於聖經的內容有不同的解釋，因此分成不同的派系。大略來說有大公教會（Catholic）、基督新教（Protestant）、正教會（Orthodox）等3大派。各派之間雖然有過不小的對立與爭執，但現在則是盡可能的互相接納。

《三位一體》

基督教認為神會以聖父、聖子、聖靈（聖神）這三種形態出現。「聖父」是掌管萬物之神、「聖子」是身為神之子的基督、「聖靈」則相當於守護者。

神聖的存在以複數形態出現，是常常可以看到的描述手法。在某處被人稱為救主、在某處則是以妖精的身份生活、在某處則假裝成無知的小孩。有時甚至會超越種族上的限制。

在小說『極道君漫遊記』之中所登場的「抹布婆」（占卜婆）這個角色，就是身為魔王的皇后還是魔人族的公主，甚至是掌管死亡的黑暗女王，但平時卻刻意隱瞞那絕世的美貌，以老太婆的外表來行動。

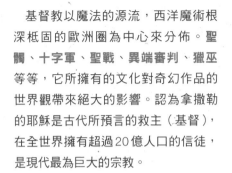

『舊約聖經』
類別：小說
翻譯：新改譯聖書出版會
出版：2006年
自從古騰堡聖經在1455年出版以來，一直都是世界最為暢銷的書籍。

第1章・主題

第2章・神話

第3章・宗教

第4章・魔法

第5章・幻想生物

第6章・世界

第7章・神祕・懸疑

創世紀的傳說

《挪亞方舟》

在紀元前3000年左右，挪亞得到「不久的將來，會發生大洪水使人類滅亡」的啟示，他按照神的指示建造大船，帶著家族逃過這個劫難。船上另外還有被神選中的各種成雙成對的動物，跟挪亞一家人一起熬過長達40天的大水。據說在洪水退去之後，方舟停在亞拉拉特山上。

在蘇美爾神話、印度神話、美索不達米亞神話等世界各地的傳說之中，都可以看到與大洪水相關的故事。再加上船的外型（長133.5公尺、寬22.2公尺、高13.3公尺）跟建造大型船隻時最為穩定的比率接近，因此有人認為挪亞方舟是真實的故事。在探險家的搜尋之下，也有找到殘骸的報告出現。挪亞方舟的知名度極高，因此被各式各樣的作品引用，是常常可以看到的故事模式之一。比方說動畫『天使之卵』，就是以挪亞方舟其實不在地上的假設來發展故事。

《巴比倫塔》

在最一開始，人類只使用一種共通的語言。某一時期聚集在示拿平原的人們，企圖用磚塊跟柏油建造足以抵達天頂的巨塔。但卻因為企圖接近神的傲慢行為，而引發神的忿怒。人類的團結來自共同的語言，因此神決定打亂人類使用的語言，讓混亂的人們分散到世界各地，建造巨塔的工程也跟著停擺。『創世紀』之中雖然沒有巴比倫塔崩塌的描述，但在其他文獻與各種作品的影響之下，人類所建造的高塔因為神的忿怒而被破壞的故事，反而得到更高的知名度。

《失樂園》

失樂園是基督教之中說明人類起源的故事。若是用亞當與夏娃的故事來稱呼，相信許多人應該不會陌生才對。

創世紀之中，神在開天闢地之後創造出最早的人類，男性稱為亞當，女性稱為夏娃。失樂園的故事在於描述兩人如何違背神的旨意，永遠被逐出樂園。

在伊甸園的中央，有生命之樹、知善惡樹。受到蛇的誘惑，夏娃違背神的叮嚀吃下知善惡樹的果實，並建議亞當也跟著食用。兩人因此遭到放逐，從樂園之中被逐出，女性必須受到丈夫的支配，忍受生孩子的痛楚，男性則必須忍受從大地上尋找食物的辛苦。

這在基督教之中被認為是人類的原罪，具有重要的含義。在這個思想之下，基督教發展出了「所有人類皆背負罪惡來誕生」的思想。

《該隱與亞伯》

從伊甸園之中被放逐的亞當跟夏娃，生下長男該隱、次男亞伯這兩位小孩。在某一天，該隱與亞伯分別將自己所收穫的食物奉獻給神。但神卻無視該隱的農作物，看中亞伯獻祭的小羊。對此感到嫉妒的該隱偷偷將亞伯殺死，成為人類第一起殺人事件。

神將該隱叫下，詢問亞伯的去處。該隱回答「我不知道，監視弟弟不是我的工作」，成為人類的第一個謊言。神回答該隱「亞伯流到大地上的血正在對所訴說真相」，而這也讓該隱受到了詛咒。對於害怕受到報復的該隱，神告訴他保護自己的方法。就這樣該隱離開了神，到伊甸園東方的Nowd（流離）這塊土地上，建造了城市。

這段傳說的焦點在於殺人與說謊，這兩項到了現代一樣被忌諱的行為。關於神為什麼無視該隱獻給他的農作物，聖經並沒有詳細的記載，到現在依然是議論的議題。

七大罪

七大罪指的是會讓人類產生惡行的七種欲望或負面的感情。在以前有8種，6世紀後半由教宗‧聖額我略一世改成7種，到了1589年，另外又由德國的神學家Peter Binsfeld指出惡魔與七大罪的關聯性。這項關聯性雖然脫離了基督教的惡魔學，但卻被魔術書籍跟敘事詩所引用，具有相當高的知名度。Niconico動畫的故事音樂『七大罪系列』、漫畫『鋼之鍊金術師』、電影『火線追緝令』等等，在奇幻與靈異作品之中，常常被用來當作表現邪惡的手法。

大罪	惡魔	動物	幻獸
傲慢	路西法	獅子、孔雀	獅鷲
妒忌	利維坦	蛇、狗	無
憤怒	撒旦	狼	龍、獨角獸
懶惰	貝爾芬格	熊、驢	無
貪婪	瑪門	狐狸、刺蝟	無
貪食	別西卜	蒼蠅、豬	無
色慾	阿斯莫德	蠍、山羊	無

第1章‧主題

第2章‧神話

第3章‧宗教

第4章‧魔法

第5章‧幻想生物

第6章‧世界

第7章‧神祕、懸疑

從16世紀到20世紀中期，天主教會製作了有可能危害信仰的書籍清單。反天主教會、非道德性、贊同頹廢的性愛、殘虐的描述、吃人、近親性交等文化上的禁忌、政治批判等等，都是其主要的對象，就連魔術書籍這個類別也被列入其中。印刷技術讓書籍越來越是普及，民眾思想上的控制也越來越困難，讓教會不得不從根本處下手。

其中特別嚴格取締的，是提倡地動說的**宇宙學**。伽利略‧伽利萊是在最早期之中可以看到的名稱。挺身而出從正面否定當時為主流的天動說，結果被判有罪，在判決結束時說出「就算如此地球仍舊轉動」這句名言。主張日心說的天文學者‧尼古拉‧哥白尼、寫下『存在與虛無』的尚－保羅‧沙特也都被列入其中。

在1948年刊行到第32版，大約有4000冊書籍被認定為禁書。到1966年才被羅馬教皇所廢除，但這並不代表教會允許人們積極的去閱讀這些書籍。

在東洋，秦始皇焚書的行為可說是相當有名。2000年下來反覆的被執行，到了宋朝之後，宗教性的書籍（經典等）與思想書籍以外的小說也被當作對象，進入清朝之後其狀況之慘烈，甚至被形容成「文字獄」。其他還有德國納粹的政府性禁書行為、中國的文化大革命。

在日本的場合，日本國家憲法第21條為『保障表現上的自由』，不可由國家權力進行檢閱行為。因此就前提來說沒有政治性、宗教性的禁書存在。

《異端審判》

跟禁書一樣，行為思想與教義不符的人會受到排斥，甚至被當作異端來接受審判。在創作之中，異端審判是讓劇中角色與教會對立相當方便的理由，另外還包含「正義到底為何」等哲學性的含意，同時也帶有質疑權力正當性的一面。

身為教會軍隊的十字軍，常常被描述成擁有狂信者一般的價值觀（教義的內容絕對正確，肅清是為了拯救異教徒的靈魂），沒有任何溝通的餘地，敵對起來非常的難纏。在小說作品『密斯瑪路卡興國物語』之中，教團腐敗高層所進行的獵殺異端者的行為讓人們四處竄逃，劇中勇者的行動巧妙對人訴說「真正的勇氣到底是什麼」。據說異端審判本身所帶有的悽慘印象，來自於西班牙過去的制度。

『魔術禁書目錄』
類別：小說
作者：鎌池和馬
出版：2004年
女主角的腦中記有數十萬冊的禁書所記載的內容，魔法、超能力、超科學相互交錯。

世界的結束與末日之後

當歷史跟文明達到頂點時，基督將再次復活。之後地球將進入「大災難」時期，為了消滅所有惡魔的末日戰爭‧哈米吉多頓（參閱33頁）也會跟著上演。復活的基督會讓所有死者復活，進行最後的審判來分成可以得到永恆生命之人，跟必須下地獄受苦的人。由神所統治的樂園‧千年王國將被建立，並且在千年之後天國將會降臨到地上，成為新生的永世樂土。記載於新約聖經『若望默示錄』的這段預言之中，可以看到撒旦所化身的紅色巨龍、獸名數目666等許多關鍵名詞，它們也常常被使用在各種創作之中。就天主教會的觀點來看，「死亡」被認為是人類的原罪所帶來的懲罰。在聖經的研究比較不透徹的時代，基督教教圈的說法是罪人死後會下地獄。但之後發現基督的發言之中沒有跟地獄相關的內容，另外在6世紀末期地獄的說法更進一步被細分化，創造出了天國、地獄、煉獄的概念。

基督教的生死觀

邪惡之人在死後會前往地獄，這是過去敗給天主的墮天使們所居住的場所。另一方面，天國則是純粹的靈魂享受永遠之喜悅的場所。在這兩者之間則是有靈薄獄、煉獄存在。

《煉獄》（Purage）

要進入天國，必須是心靈沒有任何汙穢的狀態。還沒償還自己所犯下之罪狀（還留有汙穢）的人，將在煉獄得到淨化。死者會在淨化的火燄之下，一邊忍受燒身的痛苦一起擺脫苦惱跟罪惡。這份絕大的痛苦，據說可以透過現世親屬與有緣之人的祈禱跟彌撒來得到緩和。

《靈薄獄》（Limbo）

在基督以前所出生的人，或是內心沒有汙穢（德高望重）的異鄉人、還沒接受洗禮的孩童死後的去處。前者被稱為祖先的靈薄獄、後者被稱為孩童的靈薄獄。這是為了非基督教徒與還沒洗禮就死去的孩童，所創造出來的一種說法。

《神曲》

從13世界到14世紀，由義大利中世紀的詩人‧但丁‧阿利吉耶里寫出來的敘事詩，由地獄篇、煉獄篇、天堂篇等3部所構成。故事內容是但丁在古羅馬詩人維吉爾的靈魂帶領之下，前往各種邪惡存在的地獄、為了贖罪而受苦的煉獄、以及為靈魂帶來救贖的天國。

這部作品在文學與宗教方面都得到很高的評價，在藝術、音樂、思想方面造成很大的影響，但因為有污辱伊斯蘭教的內容存在，因此在伊斯蘭教的教圈被列為禁書。

伊斯蘭教

Fantasy Encyclopedia For Creators Islam

記錄神的啟示

信奉絕對且唯一的神（真主、阿拉）與**先知・穆罕默德**所帶來的可蘭經（古蘭經）之教導的一神教。正式的名稱為「Islām」，這一詞代表服從，指的是歸依全知全能的真主，完全且完美的歸順。

這個歸依與服從的狀態，就是一般所謂的「伊斯蘭教」。伊斯蘭教徒會用源自阿拉伯文的「穆斯林」（Muslim）來稱呼自己，意思是歸依於神的人。

伊斯蘭被認為是從猶太教之中演變出來的宗教，但自認是其他所有宗教的最終到達點的伊斯蘭教徒，則認為猶太教是自己的一部分。因此猶太教的預言者，在伊斯蘭教之中一樣也擁有先知的定位。

除此之外，可蘭經之中包含有舊約聖經的內容。因此許多教義跟內容以猶太教為基本，禁止偶像崇拜、必須定時進行禮拜（Salāt）等等，特徵是在生活之中定下嚴格的規定。其中跟飲食**有關的禁忌（Taboo）**可說是特別的有名。

而在穆罕默德成為先知以前，伊斯蘭教的信徒是怎麼聽取神的啟示的呢？ 他們會將其他宗教的登場人物當作先知來看待。亞當、Nūḥ（挪亞）、易卜拉欣（亞伯拉罕）、Mūsā（摩西）、爾撒（耶穌）等5人，是他們所認定的在穆罕默德之前的先知。

伊斯蘭教的聖典 可蘭經

可蘭經（古蘭經）是唯一且絕對的真主對最後的先知・穆罕默德所下達的啟示。身為麥加（滿克）商人的穆罕默德在西歷610年左右，常常因為迷惑而前往希拉山（光明山）的洞穴內冥想。某一天在冥想的時候，吉卜利勒（加百列）現身並將神所託付的第一個啟示交給他。穆罕默德害怕這是由鎮尼（精靈、魔神）所化身而成，最後確信是真神所給予的啟示，決心成為將這份啟示轉達給人們的使徒。因為穆罕默德並不識字，啟示的內容由穆罕默德跟他的使徒們背起來，以口傳的方式承傳下去，成為日後的可蘭經。

何謂五行

穆斯林必須執行的五項義務，跟後述的「六信」一起，是伊斯蘭教根本性的重要規定。

證信（Shahāda）	即信仰作證，至少一次公開作信仰表白，念出代表「真主之外沒有其他的神，穆罕默德是真主的使徒」的清真言。
禮拜（Salāt）	即謹守拜功，一日五次，面向伊斯蘭教聖城麥加的禁寺內的天房來對神禱告。
天課（Zakāt）	即法定施捨，義務性的喜捨來幫助貧窮者。也被稱為制度喜捨、救貧稅。
齋戒（Sawm）	即封齋節欲，在齋戒月的時候，從日出到日落的時間，不可進食或性交。
朝覲（hajj）	即朝覲天房，至少一次要到麥加的禁寺朝聖。

六大信仰

也被稱為「伊瑪尼」，身為穆斯林一定得相信的6項教條。跟上述的「五行」一起，對穆斯林來說是非常重要的規定。

1	相信唯一且全能的真主（Allāh）	4	相信先知與使徒（Rusul）
2	相信天使的存在（malā'ika）	5	相信有來世的存在（yawm al-qiyāmah）
3	相信經典與神的啟示（kutub）	6	相信前定（qadar）

第1章・主題

第2章・神話

第3章・宗教

第4章・魔法

第5章・幻想生物

第6章・世界

第7章・神祕、懸疑

佛教

Fantasy Encyclopedia For Creators Buddhism

尋求領悟跟解脫

　　透過坐禪或是冥想，甚至是在瀑布之中進行精神統一等修行，藉此斬斷迷惘、領悟真理的宗教。特徵是不像其他三大宗教一般以信奉神為主要內容，而是以自己透過修行來得到真理（成佛）為最大的目標。

　　當初在印度創成的時候，原本是否定神的存在的無神教。之後與各式各樣的宗教融合，演變出多神教一般的內容。因此雖然一樣是稱為佛教，其宗教觀卻會隨著宗派而產生相當大的落差。就大分類來看，有遵守開祖的教導自己努力修行的小乘佛教，跟拯救所有一切受苦眾生的大乘佛教。大乘佛教具有推廣自身正確性的一面存在，有時會與其他宗教之間產生磨擦，在日本甚至還出現過稱為「僧兵」的軍事戰鬥集團，與日本神道產生不小的爭執。

　　在日本鎌倉時期，武士們為了得到「面對死亡也不動搖的精神力」，讓「禪」變得相當流行。在奇幻作品的設定之中，也可以看到「禪＝東洋的祕術（讀心、控制自然能量等）」。特別是在歐美等海外作品之中，這種東洋神祕的超自然力量尤其受到讀者們的喜愛。

　　佛教的開祖為古印度釋迦族的王子‧悉達多‧喬達摩。他為了尋找可以克服「生老病死」等苦惱的方法，捨棄王子的身份出家，在十幾年的修行之後於菩提樹下開悟，被稱為代表覺悟之人的**佛陀**（Buddha）。

　　佛教思想的根基，在於輪迴（所有

生命不斷重複轉生）這個概念上。

　　佛陀認為只要被輪迴所束縛，就無法擺脫生老病死等生命的痛苦，因此教導人們以**解脫**（終極的領悟、從束縛中解放）為目標來生活。

　　在日本，佛教跟當地所信仰的日本神道、神山信仰結合，出現有獨自的發展。在**神佛習合**之下「日本的神明，是佛以不同身形所顯現的樣子」等思想漸漸傳播開來，結果讓佛陀被神格化。另外，日本佛教在一開始只屬於貴族，後來成為武士跟庶民之間的宗教，因此隨著時代不同，其思想也出現有很大的變化。

末法思想

　　在奇幻作品之中，東洋風格的世界末日常常被說明成「末法時期」。這一詞原本是佛教用語，代表佛教的真締已經失去，只剩下有名無實的框架。

　　在末法時代的最後，佛教會完全消失、成為世上不再有真理存在的「滅法時期」。這個狀況將持續56億7千萬年，到時彌勒佛會降臨到這世上，再次為這個世界帶來真理。而彌勒佛目前還是菩薩的身份，在天上努力修行，好在時機成熟的時候以佛的身份降臨。而據說天上的時間與人間不同，光1天就是我們的好幾年。

　　末法時代的思想，原本指的是佛教的終焉（隨著時代而衰退），而不是這個世界的末日。但在日本的場合，民眾對於動亂時期的不安與末法思想重疊在一起，結果被解釋成一種世界末日。

　　原始佛教最早出現的末日思想，在輪迴的影響之下，有著「宇宙重複誕生與消滅」等循環的性質。而在傳遞到各個地區時，才演變成末法思想這種概念。

神佛的階級

神格化的佛有著以下等明確的階級。

如來	已經開悟的存在，在日本有奈良的大佛、大日如來、鐮倉的大佛、阿彌陀如來等等。
菩薩	將來必定成佛，但目前還在修行的存在，觀世音菩薩、地藏王菩薩都是非常有名的例子。
明王	據說是佛陀所展現的憤怒相，屬於如來的分身。有不動明王與金剛夜叉明王等代表。
天部	護法的善神，負責守護佛陀。有昆沙門天、韋駄天等等。

第1章・主題

第2章・神話

第3章・宗教

第4章・魔法

第5章・幻想生物

第6章・世界

第7章・神秘・懸疑

印度教

Fantasy Encyclopedia For Creators Hinduism

印度文化的融爐

以吠陀教（古印度的民族宗教）為基礎，經過好幾次性質上的轉換所成立的宗教。跟同樣來自於印度的佛教關係密切，輪迴、解脫等共通的教義不在少數，但佛教並不承認吠陀教的身份階級，印度教則是與此相反，繼承了這個制度。吸收各處土地的神明，形成擁有複數性質的神明與三神一體等，極為獨特的宗教體系。

隨著聖典跟經典的不同，內容與傳說也會出現變化，就算名稱一樣的神明，也會以各種不同的造型、個性來登場，讓神話故事展現出豐富的色彩。

《創造神・梵天》

曾經被當作讓宇宙開始運作的最高神，但隨著土地性特徵較為豐富的毗濕奴、濕婆這兩尊神明登場，存在意義漸漸的稀薄化。

《維持神・毗濕奴》

以維持這個世界為目的所存在的神明。毗濕奴最大的特徵是它所擁有的「化身」（Avatāra），這同時也是現代網路上「紙娃娃系統」（Avatar）一詞的來源。為了拯救人類而轉生到人間，大英雄羅摩、黑天神克里希納、佛陀等等，都被認為是它的化身。

《破壞神・濕婆》

風暴之神・樓陀羅的前身，擁有多樣性跟許多能力的破壞神。同時也掌管醫療與豐收，創造宇宙節奏的舞踏之神Nataraja、與惡魔戰鬥的神獸Pashupati等等，另外也有許多不同的名字。與妻子雪山女神・帕爾瓦蒂之間，生下有掌管商業與學問的象頭神Ganesha。

種性制度

把輪迴跟身份制度融合在一起，現世的境遇是前世的結果，不論怎樣都必須接受。或許是在這種觀念的影響之下，跟其他文明相比，印度教實施有相當嚴格的身份階級制度。

分成按照祖先、出身、故鄉來區分人民的瓦爾那（Varna）制度，以及規定世襲職業的Jāti制度等兩種。兩者的成立受到人類始祖Manu所製作的『Manu法典』很大的影響。

好好守本份的過完一生，可在下輩子出生在更好的階級。反過來說，如果懶惰過完一生的話，下輩子很可能會出生為螻蟻等蟲子，宗教觀相當獨特。

《瓦爾那制度的階級》

1	婆羅門	瓦爾那制度的頂點與核心。神職人員、負責主持祭典等司祭階級的總稱。
2	剎帝利	次等階級，統治婆羅門以外的下面兩個階級。
3	吠舍	庶民階級，除了必須繳稅給上面的階級之外，還必須義務性的從事商業、製造業、農業、畜牧等工作。
4	首陀羅	制度之中的最底層，必須擔任所有人都不願意做的工作。
5	旃荼羅	制度之外的賤民，骯髒汙穢、不可接觸之人。也被稱為「達利特人」。

《Jāti制度》

絕對不可從事規定以外之工作，也不可以轉換階級的嚴格戒律。在出生的同時就已經決定職業，就其他文明的人來看或許覺得很不合理，但就另一個觀點來看，也不用擔心找不到工作或被別人取代。

苦行僧Sadu

捨棄所有一切，透過冥想（瑜伽）等各種修行，以得到解脫為目標的修行僧。不剃鬍子也不理髮，身穿代表放棄世俗一切的枯葉色的服裝。

其最大的特徵在於他們修行的方式。住在樹上、單手抬起來不可放下、持續用單腳站立好幾年等等。

苦行分成幾個種類，「Naga」會裸體將灰塗在身上過生活、「Aghori」會食用漂浮在恆河上的屍體，相信這樣可以得到超自然的力量。

當苦行僧的方法多少隨著宗派而不同，一般得要有導師（Guru）收自己當弟子，花上好幾年的時間修行來得到認同才行。就法律來看他們等同於死人，有些人會在決定要當苦行僧的同時舉辦自己的喪禮，也有人會為了逃避世俗的問題而志願要當苦行僧。

神道

Fantasy Encyclopedia For Creators **Shintoism**

神道的成立與其特徵

如同西歐以凱爾特、基督教的教條為基本一樣，日本神道也是將生活習慣、社會基本盤、魔術性觀念包含在內的思想體系。神道一詞在西元720年所成立的『日本書紀』之中首次登場。跟海外傳來的佛教、陰陽道、咒禁道不同，神道是以宗教性的觀點來稱呼祭拜**氏神**、**產土神**等祖靈的風習。因此神道本身並不算是一種宗教。所具有的宗教性，主要來自於明治維新之後的廢佛毀釋運動。大力鼓吹神道才是日本本土的宗教。

原本神道所崇拜的對象為祖靈跟大自然，不像其他宗教有耶穌、佛陀等創始人，無法用語言將教義統一來進行流佈，內容也無法固定下來。因此若有其他宗教傳來，神道比較少因為內容上的衝突來產生對立，而是柔軟的接納來成為自己的一部分。比方說佛教本來的宗旨在於「教人怎麼開悟」，在神道之中則變成把「佛」當作神來崇拜。目前幾乎是神道其中一個教派的陰陽道，也是輪流吸收陰陽五行與八卦的思想，架構出各種實踐手法的結果。

在神道之中特別具有代表性的，是將「穢」淨化的「祓」或「禊」等儀式。死亡、出產、流血等現象據說都有穢氣存在。而穢（Kegare）一詞的發音又來自於「氣枯」（Kigare），指的是像憂鬱症這樣，失去力氣沒有生命力的樣子。這是極為日常，任誰都有可能發生的現象。據說這種狀態有可能會波及他人，影響到周圍的家人、朋友、村民、甚至波及到全國。「祓」是在事情變得不可收拾之前，將穢氣去除的行為，而在執行神聖的儀式之前由本人以對自己所進行的，則是「禊」。

「祭祀」與「祀禮」

「祭祀」神明一詞為名詞的形態，以稻米的收成為中心，感謝春天的豐作、減輕夏天暴風雨的損害、秋天的收穫而將禱告奉獻給神明。這些儀式除了會由當地的神職人員來進行，古代的日本為祭政一致體制，因此不只是在神社，天皇也必須為國家與人民的安寧執行祈求的儀式。

在這些神道儀式之中，服侍神明、身穿白衣與紅袴、進行「拔」的儀式與神樂等舞蹈的女性，被稱為巫女。在沖繩所信仰的琉球神道的神人（神職者）則被稱為祝女。以人類當作憑藉讓神降臨到身上的儀式，當初主要是由女性來進行，儀式與執行者雙方都被稱為巫（男性的場合為「覡」）。在現代，女巫則主要是指支援神職者的女性人員。

其他用語

在此介紹神道之中所使用的各種名詞。

祝詞	自古以來所使用的咒語、祭文。奉神靈為上，藉此得到神明的加持。
柏手	在祭禮跟禮拜時，用雙手手掌拍出聲響的行為。用來引起神的注意的正式禮法。必須拍出大聲的破裂聲響。
神降	將神請到憑坐（巫女）身上的儀式。進行儀式的時候，憑坐會進入變性的意識狀態，會有跟神溝通的審神者同席。
魂振	讓神的靈威活性化的技巧的總稱。也被用來讓人的生命力活性化。
神樂	在進行神道儀式的時候，用來娛樂神明的歌舞、樂曲。奉納（獻禮）用的相撲比賽也包含在內。起源據說是天鈿女命將天照大神引出天岩戶的舞蹈。
注連繩	神社跟神體周圍，綁有紙垂（紙片）的繩子。注連繩所圍起來的空間是神的領域，也是有神寄宿其中的證明。新年的注連裝飾、相撲的橫綱也都是其中一種。
神籬	在神社或神壇以外的場所，臨時請神降臨的憑依對象。古神道用來請神的巨木。
神輿	祭典時請神移動用的神殿（神轎），為了讓神坐得舒服，抬轎時必須發出特殊的吶喊。
磐座	在崇拜自然的神道之中，成為信仰對象的岩石。用連注繩將巨石、奇岩，或是具有特殊由來的岩石綁起來作為憑依對象。
鳥居	區隔世俗與神域的門。
狛犬	成對的四腳獸雕刻，具有驅魔、避邪的意義。
鏡餅・門松	餅代表捲曲的白蛇、松葉代表鱗片，蛇神・大歲神的憑依對象。可驅逐邪氣。
神棚	在家庭跟職場祭祀神明用的小型神殿（神壇）。會擺上神札（符籙）作為憑依的對象。

第1章・主題

第2章・神話

第3章・宗教

第4章・魔法

第5章・幻想生物

第6章・世界

第7章・神祕、懸疑

巫覡教

生命
咒術
精靈、妖精

Fantasy Encyclopedia For Creators Shaman

與精靈對話之人

讓自己進入特殊的精神狀態之中，與神靈、精靈、死靈等超自然的存在進行溝通的職位、指導人員，被稱為巫覡（巫師／Shaman）。執行這種儀式的文化、風俗，則統稱為**巫覡教**（Shamanism）。這是19世紀後的民俗學者們，在研究各種民族所擁有的咒術文化時所使用的稱呼，因此**巫女**、**禱告師**也被包含在內。

巫覡教的根基，在於可以察覺靈魂與精靈的自然觀念，這種精靈信仰被稱為**泛靈論**（Animism）。人類學的創始者・愛德華・泰勒認為這是最原始的宗教形態，名稱來自於拉丁文中代表生命、靈魂的阿尼瑪（Anima）。泛靈論相信以人類為首的所有生物，甚至是其他無生物，都寄宿有靈性的存

在。「靈性存在」包含有靈魂、死靈、精靈、鬼神，所以就廣義來看，自然崇拜、精靈崇拜、祖靈崇拜全都屬於這個類別。因此巫覡教也可以說是制度化的泛靈論。

跟其他人無法看到的神靈進行交流的行為，在許多場合，會進入「Trance」（人格轉換）這種變性的意識狀態之中來進行。隨著巫覡的種類不同，進入Trance的方法也不一樣。一般會連續性的敲著鼓或鈴鐺等打擊樂器，特別是透過唱歌（Power Song）或跳舞，可以讓本人進入昏睡或一種歇斯底里（自我催眠）的狀態。除此之外，還有食用幻覺性的食物，或是透過吸煙來攝取到體內。

巫覡的分類

　　原本對於巫覡的研究，是從包含日本在內的北亞細亞開始。但巫覡教本身卻是世界各地都可以看到的宗教性行為。寫下『金枝』一書的詹姆斯‧弗雷澤，把世界的巫覡分成4大類，而身為宗教人類學者的佐佐木宏幹則更進一步規劃出第5大類。

「靈魂離脫型」 （例）喀拉哈里沙漠、西伯利亞、北美原住民	靈魂離開身體，前往神靈存在的場所（異世界）來請精靈完成願望。
「精靈統御型」 （例）木曾御嶽山信仰之中神靈進入「中座」身體的「前座」	在守護靈或精靈等協助之下，得到各種能力。
「靈媒、憑依型」 （例）日本的潮來、沖繩的Yuta	讓神靈或精靈進入施術者的身體來轉換人格，巫覡將以神的身份來發言。
「預言者、通靈型」 （例）猶太、基督教的摩西、約書亞、耶穌	直接跟神靈、精靈接觸來進行對話。
「見者型」 （例）日本各地的祈禱師、行者、傳道師，台灣的通靈、韓國的菩薩等等	可以看到神靈、精靈的身形或聽到它們的聲音，又或著兩者皆可。

　　在日本所傳承的神話或現代社會之中，也有屬於這種分類的「巫女」存在。她們擁有接受神諭來統治國家的政治性地位，或是強化部族所具備的正當性、優秀性的軍事性含意。天照大神、邪馬台國的女王卑彌呼，也被認為是這種類型的巫女。

身為巫醫的一面

　　除了通靈之外，巫覡還會利用祈禱、驅魔來得到靈性的醫療效果。生活較為原始的部落，會認為死亡與疾病是由精靈、惡靈所作祟，或是寄宿在自己身上的能量（或控制這股能量的存在）失衡所造成。也因此會尋求用超自然的力量，透過各種儀式來進行治療或延長壽命。從事這種靈性治療的人員被稱為Shaman Doctor或Witch Doctor。而並非所有巫醫都是透過儀式來進行治療，近年來，他們所調配的藥物與物理治療，有一部分在研究之後發現具有藥物性、生理學性的治療效果。

　　連現代科學家都無法發現的藥效，他們到底是怎樣得知的呢？

宗教的禁忌

Fantasy Encyclopedia For Creators Religious Principle

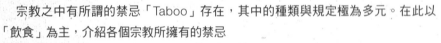

各個宗教所擁有的禁忌

宗教之中有所謂的禁忌「Taboo」存在，其中的種類與規定極為多元。在此以「飲食」為主，介紹各個宗教所擁有的禁忌

《飲食上的禁忌》

伊斯蘭教	豬、血液、由穆斯林以外的人所宰殺的動物、肉食動物的肉、驢子、用爪子捕捉動物的鳥類、酒類
猶太教	馬、駱駝、兔子、貉、血液、屬於猛禽的鳥類、所有爬蟲類、甲殼類、軟體動物（章魚、魷魚等）、沒有魚鰭或魚鱗的水生生物（鰻魚、蝦子、貝類、海膽、鯨魚）、有翅膀的昆蟲、由以上所殺的動物
基督教	螃蟹、魷魚、狗、馬、昆蟲（隨著宗派與教派而不同）
錫克教	牛、酒類
印度教	肉類、蛋類、蔥類
佛教	五葷（蔥、大蒜、韭菜、薤、興渠）、魚類、肉類
摩爾門教	酒類、咖啡因

在可蘭經明確的禁止之下，穆斯林無法食用豬肉。這是規定非常嚴格的禁忌，並非只要避開豬肉不去食用即可，混有豬肉、豬油的料理、曾經煮過豬肉的調理器具所作出來的料理等等，全都不可以去碰到。以正確方式屠宰出來的肉類被稱為清真（Halaal）食品，會在包裝貼上相關的標誌。

猶太教則是有所謂的 **Kashrut**（符合教規的食物）存在，符合這個規定的食物被稱為 **Kosher**（合適的狀態）。蹄有分叉且會反芻的動物，也就是牛、羊、山羊、鹿是可以食用的動物，另外則是規定「不可用小山羊母親的奶來煮牠」，因此不可同時攝取肉類跟乳製品。豬肉雖然也被禁止，但似乎沒有伊斯蘭教那麼的嚴格。

以**不殺生**為戒律的佛教，禁止食用肉類跟魚類。現代日本禪宗的寺廟之中，也是食用以蔬菜為中心的精進料理。「五葷」指的是具有強精效果、氣味特別強烈的植物，因為妨礙修行而被禁止。在日本就是用「生臭坊主」（臭和尚）來稱呼違反戒律、食用魚肉跟五葷等帶有葷臭味的食物的僧侶。

現代航空公司的國際航班之中，除了素食餐點之外，一般還會提供給猶太教、伊斯蘭教、印度教享用的機內餐點。特別是猶太教的食物會進行嚴格的管控，用正確方法調理之後裝到容器之中密封，並在點餐的客人面前開封，管理方式非常的徹底。

清真食品標誌

Kosher 標誌

其他的禁忌

「飲食」之外較為一般人所知道的，是關於服裝的禁忌。伊斯蘭教用黑布將眼睛與手腳以外的全身都包覆起來的 Abaya，就是非常顯眼的例子。另外還有把頭髮包住的 Jilbāb、用網紗將眼睛也遮住的波卡（Burqa）等等，都是基於宗教性的理由來避免肌膚外露。

其他還有認為左手是**骯髒之手**，在日常生活之中必須刻意不去使用，或是被狗的口水沾到要洗 7 次才行，甚至是沉醉在賭博、嫖妓等飲酒以外的行為都是一種禁忌。在世界性的宗教之中，相當例外的基督教沒有明文規定任何禁忌，但還是會忌諱暗示背叛者

猶大的「13」這個數字。

在禮儀的基本之中，會避免跟初次見面的人談到宗教性的話題。現代的日本人大多屬於信仰比較薄弱的族群，但是對一部分的人來說，信仰仍舊就具有至高無尚的意義。覺得無傷大雅的無心之言，也可能在別人的內心造成很大的傷害。就算不是如此，自己所相信的事物遭到否定時，往往都會讓人感到非常的不愉快。

第1章·主題

第2章·神話

第3章·宗教

第4章·魔法

第5章·幻想生物

第6章·世界

第7章·神祕、懸疑

Column
聖戰

　　回首觀察歷史，會發現在各個區分點，大多有戰爭或權力的轉移存在。日本在二次大戰結束之後已經過了將近70年，到現在還是會用「戰後〇〇年」來稱呼。就算敗戰的慘烈記憶漸漸淡薄，對國家、國民來說或許仍舊是一個歷史性的區分。

　　具有宗教性含義或國家性意義的戰爭，會用「聖戰」來稱呼。在太平洋戰爭當時，日本政府與媒體頻繁的將這一詞當作口號。當時日本國內的基督教徒，甚至是連日本的佛教都秉持拯救一切眾生的大乘佛教思想，往大東亞共榮圈（以軍國日本為盟主的亞洲勢力）這個理想邁進。但是在戰敗這個結果之下，聖戰一詞開始讓許多日本人出現空虛的感觸。

　　「聖戰」在歷史上是一次又一次的上演著，到現在依然還在持續下去。基督教徒為了奪回聖地，耶路撒冷的十字軍，就是非常有名的例子。1095年，羅馬帝國被伊斯蘭王朝奪走安那托利亞（現在的土耳其地區），羅馬教皇以奪回聖地的名義要求援助，成為十字軍的開始。1096年展開第1次的遠征，在佔領地區建造了被稱為十字軍國家的小國家群。在十字軍好幾次的嘗試之下，成功奪下耶路撒冷，但是在1244年再次被伊斯蘭教所奪回。這場戰爭被伊斯蘭教稱為「Jihad」。「Jihad」雖然也被翻譯成「聖戰」，但在阿拉伯語之中代表著「不惜一切努力」。另外也會以「促進社會改革的努力（Jihad）」「實現經濟發展的努力（Jihad）」等方式來使用。

　　就伊斯蘭教狹義的意義來看，Jihad一詞代表擴展伊斯蘭教勢力範圍所產生的戰爭，或是對於侵略者所展開的防衛性戰爭，面對前來侵犯的十字軍，Jihad正是屬於後者的一場聖戰。之後在殖民地抵抗帝國主義的侵略、在阿富汗抵抗蘇聯的侵略時，也都有喊出Jihad的口號。近年則是用來將激進的政策或恐怖行為正當化，讓這一詞負面性的印象也跟著加深。

　　史實中的聖戰，在複雜的因果關係糾纏之下進入21世紀。在這個難以產生絕對性正義的時代之中，聖戰演變成一個相當難以面對的問題。把國家與宗教上的對立套用到作品之中，是常常出現的創作手法，但若是沒有想好和解或是讓戰爭結束的方法，則結果可能只是一時性的解決，把問題往後推，成為令人難以接受的結局。

第4章

魔法
Magic

魔術的起源

　　法國詩人兼魔術師的Eliphas Levi曾經這樣講過「魔術，是從賢者的時代承傳下來，乃研究自然神祕的傳統科學」。遠古時代的人類認為自然與生命，是由神或惡魔、精靈等超自然性的存在來運作。火山爆發、遠處的雷聲、地震、洪水等自然災害看在他們的眼中是無比的驚奇，為了解、控制這些現象，讓他們進行了各種不同的嘗試，成為魔法的起源。而這同時也是從錬金術一路持續下來的現代科學的前身。

　　許多魔法都與宗教結合，跟當地文化互相影響而一路發展。但是在後來與宗教產生對立時，卻被印上魔法是惡魔的力量、被神所禁止的禁忌學問這個烙印。特別是隨著基督教勢力的擴展而出現的獵巫行動，更是讓區域性的宗教徹底受到打壓。之後他們的魔法受到科學的分析，讓神祕的色彩黯然失色。結果到了現代，魔法幾乎不會出現在舞台上。但還是有許多人，嘗試用魔法來挑戰科學無法解釋的現象。

《黑魔術・白魔術》

　　魔術可以按照它的用途，來分成白魔術與黑魔術。在集團之中除了領導者之外，還有透過智慧、技術、儀式、天文與草藥等知識來支持集團運作的白魔術師。在與其他集團的抗爭之中，開始出現將咒術等知識運用在對外方面的黑魔術師。流用這個設定，創作中大多會將用來滿足自己欲望、用來傷害他人的魔術歸類為黑魔術，專門使用攻擊性魔法的人分類成黑魔術師。相反的，使用的魔法有利於自己跟周圍的則是白魔術師，使用可以進行回復與治癒的魔法，描述的有如賢者一般。

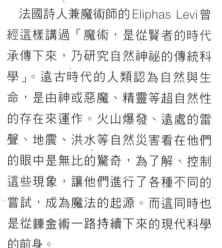

『魔術師歐菲』
類別：輕小說
作者：秋田禎信
出版：1994年
用綿密的魔法設定得到高人氣的作品，描述魔術師歐菲如何展開冒險的奇幻動作小說。

《實際存在的魔術、祕術體系》

亞洲地區	瑜伽、曼怛羅、怛特羅密教、仙術、妖術、錬丹術、八卦、道術
日本	神通力、方術、法力、陰陽術
西洋	黑魔術、白魔術（威卡教）、巫術（Witchcraft）、錬金術、卡巴拉、德魯伊、數祕術、占星學、塔羅牌

第1章・主題

第2章・神話

第3章・宗教

第4章・魔法

第5章・幻想生物

第6章・世界

第7章・神祕・懸疑

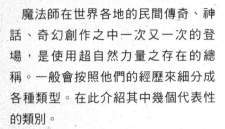

各式各樣的魔法師

　　魔法師在世界各地的民間傳奇、神話、奇幻創作之中一次又一次的登場，是使用超自然力量之存在的總稱。一般會按照他們的經歷來細分成各種類型。在此介紹其中幾個代表性的類別。

《魔法師》（Magician）

　　源自於代表魔術的Magic一詞，涵蓋範圍最廣的稱呼。Magic一詞在現代也用來稱呼表演性的魔術跟把戲，因此Magician也是指身為表演者的魔術師。

> 角色：黑魔導
> 漫畫『遊戲王』

《魔導士》（Mage）

　　原本是用來稱呼古代波斯・祆教（拜火教）的司祭。另外在基督教之中，則是將東方三賢士稱為MAGI（單數為MAGUS）。在純粹指使用魔法的人時，大多傾向於使用Mage，而不太會用Magician。

> 角色：露易絲・法蘭西斯・露・布朗・杜・拉・瓦利埃爾
> 漫畫『零之使魔』

《詠唱者》（Caster）

　　從詠唱魔法、咒文的行為「Spell Casting」一詞所誕生的稱呼。咒文具有相當特徵的魔法師，或是必須詠唱咒語才能使用魔法的人，大多會以這個分類來稱呼。

> 角色：Caster
> 電玩『Fate／Stay night』

《巫師》（Wizard）

　　魔女（Witch）的男性稱呼，代表男性的魔法師。來自於賢明（Wise）一詞，因此也給人透過教養、學習、經驗而懂得使用魔術，屬於善良一方的形象。

> 角色：歐菲
> 小說『魔術師歐菲』

《咒術師》（Sorcerer）

　　來自代表咒縛、咒文的法語，被認為可以借用精靈、神靈的力量，與巫覡較為類似。而「Socery」在拉丁文中則是代表「古代（宗教）的祕儀」。

> 角色：黑兔春瓶
> 漫畫『咒法解禁！！HYDE & CROSER』

《妖術師》（Warlock）

　　在蘇格蘭、北英格蘭等地區發祥，原本是用來稱呼惡魔的名詞。在作品中登場時，大多是使用黑魔術的邪惡法師。

> 角色：天來
> 電玩『天誅 參』

《魔女》（Witch）

　　原本是像咒術師一般的存在，但是在基督教的影響之下，被描述成使用黑魔法的異端。絕大多數都是女性存在，但也並非沒有男性存在。

> 角色：梅杜莎
> 漫畫『SOUL EATER噬魂者』

歷史上的魔法師

《阿格里帕》

本名為阿格里帕·馮·內特斯海姆，出生於德國。在科隆大學埋首於學問之中的時候，特別傾倒於鍊金術，其中又以「赫耳墨斯文書」與「卡巴拉」是他最大的焦點。在24歲寫下的『關於神祕性哲學』之中，斬釘截鐵的道出「魔術與惡魔沒有絲毫的關聯，魔術是施術者本人精神性的潛在能力」。他認為只要學習與大自然的調和，就可以掌握人類的潛能＝魔術的奧妙。

習得降靈術、惡魔召喚等魔術的他，據說曾經實際召喚出惡魔。傳言他為了隱瞞學生被惡魔所殺的事實，請惡魔讓學生復活到街上走動，然後假裝意外性的暴斃。

《阿萊斯特·克勞利》

被稱為20世紀最具影響力的魔術師（神祕學領袖）。稱呼自己為「默示錄的野獸666」，把生涯奉獻給麻藥與性愛領域之中的魔術性研究。另外還將瑜伽跟佛教思想融入西洋魔術，提出基督教勢力範圍之中所不存在的「自己成為神的可能性」來讓世界知道。

從祕密結社「黃金黎明協會」獨立出來之後創設了「銀星團」（A∴A∴），並成為「東方聖堂騎士團」（Ordo Templi Orientis）的領袖。同時也是挑戰K2峰（海拔8611公尺）、干城章嘉峰（海拔8586公尺）的登山家。

傳說中的魔法師

《梅林》

夢淫妖（Incubus）與人類之間所生下來的異端，中世紀各種傳說之中最為強大的魔法師。在『亞瑟王』的作品內用那強大的魔力來支援亞瑟王。

梅林傳說中的各種事跡廣為人知，在各種奇幻作品之中都可以看到名叫梅林的角色登場。

《瑣羅亞斯德》

人類最為古老的魔法師，有史以來最偉大的占星術師，也被人稱為大魔法師。與傳說中的善神阿胡拉·馬茲達相遇，進而在古波斯創立了祆教（拜火教）。

瑣羅亞斯德所提到的善惡二元論，善神馬茲達、惡神阿利曼等等，對許多宗教跟文化帶來深遠影響。

《所羅門》

身為古代以色列之王的同時，卻也是位差遣許多精靈與惡魔的偉大魔術師。跟他所封印的「所羅門72柱魔神」一起，有著極高的知名度。留下『所羅門之鑰』與『所羅門的小鑰匙』等2冊魔術書籍，特別是後者擁有極高的完成度，被評為中世紀最重要的魔術書籍。

使用妖術的存在

一般來說，魔女分成基督教獵巫之中所描述的、與惡魔簽下契約、對人類造成危害的魔女，以及在基督教以前的日耳曼、凱爾特、斯拉夫等神話之中所流傳，超自然力量的執行者與古代東洋的豐穰之神（地母神）信仰混合在一起的存在，這些形象全都被統稱為魔女。兩者的共通點有飛行、變身、危害小孩等等。在斯拉夫神話之中知名度較高的魔女，有坐在臼上遨翔天空、專吃小孩的雅加婆婆。以第二次世界大戰為舞台的戰爭漫畫之中，俄羅斯士兵的口頭禪「被魔女的老太婆詛咒吧！」指的就是雅加婆婆本人。

魔女在英文被稱呼為Witch，這原本是日耳曼文之中代表「預言者」的縮短型「Wicca」的女性版「Wicce」，在古英文之中轉變成「Wicche」，之後演變成為現代的「Witch」。這原本是法國古代宗教之中，代表崇拜自然、自然魔術的一詞，但現在的「Wicca」只代表與白魔術差不多相同的意思。被認為是跟魔女有關的藥草學、能量寶石（Power Stone）、中世魔女集會的Sabbath等風俗，都是起源於這個「Wicca」。

獵巫

「獵巫」（Witch Hunt）是從中世到近世，在歐洲所發生的相當有名的事件，但實際上在這之前的希臘、埃及、羅馬，都有將被認為是魔女的人處以死刑。只是當時審判魔女的行為，與其說是宗教性、社會性的迫害，不如說是為了處罰殺人、偷竊等行為。

基督教正式開始進行獵巫行動，據說是在14世紀以後。當時的歐洲在黑死病的蔓延之下，總人口有高達3分之1的人數死亡，異端運動使教會威信掃地、農作物收穫量減低，社會陷入極度的不安之中。跟當時異端審判的制度結合，以教會等知識份子為首的民眾用來洩恨的對象，是具有藥學知識的產婆等存在，這些無辜之人被當作魔女而遭到嚴厲的抨擊。在1485年甚至還由Jacob Sprengere與Heinrich Institoris等人出版了『女巫之槌』（Malleus Maleficarum）這本如何找出魔女的特徵、如何拷問她們的書籍。

被當作魔女來處刑的人幾乎都是貧窮的民眾，眾所周知的，她們跟基督教所指控的魔女可是一點邊也沾不上。獵巫運動從16世紀一直持續到17世紀，跨越海洋波及到美國的塞勒姆，造成最少4萬人，某些說法甚至認為高達30萬、300萬人的犧牲者才平息下來。

夜宴（Sabbath）

由惡魔崇拜者所舉辦的儀式，原本是先前提到的日耳曼、凱爾特、斯拉夫等文化圈中自古流傳的風俗之一。但受到基督教的支配以後，相關團體開始被視為危險的異端、異教，讓這些風俗也被抹上灰暗與邪惡的色彩。這些集會本來的目的已經無從得知，從基督教所進行的宗教性裁判的記錄之中，夜宴被描述得極為負面，是帶有可怕氣氛的儀式。

據說夜宴主要會在週三、週五的深夜舉辦，參加者會聚集到人煙稀少的深山、森林之中，羊頭人身的惡魔將在此處降臨。在描述夜宴內容的作品之中，惡魔學者 Pierre de Lancre 的『無操守的惡魔繪畫』（Tableau de l'inconstance des mauvais anges et démons／1612年）可說是相當有名。在這本書中可以看到身為舉辦者的惡魔、老巫婆將青蛙跟蛇丟到滾燙冒煙的大鍋內、在煙霧中騎著掃帚亂飛的巫婆、把桌子圍住將小孩煮來吃、繞著圓圈跳舞的女性等標準性的特徵。

第一次參加夜宴的人，必須義務性接受惡魔的洗禮。首先得將十字架跟其他基督教的象徵踩在腳下，代表捨棄基督教的信仰跟對神的誓言。接著進行宣示，明言約定放棄這些信仰與誓言的行動屬實，並得到惡魔的認可。惡魔會用爪子在每位參加者的額頭留下痕跡當作契約的証明。用污水進行洗禮並贈予第二個名稱之後，參加者會將自己所擁有的物品或小孩交給惡魔，當作是契約的抵押。最後由惡魔在身體的一部分印上代表惡魔爪痕的烙印，儀式就告結束。歸依惡魔之後，十字架、聖水、鹽跟其他聖物全都禁止使用。因此在夜宴之中登場的料理也全都沒有使用鹽。

沃普爾吉斯之夜

凱爾特民族將一年分成溫暖期跟寒冷期，從寒冷期轉變成溫暖期的境界點的5月1日為慶祝新的季節來到的樹木祭，前一天晚上則被稱為『**沃普爾吉斯之夜**』（Walpurgis），是特別有名的夜宴之一。據說全國所有的魔女都會參加這個沃普爾吉斯之夜，其中又以德國中央北部的哈茨山地最高峰・布羅肯峰所舉辦的最為出名。

名稱的由來是西元710年，在韋塞克斯（英格蘭的七個國家之一）所出生的聖・沃普爾吉斯，這原本是慶祝她被修道院列聖的日子。她在德國慕尼黑西北方的海登海姆擔任修道院的院長，死後因可以治療疾病的聖油而成傳說，對於聖女沃普爾吉斯的崇拜跟魔女一樣，推測是與基督教傳來之前的信仰組合、改編而成。

魔女的道具

《魔女的軟膏》

魔女所調配的祕藥之中，知名度較高的種類。魔女會在飛行之前塗在掃帚跟自己身上，也會用來變身成其他生物。主要的材料是洗禮之前的嬰兒脂肪、蝙蝠血、顛茄、毒參乾燥的根部或莖、大麻、曼德拉草、天仙子、烏頭屬的植物等等。

《大鍋》

隨著基督教獵巫與迫害魔女的行動，讓她們所使用的大鍋也染上令人忌諱的印象。在丹麥發現有被認為是紀元前1世紀左右的銀製大鍋「剛德斯特爾普（Gundestrup）的大鍋」，外表的裝飾有人類（犧牲者）泡在鍋內的圖樣。從鍋煮的刑罰記錄之中推測，這可能是處刑用的道具，或是在神聖的儀式之中用來裝祭品的容器。凱爾特神話則是出現有可以讓死者以不完全的形態復活的鍋子，與豐饒之神Dagda所擁有的「食物無止盡的湧出」「極為巨大」的"Dagda的大鍋"。凱爾特的這種神奇的大鍋，被認為是後來基督教聖杯傳說的起源。

《使魔》

在英文被稱為「Familiar」或「Familiar Spirit」。據說源自於拉丁文的「Famulus」（僕人）。魔女會將低級的惡靈當作使魔來差遣，發派它們從生活上的雜務到詛咒、讓疾病蔓延、甚至是買東西等單純的差事等等。使魔在大多數的作品中會擁有貓咪、烏鴉、蟾蜍、貓頭鷹、老鼠、狗、蟲子等外表，有時也會使喚真正的動物。小惡魔（Imp）也可能被當作魔女的手下，雖然是低級的惡魔，但智能與人類差不多，甚至可以使用魔術。

小魔女跟魔法少女

在日本的動畫作品之中，有魔法少女、小魔女等類別存在。一般會由可以使用特別力量的主角，來解決日常之中的各種問題，另外加上對於大人的憧憬與不安、初戀跟友情來描繪出整體的劇情。透過魔杖等道具來變身，會講人話的小動物伴隨在身旁等等，都是常見的元素。一開始就能使用魔法，或是後天性得到魔法與變身能力等等，有各式各樣的故事模式存在。

『莎莉變變變』
上映：1966年
原作：橫山光輝
魔法少女這個類別之中的第一部作品。

第1章・主題
第2章・神話
第3章・宗教
第4章・魔法
第5章・幻想生物
第6章・世界
第7章・神祕・懸疑

現代科學的根基

「鍊金術」（Alchemy）的起源，目前還沒有找到明確的答案。一般來說鍊金術指的是嘗試將卑金屬（金、銀、白金以外的金屬）轉換成貴金屬（金、銀、白金）的行為。

一般人所想像的西洋鍊金術，以埃及第二大都市亞歷山卓為起源，透過幾世紀下來的發展，讓他們與哲學、宗教、醫學、冶金學等實用性的技術結合來形成這種思維。許多鍊金術師都認為埃及才是鍊金術發祥之地，代表鍊金術一詞的Alchemy，似乎也來自代表埃及之地的Khem。

古老的鍊金術的書籍，許多是由神話上的登場人物或虛構中的國王所寫下。其中最有名的，莫過於鍊金術的始祖赫耳墨斯‧特里斯墨吉斯忒斯（3倍偉大的赫耳墨斯）這位神祇（或人物），據說在整個生涯之中留有超過3萬冊的著作。它在哲學、醫學、藝術、音樂、鍊金術等領域留下重大影響的書籍，被稱為赫耳墨斯文書（Hermetica），據說是在3世紀左右寫下的著作。史實中最為古老的鍊金術師Zosimos現存的著作之中，也能看到引用赫耳墨斯文書的部分。

赫耳墨斯對鍊金術最大的影響，是他在死前所留下的翡翠綠碑文（Emerald Tablet）。實物據說已經流失，但在3世紀時出現許多抄本，在當代的文獻之中也能看到它的名稱。

翡翠綠碑文記載有鍊金術最為根本

的原理，也就是萬物相互對應、集合、循環的3種概念。現代科學與此相符合的部分也不在少數，比方說萬物相互對應相當於元素週期表、物質相當於原子的集合等等。

據說印度跟中國都在2～6世紀左右，正式開始研究鍊金術。雙方各自受到對方的影響，印度在紀元前4世紀出現跟金屬變性相關的記載，同一時期的中國則是有跟西洋鍊金術相似的記錄存在。因此也有說法指出鍊金術的起源是在亞洲。

不過現代一般人所想像西歐鍊金術，一直要等到12世紀的大流行才會出現。

從西羅馬帝國瓦解之後，一直到文藝復興時代為止，歐洲包含鍊金術在內的許多學問都已失傳。而在這段期間，不斷持續鑽研鍊金術來累積相關知識的，是阿拉伯的鍊金術師。他們將伊斯蘭世界高度發展的數學、化學、醫學融入鍊金術之中，讓這門學問邁向更高的境界。

在中東開花結果的鍊金術

賈比爾‧伊本‧哈揚是阿拉伯鍊金術領域之中，留下最大功勞的鍊金術師。他在研究的過程之中發現各種化學物質的精煉與結晶化的方法，還有鹼性的存在跟可以讓黃金融化的王水，並發明對日後化學實驗帶來無比貢獻的蒸餾器（Alambique）。根據這些實績，他的著作『Kitab al-Kimya』被認為是鍊金術（Alchemy）與化學（Chemistry）等名稱的來源。

然後在這個時期，萬物由成對的存在所構成的思想被融入鍊金術之中。這兩種存在的比率變化，讓萬物形成種種的性質，與中國陰陽五行的學說極為相似。在鍊金術的領域，相當於陰跟陽這兩個象徵的物質，是硫磺（雄性、能動）跟水銀（雌性、受動）。硫磺跟水銀擁有相反的性質，因此當時認為必須透過鹽才能讓兩者結合。

透過元素的融合來構成世界萬物的概念，隨著文藝復興時期十字軍從中東帶回來的文獻，再次回到歐洲地區。帶有這種思考的鍊金術，受到神學家‧湯瑪斯●阿奎那、哲學家‧勒內‧笛卡兒、科學家‧艾薩克‧牛頓等人廣為學習。

「鍊金術」的目標

對當時的鍊金術師來說，要以化學性的方式來精煉黃金，可說是天方夜譚，這點他們自己也相當清楚。那麼這些鍊金術師到底是以什麼為目標呢？

若是用一句話簡單表達，可以說是為了「達到」所須要的手段。分析萬物，以揭開這個世界的祕密為最高目標，為了達到這個目的，從醫學、哲學、化學到數學、占星學甚至是魔術等等，有必要的話不論何種手段都會使用，也不刻意進行區分，這就是所謂的鍊金術師。據說不老不死的聖日耳曼伯爵，對於鍊金術的目的曾經這樣講過「見聞這個世界來進行觀察」。在這永無止盡的好奇心使然之下，鍊金術師將自己比喻成咬住自己尾巴的銜尾蛇（Ouroboros）。

這條龍是吞噬自己的自我毀滅的象徵，同時也是用尾巴塞住噴出毒霧的嘴巴，代表理性的象徵。而除此之外還有各種不同的意義存在。萬物集約的一體性、萬物流轉的圓環、無限的再生、不老不死、沒有開始也沒有結束的存在、世界的境界等等，有許多比喻性的含意存在。

賢者之石

如同先前所提到的，鍊金術是以達到為目的的學術。他們以哲學性、精神性的觀點把黃金當作「完成」的象徵，認為可以將構成物質的各種要素分解，重新組成必要的存在。

賢者之石，被認為是可以將物質中不必要的部分，轉換成更為優良、更為完全之存在的媒介物。

另外賢者之石含有自然界之中所有一切的元素，據說可以影響這世上所有的一切。也就是可是讓鉛變成黃金、治療所有一切疾病，甚至是讓一個人不老不死，這些全都可以透過賢者之石來實現。

「賢者之石」這個名稱，讓人對它抱持固態（石頭）的印象，但也有可能會是液體或粉末等形態。因此賢者之石另外也被稱為「Elixir」或「Tinctura」，前者大多被翻譯成「萬靈藥」後者則是「紅色藥液」。

在製造賢者之石的時候，首先會用熱或酸來破壞一般常見的金屬物體，分離與再生之後，加上某種新的物質來成形。這不光只是一般的鍊成手法，同時也是誕生、死亡、重生等鍊金術師精神性昇華的象徵。

何蒙庫魯茲

鍊金術的成果之一，是何蒙庫魯茲（Homunculus）。這是用鍊金術所創造出來的人工生命，或是指創造這種生命的作業。「Homunculus」一詞在拉丁文中代表「小人」的意思。

流傳到後世的何蒙庫魯茲的製法如下。首先將人類的精液（隨著說法不同，還會加上數種草本植物跟馬糞）放到蒸餾器內密閉40天來進行發酵。此時會形成透明且沒有實態的人形肉塊。一邊用人血讓它活活，一邊維持跟馬的胎內一樣的溫度40個禮拜，據說這樣就會成為尺寸極小、具有四肢、形體有如孩童一般的生命。

就如同不斷進行品種改良、由人所栽培出來的玫瑰一般，透過技術來維持生命的小人，可以說是先天性的等同於技術本身。因此一生下來就知道各式各樣的事情，是超越人類、比較接近精靈的存在。給予人類的血液之後會變得比較懶惰、離開燒瓶馬上就會死亡，根據這些描述看來，它們的存在或許非常的不穩定。

第1章‧主題

第2章‧神話

第3章‧宗教

第4章‧魔法

第5章‧幻想生物

第6章‧世界

第7章‧神祕、懸疑

咒語

將思念轉換成力量的觸發機制

咒語（咒文）是咒術的3大要素（咒文、咒法、咒具）之一，透過直接描述或隱喻的詞句、擬聲語、聲調（歌曲等聲韻與調子的高低）所構成的，內容獨特的說詞。另外也傾向於使用古文或毫無意義（對外人來說）的詞句，來維護其內容的保密性。

咒語的內容隨著宗教與宗派的不同，發展出各自不同的形態，有時會要求一字一句不可有任何誤差，有時也會允許使用者或多或少去改變它的內容。

《Abracadabra》（猶太教）

可以排除疾病與痛苦，17世紀當鼠疫在倫敦爆發的時候，也有使用這段咒文。

這句咒文是使用亞拉姆語（古代美索不達米亞的語言），據說是用代表「現實與我所言相同」的詞句改變而成。

《南無阿彌陀佛》

代表「歸依無量光明大佛」。阿彌陀佛成佛前的大願之一，是「只要念佛，乃至十念，現前、將來、必定能夠成佛」，因此在"只要唸佛就能前往極樂世界"的宣傳下，信仰心比較稀薄的人也會將這句佛號掛在口中。

《唵嘛呢叭咪吽》（西藏佛教）

西藏佛教所流傳的真言（Mantra）之一，據說唸出這句真言有助於讓自己開悟。在西藏佛教圈之中常常會被改編成歌曲，也有銷售CD。

《唵》（印度教）

在印度各種宗教之中具有特殊神聖意義的種子字，特別是在冥想的時候會唸出來。根據婆羅門教的奧義書所記載，是由象徵宇宙根本原理、代表梵天的a、u、m等3個音所構成。

言靈

古時的日本相信，在言語之中有精靈等超自然的力量存在，並將它當作一種信仰。所以在日文之中「言＝事」兩字的發音相同，說出來的話會影響到現實（好話生福、壞話成災），由**陰陽師**等人努力鑽研這方面的學問。這些事跡從『萬葉集』等著作之中的「言靈賜福之國」「言靈相助之國」（由言靈帶來幸福之國家＝日本）等記載都可以確認到。

類似的信仰在海外也存在著，基督教的創世神話之中，神說「要有光」於是就有了光，並將光與暗分開來形成晝夜，進而創造出世界。

在創作中的演出

在創作之中，為了克服詠唱咒文時，本人容易處於沒有防備之狀態的弱點，發明出了迅速完成咒文的「高速詠唱」，以及將咒語內容一部分（或全部）捨棄的「詠唱省略」的技術。神族與魔族等超越人類的存在，有時會用人類無法識別或極為高度的語言，來施放擁有壓倒性威力的魔法。

■咒文的模式

1. 文章型

以禱告的詞句或自我暗示的關鍵字（跟劇中世界觀或角色設定有關的內容）為中心來構成。咒文若是太長的話，常常會因為唸錯而產生意外性的效果。

在小說作品『秀逗魔導士』之中，可以看到將獻給魔王或強大魔族的禱告當作咒文來詠唱，以此借用它們所擁有的威能的的創意。

2. 單字型

注重詞句的聲韻，在外語跟假想的語言之中常常出現。比較常看到的設定，是文章型的詠唱效果較高但卻冗長，單字型的咒文可以簡單的發動但效果較低。

在電玩作品『太空戰士』之中所登場的火燄魔法「Fire」，會隨著「Fira」或「Figa」等聲韻上的變化讓效果也跟著往上提升。

3. 詠唱型

以歌唱的方式頌出咒語或咒歌，藉此發揮魔術性效果的技術。主要會由攜帶樂器的吟遊詩人（Bard）或類似的職業使用。透過歌聲來召喚精靈，或是讓敵人陷入沉睡之中，具有輔助性魔法的一面。在小說作品『神曲奏界』之中，會演奏神曲來請精靈按照自己的意思行動。

第1章‧主題

第2章‧神話

第3章‧宗教

第4章‧魔法

第5章‧幻想生物

第6章‧世界

第7章‧神祕‧懸疑

咒術

思念所擁有的力量

人類學者詹姆斯・喬治・弗雷澤主張「所有咒術都是應用共感的法則（人在接觸時產生某種相互作用的法則）」，把咒術分成**類感咒術**、**傳染咒術**等兩大類別。

類感咒術，是以相似性原理（相似的原因會造成相似的結果）為基本的咒術，比方說模仿特定對象，借此得到與對方相同的力量。在原始的部落之中，許多會把獅子或老虎的牙齒當作裝飾品，或是將獸皮披自身上，相信這樣可以得到野獸的力量。其他還有祈雨的時候在周圍撒水，或是祈求狩獵成功在儀式中擺出獵物的骨頭等等，這些都是模仿下雨或打獵成功的狀況，來讓結果真正降臨的咒術性儀式。另外在北歐神話之中所登場的狂戰士（Berserker），據說會披上熊皮來得到熊的力量。

傳染咒術則是以接觸的原理（原本是一體或長時間進行接觸，在分開之後也持續維持神祕關聯的原理）為基本，將毛髮或指甲燃燒、打碎，藉此讓它的主人也得到同樣的傷害。忍者攻擊對象的影子來限制本人行動的「影縫」與「影縛」等忍術，就是符合這種原理的技巧。

《丑時參拜》

這是日本的詛咒之中，最廣為人知的類型。把小型的稻草人當作想要詛咒的那個人，在丑時（深夜2～3點之間）用釘子釘在神社內的御神木或鳥居上，藉此讓對方得到詛咒的儀式。

咒術性醫療

「咒術」一詞，或許給人負面的印象，但咒術並不全都是以害人為目的。其中也有用來進行治療的咒術存在，使用這種技巧的人被稱為Shaman Doctor或Witch Doctor，有些施術者專門在醫療領域之中進行活動。

比方說存在於非洲的巫覡（Shaman），他們獨占性的擁有藥草跟毒物的知識，在當地扮演著醫生的角色，有些企業甚至與他們簽訂契約來得到這些獨特的醫學知識與藥草。

在漫畫作品『幽遊白書』之中，則是出現有食用病人死亡、腐爛的屍體，在自己體內創造抗體之後，以自身血肉當作藥物來分給其他病人來治療各種絕症的「食脫醫師」這種奇特的職業。

詛咒的風險

奇幻作品之中的咒術，常常被描述成有如遲效性毒物一般的魔術。只要作好各種準備，就能單方面的讓對象產生效果，不知到底原因何在。因此劇中常常出現尋找詛咒來源的劇情。

另一方面，詛咒雖然具有可以暗中攻擊他人的優勢，但卻很少會被使用。這是因為詛咒他人所送出去的負面思念，要是出了什麼差錯，很有可能回到自己身上，甚至是讓自己喪命，隱藏有極大的風險。

俗話說「咒字兩個口」，就是在警告人們詛咒時必須要有相當的覺悟。陰陽師在咒殺他人的時候，同時也必須背負**咒返**（詛咒回到自己身上）的覺悟，事先準備好兩個墳墓。

詛咒失敗的條件，會隨著咒術的種類而不同。往往是因為進行儀式的時候，被意想不到的外來因素影響而造成。規模越是龐大的咒術，就越容易因為小小的意外而失敗，進行丑時參拜的時候，不可被人看到臉孔，就是相當有名的規則之一。

在小說作品『化物語』的某個單元之中，單純的咒語因為小小的意外而轉變成詛咒，就是很直接的表現出咒術的可怕之處。近年來，網路上甚至還出現代替他人進行詛咒的網站，對於咒術的危機意識越來越稀薄，以此為主題的創作也不在少數。

『咒怨』
類別：電影
導演：清水崇
上映：2003年
帶有強烈怨恨而死的女性，接二連三的將這份怨念傳播給其他人，讓詛咒的範圍不斷擴散。在海外也得到高人氣評價的日本恐怖經典。

死靈術

Fantasy Encyclopedia For Creators Necromancy

Necromancy

所有使用死者靈魂或屍體的魔術，都會被稱為死靈術或Necromancy，使用這種魔術的人則被稱為Necromancer。一般人所想像的，讓死靈跟殭屍聽自己差遣的死靈術是在中世以後才出現。它原本所扮演的角色與巫覡較為接近，是一種將死者話語傳遞給生者的技術。「Necro」一詞在希臘文之中具有「死者」或「死者的」等含意，Necromancy一詞則是在舊約聖經之中首次登場。

中世紀以後的死靈術，是在想要得知過去、未來、寶藏之去處時，召喚知道這份情報的死靈來附身到屍體上，讓死者一時性的復活來取得情報的技術，因此也被翻譯成死靈占術。

屍體只是讓召喚出來的死靈可以說話的道具，沒有必要是死靈本人的屍體。選擇時會盡可能挑選死後沒有經過太久、新鮮且保存狀況良好的屍體。

利用死者的理由並不一定，身為異界（死後世界）的居民，它們無法停留在現世，因此也有人把死者當作精靈一般的存在來看待。日本古代的女王卑彌呼，也是運用鬼道這種技術來聽取死者（祖靈）的意見，藉此治理國家跟領導群眾。另外，只召喚靈魂而不附身屍體的類型被稱為「影占」，跟死靈術有所區別。

聖經之中，有時可以看到耶穌基督透過神的祝福，讓死者復活的奇蹟。但在死靈術跟**女巫魔術**之中的**死者復活**，則被認為是惡魔一般的行為、邪惡且不被允許的咒術，被天主教會當作危險的思想來彈劾。

召喚死者的法術

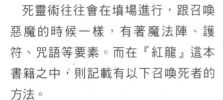

　　死靈術往往會在墳場進行，跟召喚惡魔的時候一樣，有著魔法陣、護符、咒語等要素。而在『紅龍』這本書籍之中，則記載有以下召喚死者的方法。

1.在深夜的教會、聖誕彌撒之中出席，當聖體被昇起的時候，蹲下來低聲說出「死者站起，來到我身旁」。

2.前往周圍最接近的墓地，在第一座墳墓前說出「讓天地萬物陷於混亂之中的魔物，離開充滿陰氣的居所，來到三途川之此岸」。沉默一小段時間，接著唸出「彼若能命令我欲招喚之人，則在此請求，在王中之王的名下，讓此人出現在我指定的時刻」。

3.施術者拿起一握的土，有如穀粒一般的撒出，低聲說出「腐朽的遺體，從睡眠之中覺醒。從遺體之中走出，回應我在萬人之父的名下所作出的要求」。

4.將兩根人骨綁成十字之後離開墓地，回到一開始的教會將人骨丟入，朝北正確的走出5900步的距離並躺在地上，手放到腳上，眼睛看向天空高掛的月亮。維持這個姿勢，說出「我追求彼的存在，欲見彼身」來呼喚死者。

　　對於現身的幽靈，只要說出「回到選民之國，彼的現身讓人充滿了喜悅」就可以讓它們消失。回到咏唱咒語的那座墳前，用左手在墓碑的石頭畫上十字，法術就告結束。這段敘述最後還寫著「執行時不可忘記任何的細節，否則有可能落入地獄的陷阱之中」。

奇幻作品中的死靈術師

　　在創作之中，有些死靈術師會以軍隊規模來指揮死者或死靈，但也有像J.R.R托爾金的『魔戒』與『哈比人歷險記』的魔王索倫這樣，在歷史背後偷偷進行操控的幕後黑手。而在電玩作品『皇家騎士團』之中，死靈術師是一種職業，他們大多是擁有強大魔力的高等魔術師，一般會以強大敵人的身份阻擋在我方角色面前。

『這樣算是殭屍嗎？』
類別：輕小說
作者：木村心一
出版：2009年
原本應該死亡的主角，被死靈術師復活而捲入各種騷動之中的慌亂喜劇。

召喚的儀式

Fantasy Encyclopedia For Creators **Summons**

死靈術

　　讓居住在不同次元的高等存在（神族、魔族、靈體等）降臨到這個世界的儀式，分成**憑依召喚、請願召喚**等兩種類型。

　　憑依召喚的例子，有像漫畫『惡魔人』，透過夜宴跟惡魔合體，或是漫畫『通靈王』之中的憑依合體等等，是讓施術者跟召喚對象融合在一起的召喚儀式。這種儀式又分成永續性的融合，跟非永續性等兩種模式。

　　有時兩方精神會為了搶奪肉體的控制權而產生爭執，身為比較低等存在的人類，若是沒有極強韌的精神，大多為被這些高等存在奪走身體。

　　請願召喚則是像漫畫作品『火影忍者』的通靈之術（在姆指塗血結印來進行召喚），或是電玩作品『太空戰士』的召喚術（消耗魔力來進行召喚）這樣，被召喚者與施術者處於分離的狀態出現。進行這種召喚的時候，必須小心召喚出來的對象擁有超越自己的能力，恐讓自身性命陷入危險之中。

　　另外則是有創造出通道，連結現世與異次元世界的法術。要是人類受到召喚的話，也有可能移動到不同次元的世界，成為被召喚的一方。在小說作品『零之使魔』之中所使用的召喚魔法，就是被說明成聯繫空間的通道。

　　知名的傳奇故事『天方夜譚』之中所出現的阿拉丁神燈，是一種可以進行召喚的魔法道具。在這個作品中，就算使用者沒有任何魔術方面的素養，也可以進行召喚的儀式。漫畫作品『七龍珠』裡面，搜集7顆就可以呼喚神龍來達成願望的龍珠，也屬於這個類型。

契約的代價

召喚高等的存在之後，為了讓對象可以供自己差遣，還必須使用另外一種魔術，也就是所謂的喚起魔術（俗稱為契約）。另外，有時也會將召喚魔術區分為「杯的技巧」（把自身當作杯子（容器）使被召喚者降臨）與「劍的技巧」（被召喚者以獨立的形體出現，持劍（武器）戰鬥）。

召喚成功的代價，分成先付與後付等兩種類型。跟惡魔訂下契約，大多會以人類的靈魂當作代價。事後再付的類型，能否精彩描述交涉上的心理戰與頭腦戰，得看作者的手腕。而先付的類型，則必須創造出緊迫與危急的狀況，為召喚者甘願先付出代價做合理的說明。

另外，惡魔對於契約內容守信的程度可是相當出名，在絕大多數的例子，違背契約的都是人類。但反過來說，就算忠於契約的內容，用來描述契約的文章也可能會有陷阱存在，在簽訂時必須特別小心才行。

有關於這方面的設定，詩人兼法律學家的歌德所寫下的，描述人類與惡魔之間訂下契約的戲曲『浮士德』，據說帶來非常大的影響。另外，基督教的惡魔學則是相信，人類跟惡魔訂下契約的時候會製作所謂的「惡魔契約書」，據說在法國國立圖書館中保存有真品。

奇幻作品之中，有時會將整個國家的國民當作祭品，以超大規模的儀式來召喚出幾乎等同於神的存在。另外在漫畫作品『烙印勇士』之中，則是有將召喚者最為重要之人當作祭品奉獻出去，來轉生成超常性存在的儀式。

除此之外，還有契約之證明的徽章浮現在身體上的設定。電玩作品『Fate／stay night』之中，出現有可以對被召喚出來的強大存在下達3次命令的「令咒」，隨著使用次數一劃一劃的消失，讓狀況精簡的視覺化，得到很高的評價。

被召喚物並不一定得是特定的存在，也有可能是武器或能量。漫畫作品『幽遊白書』之中「邪王炎殺拳」這種戰鬥技術的使用者，就會召喚存在於魔界的「黑炎」來進行運用。但使用者若是不夠成熟，大多會因為自己的法術自食惡果。

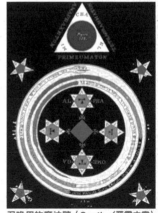

召喚用的魔法陣（Goetia／惡靈之書）

陰陽師、陰陽道

Fantasy Encyclopedia For Creators Onmyoji

起源與社會性機制

日本陰陽道的源流，可以追溯到中國春秋時期（紀元前770年～前221年）的陰陽家。不過這雖然是源流，但卻不是起源，由**陰陽**跟**五行思想**所組合出來的陰陽五行說，才是日本陰陽道的基礎概念。實施祭禮、按照天文來制定曆法，是當時主要的工作。除此之外還有與生活息息相關的知識與咒術性的儀式，涵蓋領域非常的廣泛，算得上是魔術或科學等實踐性風俗文化的集合體。陰陽道成立於八世紀左右的日本，一直到被明治政府的宗教政策所廢止之前，長期下來不斷鑽研跟累積，是非常稀有的魔術體系。

其最大的特徵是預知凶兆，後述的「方違」（忌諱特定方位）跟「物忌」（忌諱特定事物），都是為了回避占卜所預測的即將來臨的凶兆，而研發出來的法術。守護日本朝廷與皇宮，抑制地方豪族來鞏固天皇權力，陰陽師必須避免權利鬥爭的被害者，帶著怨恨而成為對國家造成災害的**怨靈**，有時甚至得對它們進行撫慰，來昇華成無害的御靈（聖靈）。

當時在宮廷的中樞，有陰陽寮這個組織存在。在身為領袖的陰陽頭下面，有實踐陰陽道的陰陽師跟陰陽博士、觀察天文並執行占術的天文博士、編排曆法的曆博士、計算並管理時間的漏刻博士等等。他們不光是研究數學，同時也精通於讀書、寫字、說話（演講），是極為學術性的團體。在諸多陰陽師之中特別有名的安倍晴明，在當時是擔任天文博士的職務。

安倍晴明

生世、雙親跟年幼時期有許多不明之處，流傳有許多傳奇故事，絕大多數的內容都是誇讚其卓越的才華。

母親是白色的妖狐、其實是半人半妖、母親賜予他的妖力是其才華的來源、兒時會毫不猶豫的將蜘蛛跟蜈蚣放入口中食用、連蛇都會避開他三分等等，有許多此類的傳說存在。

在少年時期，搶在所有人之前察覺前方的鬼怪，因此逃過一劫。成長之後因為妻子跟周圍的人害怕式神（所引起的現象），為了愛妻將式神藏在橋下等等。被安倍晴明所差遣的式神被稱為十二神將，是陰陽師所使用的占卜術之中的十二天將，名稱分別是青龍、朱雀、白虎、玄武、勾陳、六合、騰蛇、天后、貴人、大陰、大裳、天空。

陰陽道代表性的法術

式神	最為基本的法術，分成以自然界的氣提煉而成、讓精靈或妖怪聽自己差遣、運用死者的靈魂、把氣賦予在動物身上等類型。用氣提煉而成的類型與分身較為接近。讓特定存在聽自己差遣的類型，會隨著對象的不同，讓捕獲與控制的難度提高許多。（例）管狐、前鬼、後鬼。
九字	咒語的一種，最為有名的莫過於一邊唸出「臨兵鬥者皆陣列在前」一邊用手指在空中畫出縱4條線、橫5條線，藉此保護自己的九字護身法。在修驗道來說，則是一邊唸一邊用手結印。
方違、物忌	避開 "氣" 負面性流動的法術，被稱為八神將，是陰陽道占術的基本。方違是錯開凶的方位向前進，或是當目的地的方位是凶位時，先往別的方向移動，再以不同的方向朝目標前進。物忌則是當占卜或曆法出現凶兆時，待在家中謹慎行動，或是避開特定事物的方法。
反　、禹步	用步行方式所施展的魔術，步法本身稱為禹步、整體的術式稱為反閇。用特別的步法將大地與天空之間的能量通路開啟，召喚這股能量到自己身上的法術。
符咒	也被稱為靈符，原本是中國所流傳的法術。在護符畫上圖樣或咒語，一筆完成回到起點讓惡鬼沒有縫隙可以進入的五芒星（星滿），用縱四橫五的線條形成將妖魔捕捉的網格（道滿），都是相當有名的類型。
急急如律令	加在咒文最後，代表「急急聽令行事」之意，具有驅魔的效果。更進一步的，這句咒語同時也能加快法術發動效果的時間。律令是中國漢朝的法律，急急如律令是記載於相關法規的文書最後所使用的慣用詞，被中國道教廣為使用。

第1章·主題

第2章·神話

第3章·宗教

第4章·魔法

第5章·幻想生物

第6章·世界

第7章·神祕·懸疑

東洋魔術

Fantasy Encyclopedia For Creators Oriental Magic

魔法師
陰陽五行
妖怪

東洋的魔法體系

東洋有各種不同的宗教並存，各自架構出屬於自己的魔術體系（西洋則是幾乎所有區域受到基督教文化的影響，魔術體系也比較有統一感）。在此從東洋的魔術體系之中，選出跟奇幻創作的題材關聯性比較高的內容來進行介紹。

鬼道	日本古代邪馬台國的女王‧卑彌呼所使用的祕術，據說可以預測天氣跟迷惑人心。從『三國誌』的魏志倭人的記載看來，似乎屬於巫覡教的一種。名稱的由來，是中國將幽冥（死後世界）之中靈性的在稱之為鬼，以及就當時的中國看來屬於一種異質性的咒術等兩種說法。 在夢枕獏的『魔獸狩』系列之中，出現有被鬼道所操控的人們，宛如發瘋一般互相殘殺的場面。
巫術	跟精靈或祖靈等超自然存在進行交流的巫覡之術。據說可以讓召喚出來的靈附身在自己身上，藉此發揮超乎常人的力量。 在動畫作品『我們仍未知道那天所看見的花的名字』之中，極為普通的青年告訴大家，自己在越南取得巫覡的證照，讓周圍的人們嚇一大跳。如果是在日本取得巫覡資格的話，似乎會被贈與證書跟銀製的巫覡戒指（日本CEL協會發行）。

法力	借助神佛之力來引發各種奇蹟，隨著宗派不同，方法跟效果也不一樣。唸出經文，或是用法器進行攻擊來將對象淨化、封印，都算是法術的一種，出名的人物有中國的唐三藏跟日本的役小角。唐三藏透過法力來控制大名鼎鼎的孫悟空，役小角同樣也是可以差遣鬼神。 在漫畫作品『潮與虎』（魔力小馬）之中，出現有為了跟妖怪戰鬥，透過鍛鍊來得到法力，並且用法器來進行武裝的「法力僧」這種集團。 另外，不借助神佛之力的法術被稱為「外法」，在奇幻作品之中帶有禁術（被禁止使用之法術）的意味。
鍊丹術	中國道士所使用的法術之一，為了製作可以讓人成仙跟長生不老的靈藥（仙丹）而研發。分成外丹（以草木或礦物為原料的獨自的調合技術）與內丹（改善呼吸跟體內氣的流動來強化身體能力，氣功的前身）等兩種類型。 在漫畫作品『鋼之鍊金術師』內，鍊丹術被當作來自大陸、在醫療方面較為進步的鍊金術，成功的創造出更為雄厚的世界觀。
仙術	道教傳說中的仙人（居住在罕為人知的深山之中，透過修行來實現不老不死的存在，道士的目標）所使用的奇特法術，也被稱為仙道。將寶地、靈樹的氣吸收到體內，無須進食就能維持生命，並在體內練氣來保持年輕。另外則是有宛如瞬間移動一般的「縮地」，將生命能量放射出去的氣功等等，可以辦到的事情極為多元。 根據葛洪在『抱朴子』之中的描述，用鏡子重新觀察自身的外表，感受體內所存在的神性，是成為仙人所必要之修行的第一步。
蠱毒	中國古代所流傳的咒術之一，將許多蟲子關在容器之中互相殘殺，將最後留下來的一隻用在咒術之中。據說日本從奈良時代到平安時代，使用這種咒術來進行暗殺的事件相當流行。在養老律令等法律之中明言禁止，要是被發現有相關的犯罪行為，必須會面對嚴厲的刑罰。 在奇幻作品之中，有時會讓人類或怪物在類似蠱毒的環境之下展開廝殺。動畫作品『最後流亡』之中，某個種族的成年禮就在獨裁者的陰謀之下，變成讓年輕人之間互相殺害的悽慘內容。
Tulpa	無中生有來創造出靈體的西藏密教的祕術，可以發揮靈性守衛的功用，是用意念所創造出來的個人守護靈。Tulpa的外觀可以讓人自由的想像，訓練之後似乎還可以跟靈體進行對話。這些特性受到日本部分次文化愛好家的熱愛，努力修行的人似乎不在少數。其中甚至有人自稱與Tulpa之間生下小孩。 應用在奇幻創作中時，可以看到「腦中假想的女友突然在現實中出現」等設定。漫畫作品『81 diver』之中，就出現有把角色投影在棋盤上，一邊商量一邊下棋的棋士。

瑪那

Fantasy Encyclopedia For Creators Mana

普遍存在於這個世界的力量

瑪那（Mana）據說是存在於萬物之中的超自然力量，根源是「神所擁有的力量」，因此操作瑪那被認為是等同於神的技術。這是在夏威夷、巴布亞紐幾內亞周圍的群島地區所流傳的神話、風俗之中所出現的概念。

所有力量的根源都是來自於神。在夏威夷的Hi'iaka（妊神）神話之中，Hi'iaka之所以可以渡過重重的難關，就是因為有火山女神Pele所授予的太陽、月亮、星星、風、雨、雷、電的瑪那寄宿在她身上。就像這樣，瑪那除了存在於自然界之中，也會寄宿在以人為首的生物、物品、被創造物身上。

人所擁有的瑪那，具有隨著意識跟行為增減的性質。努力、善行是增加的主因，另外也可以從他人身上奪取。反過來如果做壞事的話則會減少。存在於職業之中的瑪那也是一樣，認真完成工作會讓瑪那增加，但如果沒有好好完成，比方說身為醫師卻放棄病人、身為農夫卻懶惰不去耕田，瑪那就會因此而減少。像這樣讓瑪那增加或減少的規則，被稱為 Kapu（禁忌）。

據說人類跟道具的能力、性能，取決於內部瑪那的多寡。在夏威夷，強壯且代領整個部族、發揮無上領袖魅力的首長，據說擁有跟神一般偉大的瑪那，擁有少量瑪那的一般人無法隨便謁見。而人類所擁有的瑪那會從父母流傳給小孩，在雙方面的影響之下，若是跟沒有瑪那的人結婚，小孩的瑪那也會因此而變少。

操控瑪那的存在

在夏威夷島，操控瑪那的神官被稱為**Kahuna**。這Kahuna一詞具有雙重的意義，若是唸作「Ka‧Huna」則代表「祕密」、唸作「Kahu‧Na」則代表「守護者」。將這兩者合在一起，讓這個名稱具有「守護祕密之人」的意味。

擁有強大瑪那的Kahuna可以在對方的口或額頭吹氣，來將自身的瑪那傳授給對方。這種行為被稱為「Ha」，就算不是Kahuna的一般人，也會在一生之中僅僅一次的，死前透過「Ha」的儀式來將瑪那傳遞給自己的小孩。另外則是有為了讓戀愛得到結果、提高效能、為了咒術而讓瑪那移動。以這些目的來操作瑪那、發揮瑪那之力量的方法稱為「Ho'okalakupua」，在英文之中被翻譯成「Magic」。

其他的「瑪那」

在舊約聖經的『出埃及記』之中，也可以看到「瑪那」（Manna）一詞，但是與上述玻里尼西亞群島的宗教所流傳的有所不同。此處指的是天國居民跟天使的食物，為了讓摩西與逃出埃及的猶太人不受飢餓之苦，到第一次收穫的這40年間，由神所賜予他們的食物。

除此之外，樹液、苔蘚、蔬菜、菇類等多肉植物，小型昆蟲所搜集的分泌物的結晶等，有時也會被稱為瑪那。昆蟲所搜集的花蜜、液體所形成的固體，有些會用在醫療的領域之中，當作止痛用的藥劑。

奇幻作品之中的瑪那，常常在有魔術存在的世界之中，被當作魔法能量的來源。這種將「瑪那」當作魔法能量之源頭的概念，據說是在拉瑞‧尼文的『魔法消失了』（1978年）之中第一次出現。

劇中的瑪那存在於世界的每個角落，卻不是無限的存在，有耗盡的一天。自然與生命以外的物體之中也有瑪那存在，可以透過殺害來奪取等等，許多設定來自於巴布亞紐幾內亞所流傳的內容。電玩作品『聖劍傳說』系列、電影作品『阿凡達』（2009年）之中，也都有使用此類的設定。

『聖劍傳說 LEGEND OF MANA』
類別：電玩
製作：史克威爾
銷售：1999年
各種意志與思想交錯編織而成的幻想世界RPG。

第1章‧主題

第2章‧神話

第3章‧宗教

第4章‧魔法

第5章‧幻想生物

第6章‧世界

第7章‧神祕‧懸疑

脈輪

東洋魔術
瑪那
古典元素

Fantasy Encyclopedia For Creators Chakra

瑜伽

瑜伽是發祥自古印度的修練方式，隨著目的跟方法的不同，分成幾個不同的類型。

用來維持身體健康，知名度最高的調息法（Pranayama）、維持特定姿勢的體位（Asanas）、透過冥想來進行精神統一等等。但不論是哪一種瑜伽，都是透過精神與神靈的結合，來達到解脫的一種手段。

「Pranayama」之中的 PraaNa，在梵文之中代表「氣息」或「呼吸」，「Ayama」則代表「控制、制止、延長」。在印度宗教性的思考之中，PraaNa 存在於身體內外，是所有生物生命力的泉源。能夠控制 PraaNa 的調息法，被認為是瑜伽之中最不可欠缺的修行方式。

瑜伽的起源據說是紀元前 2500 年的印度河流域文明。在紀元前 350 年到 300 年前的『奧義書』（Upanishads）之中，記載有最為古老的說明。在這 4000 年以上的歷史之中，瑜伽發展出各種不的種類、流派，有許多不同種類的分派存在。

比方說最為傳統的「勝王瑜伽」目的在於天人合一，會透過冥想來慢慢修練自己的心靈。

另一方面於最近幾年登場、在年輕女性之間相當流行的強力瑜伽，則是以燃燒脂肪為目的，沒有宗教性的含義存在。

脈輪

　　脈輪（查克拉）是瑜伽之中極為重要，順著人體脊椎而存在的PraaNa（生命能量）的聚集場所。而這同時也是PraaNa進出的位置。查克拉一詞在梵文之中代表「圓環、車輪」的意思，據說這是因為當氣集中在一起的時候，會形成光輪一般的外表。根據目前由世界廣為認知的訶陀（Hatha）瑜伽的教導，脈輪一般有6，有些流派則認為有7或8。

　　成為印度教跟佛教經典的密續教經典之中，也有關於脈輪的記載存在。但一樣隨著派別有所不同，西藏佛教認為有5個，印度佛教則認為有4個脈輪。西藏密教的噶舉派則認為有7大脈輪跟無數的小脈輪存在。

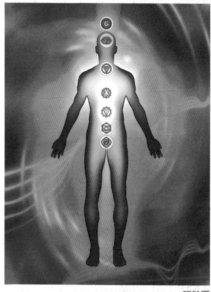

脈輪圖

會陰	海底輪（Muladhara）圖樣是4個花瓣加上黃色的四方形。
臍	生殖輪（Svādhiṣṭhāna）圖樣是6片花瓣。
肚臍上方	臍輪（Manipūra）圖樣是10片花瓣與紅色三角形。
心臟附近	心輪（Anāhata）圖樣是12片花瓣跟六芒星。
喉嚨	喉輪（Viśuddha）圖樣是16片花瓣。
眉間	眉間輪（Ājñā）圖樣是2片花瓣。
頭頂	頂輪（Sahasrāra）圖樣是1千片的花瓣。

古典元素

古典元素 · 錬金術

陰陽五行說

精靈 · 妖精

Fantasy Encyclopedia For Creators **Elements**

創造世界的四大元素

古希臘的學者亞里斯多德，以自然學者恩培多克勒提倡的四大元素論為基礎，以「Prima Materia」（元質）為最根本的元素，從乾／濕、冷／熱等相反的特質之中各加上一個性質，以此表現出四大元素，成為新的四元素論。

亞里斯多德的這個理論的特徵，是只用性質的變化就可以重現所有元素的思維。萬物既然是由4大元素組合而成，那麼理論上所有的物質應該有可以被重現。一直到17世紀，由約翰•道爾頓等人所提倡的原子論普及之前，世界被認為是由存在於萬物之中的複數種類的元素（Element）組合而成。

由幾種元素（要素）來組成這個世界的思維，據說在巴比倫尼亞時期就已經存在，古希臘並非原點。就如同中國的**陰陽、五行、八卦**；佛教的地水火風加上「空」所形成的**五大**等等，在東西南北等世界各個地區都可以看到。塔羅牌之中的花色（權杖、聖杯、寶劍、硬幣）也跟四大元素有所關聯。

《四大元素的關係表》

元素	性質上的關係
地	乾、冷
水	濕、冷
火	乾、熱
風	濕、熱

元素精靈 Elemental

帕拉塞爾蘇斯的著作『妖精之書』，出現有分別與四大元素相對應，或是支配四大元素的精靈存在。它們分別是土元素的諾姆、水元素的溫蒂妮、風元素的西爾芙、火元素的沙羅曼達。這些元素（Element）的精靈們被稱為「Elemental」。

《諾姆》（Gnome）

諾姆這個名字的來源，是希臘文中代表「以大地為家的存在」的GeNomos，或是代表「智者」的Gnosis。靈巧的工藝加上高度的智慧，讓它成為鍊金術師所崇拜的對象。

《溫蒂妮》（Undine）

溫蒂妮這個名稱的來源，據說是拉丁文中代表「有如波浪一般」的Unda。就如同作家Friedrich Fouqué的小說『Undine』所描述的一般，常常可以看到她與人類之間發生悲戀的劇情。

《西爾芙》（Sylph）

掌管大氣、風等與空氣有關之一切的精靈。莎士比亞的『暴風雨』之中所登場的空氣的精靈愛麗兒，據說也是西爾芙。

《沙羅曼達》（Salamander）

棲息在熔岩或燃燒的烈火之中，據說沙羅曼達本身也會發出火燄。喜愛適溫之火燄的習性，讓鍊金術師將它當作一種溫度計來使用。

帕拉塞爾蘇斯

在16世紀以鍊金術師、醫師等身份活躍的帕拉塞爾蘇斯，將亞里斯多德的四元素論找出來，加上象徵各種元素的精靈（Elemental）。這個設定後來被用在各種創作之中。

他的本名是菲利普斯・奧里歐勒斯・德奧弗拉斯特・博姆巴斯茨・馮・霍恩海姆。「帕拉塞爾蘇斯」這個稱呼，意思是比古羅馬的名醫・塞爾蘇斯更加偉大。當時對於傷口的處理，必須等到壞死之後再來截肢，但帕拉塞爾蘇斯採用將膿去除來防止感染的自然療法，據說也是位非常優秀的醫師。

另外在鍊金術的領域之中，他是鋅的發現者，據說還成功製作出何蒙庫魯茲。傳說中他甚至擁有賢者之石，藏在隨身攜帶的短劍 **Azoth**（名稱來自刻在劍柄圓頭上的字）的劍鍔之中。

德國的作曲家歌德，據說也有受到帕拉塞爾蘇斯的影響。在『浮士德』之中出現有「燃燒吧，火的精靈沙羅曼達。擺動吧，水的精靈溫蒂妮。消失吧，風的精靈西爾芙。勤奮的工作吧，土的精靈諾姆。」等咒文。甚至是在歌德本人的日記之中，都有提到帕拉塞爾蘇斯。

第1章・主題

第2章・神話

第3章・宗教

第4章・魔法

第5章・幻想生物

第6章・世界

第7章・神祕、懸疑

陰陽五行說

Fantasy Encyclopedia For Creators **The Theory of Yin-Yang & the Five Elements**

陰陽師、陰陽道
東洋魔術
瑪那

陰陽說

　　陰陽之說指的是世界所有一切都是由陰氣跟陽氣所構成的思維，五行思想則是指所有一切都在金木水火土5種基本物質之中循環變化的概念，組合這兩者所形成的自然法則，就是陰陽五行說。

　　天地、男女、老幼、冷熱，甚至是生物DNA成對的核酸鹽基，還有構成物質最小單位之原子的電子、中子，以及連結的質子。所有一切都有陰（Plus）陽（Minus）兩極成對的存在，整個世界是由兩者的調和與多寡所構成，不論欠缺那一極，都會讓世界的秩序瓦解。

　　八卦是透過陰陽來表現世界構造的形式圖。用3個陰跟陽來進行組合，形成總共8種的組合模式。比方說3個

陽則是乾、3個陰則是坤。易經會像這樣用卦象跟方位來說明世界萬物的狀態。就如同**數祕術**一般，這是將世界萬物的各種現象，集約在幾個基本性象徵之中的思維。

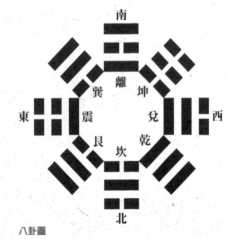

八卦圖

五行

金、木、水、火、土5種能量的相互影響跟強弱盛衰，造成萬物的變化與循環的思維。風水等發祥於中國的各種魔術，幾乎都是將五行當作基礎的理論，另外也被日本神道採用，流傳範圍非常的廣泛。五行分別代表樹木、火燄、大地、金屬、水，它們純粹象徵能量的傾向，並不是指這些物體本身。

《相生、相剋》

各種能量在循環的時候造成什麼樣的變化、帶來什麼樣的影響，相生相剋是用來表現這些狀態的概念。

木生火（木會被火燃燒）、火生土（燃燒的灰燼為大地帶來養分）、土生金（土壤之中可以產生礦物等金屬）、金生水（金屬表面會凝結出水）、水生木（草木用根部吸收水分來成長），這一連串的關係被稱為五行相生。

另一方面，相剋則是代表互相干涉的概念。木剋金（樹木被金屬的刀刃砍倒）、金剋火（金屬會被火的熱所熔化）、火剋水（火因為水而熄滅）、水剋土（水的流動被大地所阻礙）、土剋木（大地的養分被植物所吸收）。透過相生與相剋，來表現出各種屬性之間的關係與性質。

《五行相乘、五行相侮》

在相生相剋的影響之下，能量若是失去平衡，則會讓整體的均衡瓦解。這種不穩定的狀況稱為五行相乘、五行相侮。相侮（也被稱為反剋）是相剋的反義，相乘則代表相剋的均衡被瓦解的狀態。比方說雄雄燃燒的火燄，就算潑上一盆水也不會熄滅，反而會讓水被蒸發。而就算是小小的火堆，也不會因為一滴水而熄滅，這種狀態就是相侮。前者稱為火侮水，後者則是水虛火侮。

若是在同一塊田地持續栽培同一種農作物，會讓特定養分持續流失，讓土地的狀況變差。在這種瘦弱的土地上栽種作物，會讓土地的養分更進一步失去。這就是相乘的狀態，前者被稱為木乘土，後者則是土虛木乘。

特定的氣太強或是太弱，都會對自然環境造成不好的影響。五行的調和，被認為是自然界最為理想的狀態。

相生、相剋的關係圖

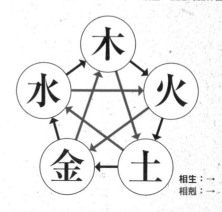

相生：→
相剋：→

第1章・主題

第2章・神話

第3章・宗教

第4章・魔法

第5章・幻想生物

第6章・世界

第7章・神祕・懸疑

盧恩字母

Fantasy Encyclopedia For Creators Runes

日耳曼民族的文字體系

從西元400年到1400年左右，以斯堪地納維亞半島為中心，居住在冰島跟德國的日耳曼系民族，為了表達自身的語言所創造的文字。起源於紀元前1世紀，參考希臘文、拉丁文、北義大利的字母系統，修改成比較容易表達日耳曼語言的文字。

「Rune」一詞的語源，是古日耳曼文之中的「吼叫」或「低吼」，另外也被認為是由斯堪地納維亞的語言之中代表「祕密」的「盧恩」、哥德語之中代表「祕密」跟「耳語」的「盧納」變化而成。常常被用在占卜或奇幻世界之中的，是使用到8世紀左右、由24個字母所構成的舊盧恩文字（日耳曼通用的盧恩文字，也被稱為日耳曼系盧恩字母）。它也被稱為「弗薩克文」（Futhark），這是從24個字母之中取出前6個字所形成的名稱。

就如同其他許多字母系統一般，盧恩字母的各個文字分別代表不同的語音（表音文字），但同時它也跟中文一樣是用形狀來表現特定的意思（表語文字）。它基本上不是用來「書寫」的文字，而是為了「刻劃」在石碑、武器、護符的石頭、金屬、木材等材質上面的文字。因此具有是只用垂直跟45度的直線所構成的特徵。

魔術或儀式，常常被認為是盧恩字母的主要用途，但它實際上也被用在信件、貨物的標示、詩歌、碑文、文書等日常性的用途上。

灌注有力量的文字

相關地區出土的許多武器，在柄或刀刃上面都刻有戰神提爾的盧恩字母。另外在神話跟薩迦（Saga／北歐散文作品群的總稱）之中，也常常出現使用盧恩字母的場面。在埃達（北歐神話文學集的統稱）歌謠之中，出現有「戰爭之樹（「戰士」的代喻（Kenning））啊，讓我為你帶來混有力量跟名聲的麥酒。在這之中有咒語跟療傷的盧尼，還有許多效果強大的魔法跟愛的盧尼。想要勝利，就必須了解勝利的盧尼。在劍柄、血槽、劍鋒刻上，頌出提爾的名字2次」等詩歌存在。

《盧恩字母一覽表》

類別	編號	編號	唸法	象徵
弗蕾亞	1	ᚠ	fehu	財產、牲畜
	2	ᚢ	ūruz	野牛
	3	ᚦ	þurisaz	巨人、荊棘
	4	ᚨ	ansuz	神、口
	5	ᚱ	raid	車輪、騎乘物
	6	ᚲ	kaunan	火把
	7	ᚷ	geb	禮物、愛
	8	ᚹ	wunj	喜悅、榮譽
海姆達爾	9	ᚺ	hagalaz	冰雹
	10	ᚾ	naudiz	欠缺、必要性
	11	ᛁ	īsaz	冰
	12	ᛃ	jēra	收穫
	13	ᛇ	hwaz	紫柏松、防禦
	14	ᛈ	perþ	不明
	15	ᛉ	algiz	駝鹿、保護
	16	ᛋ	sōwil	太陽
提爾	17	ᛏ	tīwaz	戰神提爾、勝利
	18	ᛒ	berkanan	樺木、成長
	19	ᛖ	ehwaz	馬
	20	ᛗ	mannaz	人類
	21	ᛚ	laguz	水
	22	ᛜ	ingwaz	豐饒之神ingwaz
	23	ᛟ	ōþila	故鄉、遺產
	24	ᛞ	dagaz	一天

第1章・主題

第2章・神話

第3章・宗教

第4章・魔法

第5章・幻想生物

第6章・世界

第7章・神祕、懸疑

杖

　在魔術師所擁有的物品之中，杖子是登場極為頻繁的一種道具。起源據說是挖土用的農耕器具。

　對神話之中的眾神跟英雄來說，杖子也不陌生。希臘神話之中連死者都可以復甦的名醫・阿斯克勒庇俄斯，就持有由蛇纏繞、象徵再生的「阿斯克勒庇俄斯之杖」。掌管信使的神明・赫耳墨斯也持有雙蛇纏繞、頂部有雙翼的「雙盤蛇帶翼權杖」。

　在舊約聖經之中，摩西用手中的拐杖敲打大地讓海分成兩邊，讓以色列的人民逃過埃及的追兵。在日本神話之中伊邪那岐為了躲避妻子伊邪那美從黃泉逃出的時候，丟出的杖子形成名為岐神的結界。

　許多法杖、魔杖都是由樹木製作而成，據說這是因為樹木是成長與生命力

的象徵。根據魔術書籍『所羅門之鑰』的介紹，檀香紫檀、多花紫藤、榛等木材都是絕佳的材料。魔術師 Eliphas Levi 的著作『高等魔法的信條與儀式』則是記載有製作魔杖的詳細程序。

　在西歐諸國，權杖是王者權威的象徵。足以代表正統王權的物品被稱為「Regalia」，除了權杖之外，還有王冠跟寶珠。而在告知新王即位的戴冠典禮之中，則是由王冠扮演核心角色。

　18世紀之後，貴族的禮服（常禮服、燕尾服）會與帽子跟拐杖配成一套。在日本則是從古墳之中找到相似的物品，推測是象徵權威的道具。另外在日本歷史書籍『記紀』之中，「御杖」跟「杖」的唸法相同，屬於神聖的物品。

戒指跟寶石（Gem）

在紀元前3000年左右的古埃及，就已經有戴戒指跟鑲寶石的習慣存在。除了當作裝飾品之外，寶石被認為是含有魔力的物品，而手指則被認為是與身體各個部位相通，特別是與心臟相連的無名指，戴上戒指據說可以影響本人的生命力。

除此之外，戒指還具有印鑑、階級與身份證明等實用性的機能。住在巴勒斯坦的腓尼基人以海洋貿易而聞名，而戒指正是他們在各地交易時用來當作印鑑的道具。把戒指上的紋章的按在具有黏土性質的土塊上來當作證明，這同時也是簽名蓋章等行為的始祖。

《誕生石》

被當作避邪之物來珍重的寶石，其守護的性質到了現代仍舊以『誕生石』的形態被人們相信著。分別代表各個月份的12種寶石，穿戴在身上據說可以避開災難、遠離不幸。這種風俗的起源來自於舊約聖經『出埃及記』與新約聖經『若望默示錄』之中所描述的，鑲有4行各3顆的寶石的胸甲，以及大都城牆上的裝飾。

《寶石的排列》

第一行	紅寶石／黃玉／祖母綠
第二行	石榴石／藍寶石／纏絲瑪瑙
第三行	蛋白石／瑪瑙／紫水晶
第四行	海藍寶石／青金石／鐵石英

塔羅牌

除了畫有寓言圖案的22張**大祕儀**（Major Arcana），還有分成**寶劍**（Sword）、**聖杯**（Cup）、**硬幣**（Coin）、**權杖**（Wand）等4種花色（Suit）的**小奧祕**（Minor Arcana）56張等總共78張的卡片，被用在遊戲或占卜之中。塔羅牌的起源據說是在15世紀，推測是占卜或觀賞用的裝飾品。到了16世紀左右，廉價的雕版印刷開始流通，讓這種精緻的手工製品可以擴散到歐洲各地。

塔羅牌的原型據說在5000年前左右就已經誕生，發祥地有埃及、印度、中國、北非等不同的說法。18世紀的法國神祕學者Antoine Court de Gébelin提出塔羅牌在古埃及誕生，透過吉普賽的羅姆人流傳到歐洲的論述，這在當時雖然被認為是相當可信的說法，但後來被反駁說羅姆人雖然用卡片來進行遊戲，但占卜卻是以手相為主，再加上吉普賽是發祥於印度的民族，讓Antoine的學說最後遭到否定。

到今天為止，達文西、克林姆、達利等知名藝術家都為塔羅牌設計過圖樣，現代比較出名的有Arthur Edward Waite所設計的被稱為偉特牌的版本。

第1章・主題

第2章・神話

第3章・宗教

第4章・魔法

第5章・幻想生物

第6章・世界

第7章・神祕・懸疑

Column
避邪道具

在此稍微介紹一些驅魔師所使用的道具。其中代表性的案例，有電影『大法師』之中所出現的天主教會的驅魔師（Exorcist）。他們基本上會使用惡魔所厭惡的十字架跟聖水、聖經，不過在創作之中有時也會使用劍或聖髑。

漫畫作品『青之驅魔師』以培養驅魔師的學校為舞台，將驅魔師分類成使用刀劍戰鬥的「騎士」、使用槍砲戰鬥的「龍騎士」、運用使魔戰鬥的「手騎士」、詠唱聖經或經典來戰鬥的「詠唱騎士」。這雖然是用RPG的模式來讓攻擊手段細分化，但劇中還出現有西洋魔術到密教、古神道等各種不同的宗教，各自施展不同的驅魔術來與惡魔戰鬥。另外，天主教中的高階聖職有主教、司祭、副主祭，低階則是有侍祭、驅魔師、頌者、守門人。但在1972年將低階的各種職務廢除，也就是說1973年所製作的知名電影『大法師』在上映時，『驅魔師』這個職務已經不存在。

在日本負責驅魔的，主要是佛教、日本神道以及陰陽師。其中神道的性質是將穢氣去除、安撫怨靈，跟一般驅魔的性質比較不同。這是因為日本神道之中的神明，具有帶來災害的荒神、荒魂跟保佑人類的善神、和魂等

兩面性。對荒神進行安撫使它成為善神，跟西洋宗教的「將邪惡驅逐」的概念有根本性的差異。

在安撫神明所跳的舞蹈・神樂之中，會使用弓、神樂鈴、神旗、玉串（紅淡比的樹枝綁上紙片跟白布）、扇子、刀、笙跟太鼓、打擊樂器等器具。儀式中的武器並非用來砍殺或射擊，弓會用樺樹製作而成的梓弓來拉出聲響，當作一種避邪的儀式。

透過介紹大家或許已經發現，現實之中驅魔的行為其實相當樸素。比較具有動作性的，是在電玩跟動畫之中常常可以看到的貼上符咒、護符的行為。貼在地面或柱子來形成結界，或是直接貼到妖魔身上來造成傷害，甚至是產生爆炸的效果。理所當然的，在一般神社或寺廟所拿到的符咒並不會有如此的效果。

在漫畫作品『魍魎游擊隊』之中，主角們透過電腦連線以電子性的手法將「妖貓」封印起來，像這樣子隨著科技的進步，讓驅魔方式產生變化的創作手法並不罕見。像動畫作品『電腦線圈』這樣，在科學跟懸疑不知不覺融合在一起的世界之中，驅魔的手法或許也會出現革新，相互對應的，全新形態的妖魔或許也正神不知鬼不覺的潛伏在人類社會陰暗的角落……

第5章

幻想生物

Fantasy living thing

西洋的「Dragon」

在世界各地的傳說之中登場，擁有強大力量的生物‧龍（Dragon）。乍看之下有如爬蟲類的巨大身軀、足以操作自然現象的強大威能，是它們一般所擁有的形象。名稱的由來據說是古希臘文中代表大蛇跟清楚觀看的「δερκεσθαι」（發音為Dracon）。

紀元前3000年在巴比倫神話之中所登場的**迪亞馬特**（Tiamat）一族，是文獻之中所記載的最為古老的龍。根據神話中的描述，她們是人類對神跟自然所抱持的敬畏之心所神格化的存在。

擁有強大力量的龍，雖然會被當作神來崇拜，但也常常是必須打倒的對象。比方說在基督教的『若望默示錄』之中，龍被描述成與天使敵對的邪惡生物。

身為極端性的對比，也有龍一心尋求和平。東歐、中歐的Zmey就是以國家的**守護龍**而出名。俄羅斯的龍Chuvash甚至對前來傷害自己的人都不會出手相害。傳說中Chuvash為了尋求和平而向阿拉真主請求，被賜予翅膀而飛向天空。

在奇幻作品之中，龍常常被描述成尖牙利爪、強韌的鱗片包覆全身、可以用吐息當作攻擊的怪物。大多擁有翅膀可以飛在空中，但也有沒有翅膀，必須在地面爬行的種類存在。有些甚至懂得運用魔法，並藉此得到飛行的能力。

龍的攻擊手段以口部吐出的吐息，跟拍動翅膀所引起的旋風為首，全都以那強大的威力而出名。其中又以吐息（Breath）特別具有代表性，有火燄、雷電、水、凍氣、毒、光線等極為多元的屬性。

理所當然的，就單純的體型跟力量來看，龍也具有無比的威脅性。尾巴一甩就能擊垮城牆，尖銳的爪子可以撕裂世上所有一切。面對龍族口顎那極為強大的咬合力，所有護具都將失去意義。根據模擬，暴龍雙顎咬合的力道，據說是鱷魚的10倍。

龍族基本上是卵生動物，大多在火山、湖泊、洞穴深處、世界樹的頂端築巢。長壽也是其特徵之一，活超過數千年、數萬年的個體並不罕見。也有說法認為牠們或許沒有壽命這個概念存在。

在遠古所誕生的古代種，可能擁有遠超過人類的知識跟智慧。在這個情況有可能會架構成出古代種獨自的魔法，或是理解人類的語言，用心電感應來與人類溝通。相反的，也有毫無知性、完全依照本能來活動的種族存在。

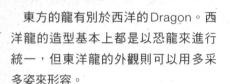

東方的龍有別於西洋的Dragon。西洋龍的造型基本上都是以恐龍來進行統一，但東洋龍的外觀則可以用多采多姿來形容。

比方說外表有如蛇或鱷魚一般、有如烏龜一般、像鳥類一樣擁有翅膀、是否擁有四肢等等，變化極為多元。龍的造型跟奇幻創作關聯不淺的原因之一，在於龍是基於「最為強大」等心理所創造出來的存在。也就是說最強之生物的要素，比實際生命的機能更為優先，讓這個物種的真實感相對性的降低。

這種思維被奇幻創作採用，不論外表的形態為何，超常性的存在常常會以「龍」來進行稱呼。有些說法會主張龍是實際存在的生物，另外也有內心所描繪的龍因為某種契機而出現在現實之中的創意。

一般來說東洋的龍所擁有的形態，來自於古代的中國。將各種民族所崇拜的動物所擁有的特徵統合。鹿角、駱駝的頭、兔子眼睛、蛇的頸部、蛤蟆的腹部、魚的鱗片、鷹爪、虎掌、牛耳等等，被稱為**三停九似**。

在生態方面，**逆鱗**算是特別有名的代表。在81片鱗片之中，據說在下顎有一片倒長出來的鱗。龍非常討厭此處被觸摸到，據說若是有人觸摸，會在盛怒之下奪走對方的性命。另外雌雄之間外表上的不同點，在於角的根部。根部比前端要粗的是雄性，比較細的是雌性。

龍在口頭承傳之中出現許多亞種，讓龍的定義必須重新被審議。因此制定了畫龍的時候不可觸犯的**五忌**。也就是口不可合起、眼不可閉、頸不可粗、軀不可短、頭不可低等禁忌。

龍有時會化身成人，混入人類社會之中，甚至留下跟人之間生下小孩的記錄。在傳說之中，中國古代的皇帝是龍的化身，讓中國得到「龍之國」的美名。

除此之外，龍也是「登龍門」一詞的語源。據說在瀑布之中逆流而上的鯉魚可以成為龍，再加上龍鱗早期的造型取自鯉魚，或許才會形成這樣的傳說。據說成為龍之後持續修行千年，就可以得到足以操控氣之能量的翅膀。雖然不適用於所有的劇情，一般來說東洋的龍會懼怕蜈蚣、五色絲綢、鐵等物品。

龍的象徵

　　強韌的表皮與鱗片、堅銳的牙跟爪子等等，龍的身體除了是武器跟防具的理想材料之外，龍血跟龍骨也是可以治療百病的仙丹。另外龍還具有搜集金銀財寶的習性，並且擁有可以讓願望成真的寶玉・龍珠。

　　強大的力量與兇猛的習性，加上討伐成功之後豐碩的報酬，讓龍成為奇幻故事之中極為熱門的目標。也就是所謂的除龍（驅龍）的傳奇故事。為了一獲千金動身前往龍的巢穴，但卻一去不回的人佔絕大多數。但如果可以完成這項艱鉅任務並成功歸來，則可以在贊美跟敬畏之下得到屠龍者（Dragon Slayer）的稱號，順利將財寶帶回來的話甚至可以成為英雄或一國之主。代表性的案例有日本神話之中的八岐大蛇、希臘神話中的九頭蛇、英雄聖喬治傳說中的邪龍、敘述詩『尼伯龍根之歌』的法夫納。

　　另外，咬住自己尾巴的**銜尾蛇**（Ouroboros），被認為是沒有開始也沒有結束、象徵「完全」的符號。在「鍊金術師」的項目之中也有提到，蛇會重複進行脫皮來成長茁壯、幾個禮拜不吃東西也能存活，擁有堅強的生命力，在許多宗教跟神話之中被視為萬物統一、圓環、宇宙誕生的象徵。

　　蛇同時也是龍的原型，阿茲特克的**魁札爾科亞特爾**、印度的**那伽**等等，蛇神同時也會被當作龍來看待。

《世界各地所流傳的龍》

名稱	地區	特徵
紅龍	以色列東部	若望默示錄之中登場的7顆頭10隻角的巨龍，尾巴一揮可以打掉天上3分之1的星星。
Melusine	法國	上半身是女性、下半身是龍。假裝成人類跟男性結婚，但每七天會變回一次原型，被看到真實身份之後傷心離去。
尼德霍格	挪威	地下世界尼福爾海姆的黑龍。咬住世界之樹的根部來吸取力量的邪龍。
Fire Drake	英國諸島	住在北歐諸島的火山或洞穴之中的火龍，能在岩漿之中來去自如。
艾因迦納	澳洲	澳洲原住民・彭加彭加族的神話所流傳的虹蛇。在這個世誕生的時候，孤獨的存在於沙漠之中，為了解悶而創造萬物。
九頭龍	日本	住在神奈川縣・芦之湖的九頭龍。原本是邪龍，後來成為土地的守護神。

第1章・主題

第2章・神話

第3章・宗教

第4章・魔法

第5章・幻想生物

第6章・世界

第7章・神祕、懸疑

精靈、妖精

凱爾特神話
巨人
水妖、海魔

Fantasy Encyclopedia For Creators Fairy

不可思議的存在

　　英文之中被稱為 **Fairy**（妖精）的存在，自古就在歐洲流傳，是傳說跟民間傳奇等奇幻故事之中最為重要的角色之一。它的語源來自於拉丁文中代表「命運」或「命運女神」的Fate，以此派生出來、在法文中代表「施予魔法」或「迷惑他人」的Fee，並在尾端加上「Rie」的「Feerie」據說就是英文Fairy（妖精）的起源。

　　北歐則是有 **Troll**（洞穴巨人）跟 **Elf**（精靈），體型大多與人類差不多，生活上也維持相當密切的關係。在歐洲西北部由凱爾特人所流傳的妖精大多擁有翅膀，尺寸從螞蟻到大象並不一定，但名稱則是以 Shee 或 Sheoques 來統一。這原本是指「土丘」或「丘」，但漸漸演變成稱呼居住在地下

的奇妙存在。除此之外還有預報死亡的妖精 Banshee（報喪女妖）、賦予藝術家才華但卻吸取他們生命的 Leanan-Sidhe、身為達努神族的後代以騎士身份守護妖精之國的 Daoine Shee、無頭的女性死神 Dullahan（杜拉漢）。

　　希臘神話之中則是有木靈・德律阿得斯、水靈・那伊阿得斯，這些存在於自然之中並擁有單獨稱呼的精靈。跟一般妖精不同，她們屬於眾神的子女，嚴格來說是階層較低的女神。另外還有將回音擬人化的厄科、被魔女變成怪物的斯庫拉。

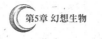

歐洲地區的妖精

在此簡單介紹各種著名妖精的特徵。

Imp	身穿圓帽跟尖鞋，擁有細長的尾巴，被認為是低級的惡魔。也會以魔女使魔的身份登場。
哥布林	體型嬌小、外表醜陋的小鬼，會自告奮勇的幫人類做壞事。
Spriggan	原本是巨人族的妖精，可自由改變大小來守護自己的財寶。
Nixie	綠色的皮膚、手腳有蹼的人型妖精。頭腦聰明，但也會將人拖下水中。
Puck	擁有變身的能力、喜歡惡作劇。會變身成馬來給人騎，但卻一個晚上不斷的奔馳不讓人下來。
報喪女妖	預告人類死期的妖精。出沒在死者附近，為死者感到悲哀而大聲哭泣。
Pixie	體型嬌小擁有樂天的個性。喜歡惡作劇，但是對於勤勞的人會留下銀的硬幣。
棕精靈	住在人類家中、全身長毛的小妖精，會幫忙務農。
Hobgoblin	與哥布林相比較為善良，據說是跟Puck較為接近的種族。
Red Cap	身材矮小、戴著紅色帽子的老人。出現在與殺人有關的場所，並把遇到的人殺死，以此將帽子染成紅色。
拉布列康	幫鞋匠製作鞋子，喜歡收集黃金，捉到的話可以問出它們藏匿金子的場所。也有獨腳的說法。
杜拉漢	騎在馬上的無頭妖精，深夜停在門前時若是將門打開，會被潑上一盆血。
Sluagh	罪人死後的靈魂，成群飛在空中。會捕捉前往天國的靈魂來成為自己的一員。
Fear Gorta	外表瘦弱的妖精，會在饑荒的時候四處乞食，並且為跟自己分享食物的人帶來幸運。
Kobalt	住在人類家中或礦山內的醜陋妖精，從礦脈之中將銀偷走，留下當時認為沒有價值的鈷。
洞穴巨人	擁有用黃金跟水晶打造的家，身材較矮、鷹勾鼻、戴著紅色尖帽。

調換兒（Changelings）

在各種惡作劇之中最讓人困擾的，是小孩被妖精拐走，或是被調包成妖精的嬰兒。這個傳說主要出現在歐洲，但世界各地都有類似的民俗故事存在。

被替換的嬰兒不是外表醜陋，就是瘦弱無比。相反的卻常常大聲哭鬧，食慾旺盛的吃掉許多糧食。避免嬰兒被掉包的方法有幾種，在搖籃周圍點燈來常時性的維持光亮，或是在搖籃放上槲寄生的樹枝、鐵製的刀子、剪刀、火箱，如此可以避免妖精的接近。

第1章‧主題

第2章‧神話

第3章‧宗教

第4章‧魔法

第5章‧幻想生物

第6章‧世界

第7章‧神祕‧懸疑

巨人

巨大且神聖的存在

　　與巨人相關的傳說，分成智能低俗、粗暴並且把人當作食物的類型，跟賢良且對人類抱持友好態度、從遠古活到現在等兩大類別。這種生物在各種神話跟傳奇之中登場，被認為是巨大的神明，或人型生物、亞人類的一種。若擁有神格的話，也會以**巨神**來進行稱呼。

　　具體性的大小隨著傳說而不同，但最小也有2公尺高，最大則是超過100公里以上。有說法認為聖經之中的登場人物其實全都屬於巨人，舊約聖經之中的亞當跟夏娃身高高達30公尺以上。另外，以色列的達吾德王在年輕時所屠殺的巨人歌利亞，據說有3公尺高。

　　與巨人相關的傳說數量龐大，其中又以將自然的威脅或外敵比喻成巨人的類型最多。在英雄傳奇之中也不光只是配角，除了以巨人本身來當作主角之外，在許多創世神話之中世界甚至是從巨人身上誕生。這些故事許多會以遠古時期對神的信仰為雛型，留下豐功偉業的人物也常常被描述成巨人，推測在世界各地都有跟巨人有關的信仰存在。中世紀以後所流傳的**食人魔**（Ogres）跟**洞穴巨人**（Troll）也都屬於巨人的一種。

　　被認為是由巨人所留下的痕跡、遺址，存在於世界各個角落。甚至還有發現被認為是巨人遺骨的物體。與那國島外海的海底遺跡、馬爾他共和國的Ggantija神殿、英國的巨石陣等等，都是其中的代表。

傳說中登場的巨人

癸干忒斯（巨靈）	Gigas（巨靈）是希臘神話中所出現的巨人，據說是天神烏拉諾斯的血滴到地上所誕生的種族。名為阿爾庫俄紐斯的個體只要站在 Pallene 平原（巨靈的國土）上，就能刀槍不入、所向無敵。複數形為 Gigantes，語源是代表巨大、巨人的「Giant」。
庫克洛普斯（獨眼巨人）	跟泰坦、百臂巨人一樣，Cyclops（獨眼巨人）是希臘神話中所登場的神祇之一。跟主神宙斯一樣是泰坦族的出身，但卻跟其他外表俊美的同族相反，只有一顆眼睛，而百臂巨人甚至有50顆頭與100隻手臂，兩者的外表都極為醜陋，因此被父親烏拉諾斯關在塔耳塔羅斯（地獄）內。除了擁有優異的建築技術之外，鍛造方面也極為擅長，但智能卻漸漸降低，變得跟普通的巨人沒有兩樣。
約頓（霜巨人）	在北歐神話之中登場的霜巨人族（jotunn），最早的巨人尤彌爾的子孫，居住在約頓海姆。與眾神處於敵對狀態，性情非常的兇殘。它們同時也是大自然的精靈，擁有強大的威能，力量甚至足以威脅到眾神。
大太法師	在日本各地留下傳說的巨人，據說是參與造國的神明之一。可以移動山脈、手腳的痕跡變成沼澤跟湖泊等等，根據描述來看非常的巨大。濱名湖據說是由它手按下的痕跡所形成，以濱名湖的直徑推算，身高最少有100公里以上。
歌利亞	在紀元前13世紀左右，移民到地中海沿岸的非利士人的巨人士兵，在舊約聖經的「撒母耳記」第17章登場。牧羊的少年達吾德所丟出的石頭打中他的頭（額頭），失去平衡跌倒的時候配劍被奪，砍下頭顱而喪命。常常被當作以智取勝的寓言故事。
卡布拉岡	在馬雅神話之中登場，名字代表「地震」的巨人。父親是代表大地本身的巨人維科布·卡庫伊科斯。強大的力量可以讓山輕易的瓦解，但是被雙胞胎的英雄胡那普、喀巴倫格欺騙，遭到活埋。

第1章·主題

第2章·神話

第3章·宗教

第4章·魔法

第5章·幻想生物

第6章·世界

第7章·神祕·懸疑

惡魔

Fantasy Encyclopedia For Creators Demon

人類的敵對者

在世界各地的宗教、民間傳奇之中登場的存在，共通點是誘惑人類使其墮落、危害人類、跟神處於敵對關係等等。在日本的民俗信仰之中，會把災害本身或造成災害的原因擬人化來稱呼為惡魔。「惡魔」一詞本身，來自於翻譯成漢語的佛教經典，屬於佛教用語，但今日則普遍當作西洋的撒旦（Satan）、**Devil**、**Demon**等名詞的翻譯。Devil跟Demon的語源，推測是來自於從古代到中世，在印度次大陸及東南亞細亞所使用的，梵文之中代表神的「Deva」（女性為「Divi」）。

世界各地的傳說都可以看到惡魔的身影，它們整體的數量，根據神祕學研究家Grillot de Givry所進行的綿密的考察與試算，發現有高達17億5千806萬4176名（也有高達11兆的說法）。

形態雖然千差萬別，但大多與人類相似，擁有藍色、黑色、紅色的皮膚，眼睛火紅、尖銳的牙齒跟耳朵、嘴巴裂到耳朵下方。頭部長有山羊一般的角、背上有蝙蝠一般的翅膀跟尖尖的尾巴。沒有腳後跟也是其主要特徵之一。部分的惡魔擁有以上全部的特徵，有些則只會出現一部分。階層較高的惡魔常常被描述成雙性的存在。

特別有名的個體，有基督教的巴風特（黑色山羊的頭跟黑色翅膀的雙性惡魔），猶太教神話之中的阿撒瀉勒（被天堂放逐的墮天使）。

魔王

跟惡魔一樣，魔王一詞原本屬於佛教用語，指的是妨礙修行的「第六天魔王·波旬」。一般來說則是指君臨於惡魔、魔族、怪物之頂點的存在。在先前提到的17億5千806萬4176的惡魔之中，有明確的階級順序存在，魔王也是其中之一。

《魔王撒旦》

撒旦（Satan）是猶太教、基督教、伊斯蘭教之中的惡魔，它的名字在希伯來文代表「敵人」、「反對者」、「控訴神的存在」，阿拉伯文的拼音為 Shaytān。身為橫跨3個宗教的大惡魔，許多文獻對於撒旦有不同的描述，但詳細狀況卻依舊不甚明瞭。有說法認為撒旦跟**路西法**、**別西卜**等高階惡魔是同一個存在，若望默示錄的「紅龍」也被認為是它的化身（天才殺人魔漢尼拔·萊克特登場的湯瑪斯·哈里斯的小說「紅龍」一樣也是指撒旦）。身為最有名的惡魔、地獄最高階層的存在，但卻眾說紛紜讓人無法掌握詳情。反過來看這或許也算是符合其魔王的身份。

電玩之中的惡魔、魔王

在電玩作品之中，魔王是必須被打倒的諸惡的根源，做盡惡事之後有如煙火一般盛大的凋謝，可以說是魔王的常道。惡魔的設計上，常常會套用神話中的設定，貶低人類或是透過契約來奪取對方的靈魂。「魔族」被認為是魔王、惡魔的統稱，在某些設定之中，實質上比較接近狡猾且好戰的亞人類。近年來開始有作品顛覆這些傳統形象，以**黑暗英雄**的方式來描述魔族，得到不小的人氣。另外也有魔族、人類、天使跨越種族的障礙來相愛的作品，活躍的舞台已經不再局限於只有善惡的世界之中。

電玩之中著名的代表，有電玩作品『勇者鬥惡龍』之中的魔王。奪走光之玉、綁架蘿拉公主，讓絕望籠罩整個世界。外表雖然是身穿長袍的魔法師，原型卻是巨大的龍，對勇者提出「要是願意站在邪惡的一方，可以讓出半個世界」的提議，強大的同時也兼具狡猾的一面。

被打倒的魔王，有些會失去性命從這個世界消失，有些太過強大只能一時性的封印。電玩作品『魔王與我』之中，就是描述存在感微弱的少年被復活的魔王附身在影子內，走上冒險旅程的故事。

『魔王與我』
類別：電玩
製作：Sony Computer Entertainment
銷售：2001年
平凡的少年路卡跟復活的魔王史丹所展開的奇幻旅程。

死神、死亡使者

Fantasy Encyclopedia For Creators　Grim Reaper

主掌生命根源的神性

掌管死亡，或是將「死亡」人格化的神祇。一般形象是身穿黑衣、手持鐮刀的骸骨，這是以希臘神話的豐饒之神・克洛諾斯為基礎。除了收割生者的靈魂、將死者引導至冥界、制裁死者之外，有時還會在冥府擔任管理靈魂的職位，不論何者，都是極為重要的存在。

早在古羅馬就已經會用骸骨或骷髏來代表「死亡」，這是全世界都可以看到的極為普遍的象徵。死亡與重生有時會成為崇拜的對象，帶領死者靈魂的存在，有時會描述成服侍神的天使。不過日本流傳的的死神，是透過附身使人出現想死的念頭，感覺與惡靈較為接近。各種神話、宗教之中代表性的死神如下。

希臘神話	塔納托斯、黑帝斯	馬雅神話	Ah Puch、伊休妲、Hun-Came 與 Vukub-Came
羅馬神話	Mors、普路托、奧迦斯	烏加里特神話	Môtu、Holon
北歐神話	奧丁、赫爾、瓦爾基麗	日本神話	伊邪那美（黃泉大神）
斯拉夫神話	Chernobog	基督教	Sariel
美索不達米亞神話	Nergal、Ereshkigal、Namtar	伊斯蘭教	亞茲拉爾（天使）
埃及神話	阿努比斯、歐西里斯、Seker	印度教	閻羅王
阿茲特克神話	米克特蘭堤庫特里、西佩托堤克	中國神話	西王母、蓐收

死神可怕的鐮刀

　　死神攜帶鐮刀的理由，最普遍的說法是將人類的靈魂比喻成麥穗來進行收割，因此才會攜帶這種原本屬於農具的武器。這種類型的死神被稱為「Grim Reaper」（猙獰的收割者），負責將收割的靈魂送往冥界。另外也有說法指出，這跟東歐土葬時在死者頸部切出一條痕跡（若是復活的話，頭部會在起身時掉落）的習俗有關。

　　據說死神將鐮刀揮下的時候，一定會有人的靈魂被奪走。要是被死神的鐮刀鎖定，唯有奉獻他人的靈魂才有辦法逃脫。因此在創作之中常常被描述成「無視防禦能力」的攻擊，基本上以單人為攻擊對象。其中有些鐮刀甚至一揮就能消滅軍隊，甚至是讓行星消失。

奇幻作品中的死神

　　在日本創作之中登場的死神，會以西洋死神的形象為基本，在外表、道具、設定方面做出許多變化。

《死神大人》

　　『SOUL EATER』

　　巨大的靈魂足以覆蓋一座都市，以靈魂管理者的身份君臨。造型與西洋的死神相當接近（臉部是骷髏的面具，內部不明），使用的武器之中也有鐮刀存在。

《路克》

　　『死亡筆記本』

　　沒有鐮刀，但卻擁有寫上名字就能讓人死亡的「死亡筆記本」，來自另一個世界的高次元種族。不光是沒有拿鐮刀，外表也跟死神普遍的形象有所出入。

《百百》

　　『死神的歌謠』

　　手持灰暗的鐮刀，但外表是身穿白色連身套裝的少女。跟西洋的死神一樣，負責搬運人類的靈魂，但感情豐富且愛管閒事，有時甚至被人稱為天使。

『死亡筆記本』
類別：漫畫
作者：小畑健
出版：2003年
撿到「死亡筆記本」的高中生月神夜，被死神糾纏的天才為了創造理想世界，會做出什麼樣的決定？

所羅門七十二柱

召喚、契約與代價
召喚的儀式
惡魔

Fantasy Encyclopedia For Creators 72 Spirits of Solomon

遵從賢王的惡魔

在惡魔學（基督教、猶太教等與惡魔相關之記述的總稱）之中，以色列第3代國王·所羅門王所封印的72隻惡魔，被稱為所羅門七十二柱的魔神（也被稱為所羅門之靈、所羅門的72位惡魔）。根據作者不詳的魔術書籍『Lemegeton』（所羅門的小鑰匙）的記載，它們分別在各個地獄擁有爵位，率領著大規模的軍團。其中甚至有被當作神來崇拜的個體，但卻被基督教貶為惡魔。

《巴耳》職位：王序列：第1位

舊約聖經之中所出現異教之神，在惡魔學之中被認為是別西卜本人，是相當重要的存在。支配東方，率領66軍團的大王。原本是烏加里特神話之中狂風跟慈愛之雨的神明「Baal Zebul」（崇高的巴耳），之後在舊約聖經被貶為「Baal Zebub」（蒼蠅的巴耳），結果演變成惡魔別西卜。也有學說認為它跟魔王撒旦、路西法是同一個存在。

《亞蒙》職位：公爵序列：第7位

亞蒙（Amon）據說是肉體最為強韌、嘴巴噴火、尾巴是蛇的大狼。似乎也能變化成頭部是渡鴉、口內有犬齒的人類。路西法背叛神的時候，率領義勇軍前來參戰。不光是擁有強大的戰鬥力，在詩歌方面也有相當的才華，舊約聖經收錄有它所寫下的詩。野獸的頭部加上名稱與最高神阿蒙（Amen）的類似性，被認為是埃及神話中的阿蒙被權釋成惡魔的存在。

所羅門七十二柱魔神的一覽表

在此將72柱惡魔以及它們的職位、序列整理成表。其中有些惡魔擁有複數的地位。

王	巴耳　第1位　軍團數量66／派蒙　第9位　軍團數量200／貝雷特　第13位　軍團數量85／普爾森　第20位　軍團數量22／阿斯莫德　第32位　軍團數量72／拜恩　第45位　軍團數量36／巴拉姆　第51位　軍團數量40／撒共　第61位　軍團數量33／彼列　第68位　軍團數量80
公爵	阿加雷斯　第2位　軍團數量31／加麥基　第4位　軍團數量30／華利弗　第6位　軍團數量10／巴巴妥司　第8位　軍團數量30／古辛　第11位　軍團數量40／埃力格　第15位　軍團數量60／桀派　第16位　軍團數量26／巴欽　第18位　軍團數量30／塞列歐斯　第19位　軍團數量30／艾尼　第23位　軍團數量26／布涅　第26位　軍團數量30／比利士　第28位　軍團數量26／亞斯她錄　第29位　軍團數量40／佛卡洛　第41位　軍團數量30／威沛　第42位　軍團數量29／化勒　第47位　軍團數量37／克羅賽　第49位　軍團數量48／安洛先　第52位　軍團數量36／毛莫　第54位　軍團數量30／格莫瑞　第56位　軍團數量26／瓦布拉　第60位　軍團數量36／佛勞洛斯　第64位　軍團數量36／安度西亞斯　第67位　軍團數量29／但他林　第71位　軍團數量36
君主	瓦沙克　第3位　軍團數量26／西迪　第12位　軍團數量60／因波斯　第22位　軍團數量36／概布　第33位　軍團數量33／斯托刺　第36位　軍團數量26／歐若博司　第55位　軍團數量20／系爾　第70位　軍團數量26
侯爵	亞蒙　第7位　軍團數量40／勒萊耶　第14位　軍團數量30／納貝流士　第24位　軍團數量19／羅諾比　第27位　軍團數量19／馬可西亞斯　第35位　軍團數量30／菲尼克斯　第37位　軍團數量29／斯伯納克　第43位　軍團數量50／沙克斯　第44位　軍團數量30／歐里亞斯　第59位　軍團數量30／安托士　第63位　軍團數量30／安德雷斐斯　第65位　軍團數量30／錫蒙力　第66位　軍團數量20／單卡拉比　第69位　軍團數量30
總裁	瑪巴斯　第5位　軍團數量36／布耶爾　第10位　軍團數量50／布提斯　第17位　軍團數量60／摩拉克斯　第21位　軍團數量36／格利希亞拉波斯　第25位　軍團數量36／佛拉斯　第31位　軍團數量29／概布　第33位　軍團數量33／瑪帕斯　第39位　軍團數量40／哈艮地爾　第48位　軍團數量33／蓋因　第53位　軍團數量30／歐賽　第57位　軍團數量30／亞米　第58位　軍團數量36／撒共　第61位　軍團數量33／華劣克　第62位　軍團數量30
伯爵	布提斯　第17位　軍團數量60／摩拉克斯　第21位　軍團數量36／因波斯　第22位　軍團數量36／羅諾比　第27位　軍團數量19／佛鈕司　第30位　軍團數量29／佛爾佛爾　第34位　軍團數量26／哈帕斯　第38位　軍團數量26／勞姆　第40位　軍團數量30／拜恩　第45位　軍團數量36／比夫龍　第46位　軍團數量26／毛莫　第54位　軍團數量30／安杜馬利烏士　第72位　軍團數量36
騎士	佛爾卡斯　第50位　軍團數量20

第1章・主題

第2章・神話

第3章・宗教

第4章・魔法

第5章・幻想生物

第6章・世界

第7章・神祕、懸疑

點綴奇幻世界的幻想生物

《獨角獸》（Unicorn）

獨角獸是各種幻獸之中，知名度數一數二的生物。狰狞、頑強卻又慎重，奔馳的速度遠超過馬，額頭中央有堅硬的角狀物突出。據說不可能由人類所馴服，唯獨處女可以讓牠敞開心房，甚至會主動前來靠近。這種傳說讓獨角獸成為「純潔」與「賢淑」的象徵，但幾近無敵的能力也讓牠帶有「傲慢」的性質，在七大罪之中象徵「憤怒」。帶有螺旋紋路的角具有以解毒為首的各種神奇力量，在西歐一角鯨的角常常會被假做獨角獸的角，以昂貴的價格來進行販賣。

「Uni」代表「單一」，「Corn」代表「角」，因此在日文也被翻譯成「一角獸」。擁有兩隻角的品種會以「Bi」取而代之，成為「Bicorn」（二角獸／雙角獸）這種幻獸。雙角獸原本只是多出一隻角的亞種，但常常被拿來與神聖的獨角獸作為對比，當作邪惡與不純的象徵。也有說法認為獨角獸才是雙角獸的亞種。

《天馬》（Pegasus）

希臘神話的英雄・珀耳修斯，將美杜莎（蛇髮魔女）的頭顱砍下的時候，從美杜莎的血泊誕生出擁有翅膀的白馬。可以在天空翱翔的天馬性情激烈不被任何人所馴服，唯有使用女神雅典娜的黃金韁繩，才能某種程度的進行控制。語源來自「水源」或「挖出泉水的存在」，傳說之中也有一些跟泉水有關的故事。

《半人馬》（Centaurus）

山杜爾族（Centaur）擁有馬的下半身跟人類的上半身，據說天生就是優秀的戰士。名稱來自於希臘文中代表「百人隊」的Centuria。有說法認為半人馬是希臘人看到遊牧民族的斯基泰人以卓越的騎馬技術結隊來襲，將那勇猛彪悍的樣子誤以為是怪物而誕生。希臘神話中總是成群結隊、個性威猛的半人馬族據說也是反應出這點。雖然擁有粗魯、好色、不管世俗之事的特徵，但同時也有像賢者凱隆這樣，充滿智慧跟思慮，被英雄們奉為老師的存在。

《彌諾陶洛斯》（Minotaur）

擁有公牛的頭跟人類身體的怪物，本人的名字為「Asterios」，但在絕大多數的地方會以「彌諾陶洛斯」（彌諾斯王的牛）來稱呼。

第1章・主題

第2章・神話

第3章・宗教

第4章・魔法

第5章・幻想生物

第6章・世界

第7章・神祕、懸疑

根據傳說，克里特島之王彌諾斯請求海神波塞頓賜給他純白的公牛，以證明自己獲得王位乃是出自神意，並保證將來會宰獻這頭白公牛來還給波塞頓。可是貪心的彌諾斯最後卻食言，用另外一頭公牛獻祭。憤怒的波塞頓對彌諾斯的妻子帕西淮下詛咒，讓她愛上那頭白公牛，結果生下半人半牛的彌諾陶洛斯。彌諾陶洛斯越是成長，個性就越是兇殘。彌諾斯王請名匠代達羅斯建造巨大的迷宮（Labyrinthos）將彌諾陶洛斯關在裡面，每年將7位少年少女當作祭品送到迷宮內部。Labyrinthos一詞來自希臘文中代表雙斧的「Labrys」，並且成為英文「Labyrinth」（迷宮）的語源。

《菲尼克斯》（Phoenix）

　　每當預知自己要死的時候，就會以肉桂等帶有香氣的枝葉築巢，在巢中引火自焚，從最後留下來的灰燼之中以幼鳥重生的不死鳥。菲尼克斯的起源眾說紛紜，其中一種說法是古希臘代表「朝日」、以日出日落來象徵「時間循環」「（死而）復活」的聖鳥‧貝奴，流傳到希臘之後以那發出紅色光芒的外表而改名為「Phoinix」（紅鳥），然後變化成現在「Phoenix」的發音。

　　在中國神話之中，也出現有朱雀跟鳳凰等神聖的鳥類。朱雀是四神（青龍、朱雀、白虎、玄武）之中守護南方的神獸。在五行之中則代表火，進而成為火鳥、火的精靈。朱雀也被認為跟四靈（黃龍、鳳凰、麒麟、龜）之一的鳳凰是同一個存在，但鳳凰原本是主掌風的聖獸。

　　另外，菲尼克斯被認為是只有雄性的存在，鳳凰則據說是雌雄同體。在陰陽學說之中，男性代表陽、女性代表陰，兼具陰陽雙方的鳳凰被認為是象徵天下泰平的祥獸。

《賽蓮》（Siren）

　　希臘神話之中登場的精靈寧芙，賽蓮是其中屬於水精（那伊阿得斯）的分類，她們居住在海中，也是海妖的一種。據說會透過歌聲的誘惑讓船觸礁，或是把人當作食物。原本是人型，但是被女神得墨忒耳變成像哈耳庇厄（女人頭禿鷹身體）那樣擁有翅膀的怪物。偶爾會出現像美人魚一般的描述，推測這是拉丁文的「翅膀（Pennis）」被誤認為是「鰭（Pinnis）」的關係。在絕大多數的場合，賽蓮被描述成誘惑男人陷入感官的快樂之中無法逃脫、象徵妖豔魅力的存在。

《喀邁拉》（Chimera）

　　「上半身像獅子，中間像山羊，下半身像大蛇，口中噴吐火苗」，這是古希

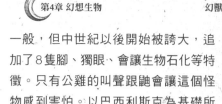

臘詩人荷馬的『伊利昂紀』對於喀邁拉的描述。

根據希臘神話記載，喀邁拉是眾妖之祖堤豐跟蛇怪厄客德娜的小孩。佛羅倫斯美術館所收藏的喀邁拉雕像，可以看到蛇的尾巴、山羊的身體、肩膀長出羊頭、頸部長出雄獅頭部的造型。另外還有同時長出公羊、獅子、龍等3種頭部的類型。生物學中一個生物擁有複數遺傳情報的「喀邁拉現象」，就是以此來命名。

《賽伯拉斯》（Cerberus）

在通往冥府的青銅大門之前，有防止活人進入、死者逃脫的地獄犬看守，牠是黑帝斯忠心的看門狗賽伯拉斯。普遍的造型是「三顆狗頭」，但這是到中世紀以後才固定下來的造型。原本據說有50或100顆頭，也有說法認為賽伯拉斯這個名稱來自於「Centiceps Bellua」（擁有一百顆頭的野獸）。由三顆頭所形成的監視網，雖然難纏卻不是天衣無縫，透過音樂讓牠們全都睡著，或是用點心（小麥混入蜂蜜烤過）來引開牠的注意，都是可以簡單通過的方法。或許因為如此，古希臘跟羅馬在舉辦喪禮時，會讓死者在手中握上甜點。

《巴西利斯克》（Basilisk）

根據古羅馬學者老普林尼的『博物志』，蛇類之王巴西利斯克住在昔蘭尼加地區（現在的利比亞）的沙漠。頭部的白色紋路有如王冠一般，就算從馬上以長槍刺死，也會連人帶馬被牠強烈的毒素所殺。外表有如蛇或蜥蜴

一般，但中世紀以後開始被誇大，追加了8隻腳、獨眼、會讓生物石化等特徵。只有公雞的叫聲跟鼬會讓這個怪物感到害怕。以巴西利斯克為基礎所發展出來的怪物雞蛇（Cockatrice），則是擁有雞頭跟細長的龍身。另外，希臘文中的Basiliskos具有「小國王」的意思。

《獅鷲》（Griffin）

獅鷲是獅子的身體加上鷹頭、鷹爪跟翅膀所形成的幻想生物。有時也會擁有牛的身體或蛇的尾巴。體型是獅子的4倍，可以連人帶馬將士兵抓到空中。在紀元前1500年印度所雕刻的徽章上，就已經出現似乎是獅鷲原型的怪物。在希臘神話之中牠是幫眾神拉車的動物，或金礦的守護者。在埃及神話牠是斯芬克斯（Sphinx）的另一種造型，在巴比倫神話則被描述成創世神迪亞馬特所生的11隻魔物的其中之一。

第1章・主題

第2章・神話

第3章・宗教

第4章・魔法

第5章・幻想生物

第6章・世界

第7章・神祕、懸疑

水妖、海魔

Fantasy Encyclopedia For Creators Treacherous sea

潛藏在水中的存在

　　住在河川、湖泊、海洋等水邊的妖精或魔物，有時也會被描述成掌管水的存在。從精靈、神祇到怪物等等，豐富且多元的種族也是其特徵之一。

　　水是四元素（古希臘所相信的構成這個世界的地、水、火、風4種元素）之一，有**四大精靈**等偉大的精靈存在，相關的信仰也不在少數。溫蒂妮（德國）、Ondine（法國）、賽蓮（希臘）、Siren（英國）都是跟水有關的精靈，發音隨著地區多少有點差異，但在各地都留有相關的傳奇故事。

　　就跟其他元素一樣，水具有極端的兩種個性。以生命泉源帶來各種恩澤的同時，也會引起大規模的災害、把船隻吞到水底，被當作敬畏的對象。因此也可以說是各個地區對水所抱持

的不同印象，造就了水妖的多樣性。

　　除了人們對水本身所抱持的印象，另外似乎也會以實際生活在水邊的生物，來當作水妖的主要元素。代表性的存在有人魚、半魚人、河童、溫蒂妮、賽蓮、凱爾派、利維坦、挪威海怪、水神等。在此選出特別有名的幾種，對她們的特徵跟傳說進行介紹。

『渦堤孩』
類別：小說
作者：Friedrich de la Motte Fouqué
出版：1811年
妖精溫蒂妮跟騎士Huldebrand之間悲劇性的奇幻戀愛故事。

《人魚》（Mermaid）

不論東西洋，自古以來就在傳說中登場的奇幻生物。造型隨著地區跟傳說的內容而不同，其中最為有名的，莫過於上半身是人、下半身是魚的類型。有時會將女性稱呼為Mermaid，男性稱呼為Merman。

根據各地的傳說，大多擁有美麗的外表，故事傾向於悲劇收場。知名的童話作品『美人魚』一樣也是以傳說為基準，描述她與人類之間的悲戀。Fouqué的『渦堤孩』也採用同樣的主題，兩者都是有名的古典文學，但後者是由人類背叛而喪命收場。

在日本所流傳的八百比丘尼的傳說之中，吃下人魚肉會讓人變得不老不死。日本的創作常常會將這個不老不死的要素，跟西洋人魚的形象融合在一起。

近代的創作，大多只會將外觀上的特徵與水邊等關鍵性的元素抽取出來，可以按照自己的意志變身成人的描述有增加的傾向。另外則是與古典相反的，歡喜收場的結局也越來越多。漫畫作品『瀨戶的花嫁』之中所登場的瀨戶燦，就是沒有任何悲劇性因素的近代人魚的典型。

《凱爾派》（Kelpie）

英國所流傳的住在水邊的幻獸。外表像馬，但卻擁有魚的尾巴跟水草的鬃毛。就跟其他許多與馬相似的幻獸一樣，有著膽小卻又彪悍的個性。會化身成安有韁繩的駿馬來等待走累的旅人，當旅人騎上之後立刻跑向河內，將背上的人拖到水中。另一方面要是可以想辦法馴服的話，則會成為不可多得的名駒。

在奇幻作品之中，會將外表的特徵跟掌控水的能力抽象化來使用。漫畫作品『烙印勇士』之中的凱爾派，被描述成可以自由控制水來形成屏障，或是將水壓縮發射出去的怪物。

《挪威海怪》（Kraken）

在北歐所流傳的海怪。在絕大多數的時候，被描述成巨大的章魚或烏賊。另外還有龍、海蛇、蝦、海星等各式各樣的傳說，但這些造型很少出現在創作之中。共通點是非常巨大、常常被誤認為是島嶼來進行登陸，或是從海面下伸出觸手，將海盜船或客船拉入海中。

在海洋冒險作品之中，挪威海怪跟海盜船、幽靈船可說是必備的元素。在影像作品中，常常因為太過龐大，結果只有觸腳出現在銀幕上。

『海底兩萬里』
類別：小說
作者：儒勒．凡爾納
出版：1870年
尼莫船長跟潛水艇鸚鵡螺號在大海中展開的冒險故事。途中遇到大型海洋生物Kraken的襲擊。

狼人

是人還是魔

　　狼人（**Werewolf**）是身體的一部分或全部變身成狼的一種獸人。女性的設定會以狼女來稱呼。起源推測是古代東歐地區的波羅的、斯拉夫體系之民族的「年輕戰士團體儀式性的變身成狼」的習俗。Werewolf一詞原本是指吃人的狼，但在傳說中演變成可以變身成狼的人類。也有說法認為，這跟狂犬病患者所出現的症狀有很大的關聯。

　　狼人變身的原因有幾種不同的說法存在，分身原本就是可以變成狼的種族、用魔法或藥物變身、因為病變或詛咒身不由己的變身等等。一般廣為人知的「看到滿月變身成狼」「被銀彈射中才會死」等特徵，其實是20世紀電影之中首次出現的設定。由於電影

的設定滲透的太過廣泛，反而是古老的傳說受到改寫。

　　在亞洲地區，獸人化的現象大多跟本人所擁有的神聖血統有關，不像西歐那樣是讓人忌諱的對象與禁忌。在蒙古人跟土耳其人之間也有狼人的傳說存在，「擁有狼的血統」似乎是他們民族榮耀的根源。另外在美洲原住民之中，也有許多部族是以狼為氏族。

　　在日本狼人傳說極為罕見，比較接近的知名案例大概只有「狐憑」（狐狸附身）。但狼一字常常以發音來寫成「大神」（Ookami），是象徵神性與知性的動物，被當作敬畏的對象。

狼人與吸血鬼

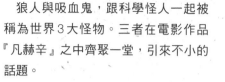

　　狼人與吸血鬼，跟科學怪人一起被稱為世界３大怪物。三者在電影作品『凡赫辛』之中齊聚一堂，引來不小的話題。

　　狼人與吸血鬼在設定上有許多類似之處，或許是因為如此，創作常常把這兩者當作相互對應的存在。也有說法認為狼人弱點的銀彈、使對方變成同類的能力是來自於吸血鬼。『德古拉』之中的德古拉伯爵一樣可以變身成狼，狼人看到滿月會變身，吸血鬼則是在滿月的夜晚魔力會增強（電影設定）。

　　在日本的創作之中，常常會以狼人

身體能力較佳，吸血鬼魔力較強的方式來賦予他們不同的特徵。兩者同時登場的例子，不是處於敵對關係就是競爭對手，關係通常不會太好。另外則是有虎人（Weretiger）這種半人半虎的近親存在，同樣身為獸人，一起出現時大多相當投機。

『決戰異世界』
類別：電影
導演：連恩‧懷斯曼
上映：2003年
描述吸血鬼跟狼人這兩個種族長期下來的慘烈鬥爭，融合古典與現代的奇幻動作電影。

創作之中登場的狼人

《Dr. Glendon》

『Werewolf of London』電影

　　在滿月的夜晚變身成狼，被咬到的人也會變成狼人等等，第一個採用這些設定的狼人作品。同時也是膠卷影像之中最為古老的狼人，為今日狼人的形象奠下基礎。

《麗莎‧瓦德曼》

『怪物王女』漫畫

　　擁有狼人父親跟人類母親的半人類（Half Breed）少女。因為是混血的

狼人，只有耳朵跟手肘以下的部分可以獸化。在滿月的夜晚身體能力會變強，但是在月蝕或新月的夜晚戰鬥能力會降低。

『An American Werewolf in London』
類別：電影
導演：John David Landis
上映：1981年
遭到狼人攻擊使自己也變成牠們的同類，在苦惱之中掙扎的主角所發展出來的悲劇性故事。

吸血鬼

Fantasy Encyclopedia For Creators Vampire

西洋最強的怪物

　　跟狼人、科學怪人並列為世界3大怪物。東歐的吸血鬼流傳到德國跟法國成為當地的傳奇故事，接著又在1730年流傳到英文圈子內，「Vampire」（吸血鬼）一詞也是在這個時候出現。吸血鬼本身除了歐洲之外，還會在中東跟亞洲等世界各地的民間傳奇登場，最為有名的吸血鬼莫過於**布拉姆‧斯托克**的『德古拉』、雪利登‧拉‧芬努的『女吸血鬼卡蜜拉』。中世貴族風格的穿著、變身成蝙蝠等動物、懼怕光、大蒜、銀等物品，現在創作之中的吸血鬼形象，大多來自這些作品。

　　關於吸血鬼的源頭，除了原本就有吸血鬼這個種族存在的說法之外，吸血鬼原本是人類的說法也受到廣泛的支持。由人類變成吸血鬼的場合，有魔術、詛咒、被吸血鬼吸血等手段存在。

　　透過被吸血以外的手段來轉變成吸血鬼的個體，有時會被稱呼為「真祖」。這是可以透過吸血能力來增加眷屬數量的最早的個體，也被認為是吸血鬼的祖先。真祖身為眷屬的領導者，大多擁有與眾不同、極為優異的能力。（整體的基礎能力非常的高、擁有獨自的特殊能力等等）

　　或許是受到小說『德古拉』的影響，吸血鬼在生前大多會是中世紀的貴族。以真祖為首的古老吸血鬼許多都擁有匪夷所思的強大力量，跟剛剛成為吸血鬼的個體幾乎可以算是不同的種族。在許多作品之中都可以看到它們嘲諷年幼吸血鬼的場景。

吸血能力

就如同名稱一般，吸血是吸血鬼代名詞的象徵性能力。據說吸血這個行為本身，有幾種不同的含意存在。

《攝取營養》

為了維持吸血鬼的不死性，從他人的血液之中攝取必要的養分，有如用餐一般的吸血。據說血被吸乾的人會像木乃伊一樣枯萎。非常有名的設定是年輕異性的血最是美味，其中又以處男或處女的血最受吸血鬼的喜愛。

《增加眷屬》

透過吸血來將人類變成吸血鬼的模式。也有說法是只有處男或處女才能在被吸血的時候成為吸血鬼。

《增加部下》

透過吸血讓人類成為自身部下的模式。分成以人類的狀態為自己效命，跟先變成食屍鬼之後再成為下屬的類型。也有被吸到血的人如果不是處女或處男，就會變成部下或食屍鬼的說法存在。

夜晚的一族

吸血鬼喜好黑夜的世界，是屬於夜晚的族群，因此也被稱為夜行者（Night Walker）。

它們白天睡在棺木之中，用棺材內故鄉的土壤來回復精氣、得到力量。也有說法認為在自己的棺木之中休息，是吸血鬼不死能量的泉源。

除了吸血之外，吸血鬼還擁有各種超常的能力。代表性的有變身跟魅惑（Charm）的魔眼。所能使用的其他魔法規模並不一定，但吸血鬼本身是等級相當高的怪物，因此大多被設定成可以使用劇中所有高等技能的存在。

另一個值得一提的，是它們所擁有的怪力。吸血鬼大多是身材苗條，但力量卻非常的強（擁有變身能力的同時，外表跟體能或許就已經不相對

應），許多作品都可以看到它們單手把人拋出，或是像紙屑一般將人體破壞的描述。跟吸血鬼對峙的時候，這或許會是最為棘手的能力。

消滅吸血鬼的傳統手法，有把頭砍下、把木樁刺入心臟、把屍體燒掉等方法。另外還有被太陽光照到會化成灰、無法觸摸銀、討厭香草、無法渡過流動的水、沒有受到邀請無法進入建築物內部等弱點存在。

但是在最近的創作之中，完全不具備這些弱點的吸血鬼越來越多。或許克服這些普遍性的弱點，可以簡單的突顯出古代種的強大，是一種極為明確的參數。

第1章·主題

第2章·神話

第3章·宗教

第4章·魔法

第5章·幻想生物

第6章·世界

第7章·神祕·懸疑

成群的死者

恐怖電影之中活屍所擁有的特性為「屬於不死生物的一種，沒有感情等精神性的活動，為了吃生肉不斷徘徊來襲擊周圍的獵物」、「唯有破壞腦部才會停止活動，被咬到的人會變成活屍」這2點。

具有上述這些現代標準性質與形象的活屍，據說是在電影作品『活死人之夜』的賣座之下擴散出去，說它是現代活屍的創始者可是一點不為過（上映時劇中的怪物被認為是一種「不死生物（Undead）」，尚未出現「活屍（Zombie）」這種認識）。

當然，在這部電影上映之前，就已經有幾部以活屍為主題的電影存在。1932年的『White Zombie』，後來則是有『Walk with a Zombie』、『King of the Bomzies』等許多活屍電影陸續的登場。

現在大家般所熟悉的腐爛屍體的外表，是在1966年所發表的『The Plgue of the Zombies』之中登場，在這之前活屍是由魔術師所操控的屍體，它們被奪走意志跟感情，幾乎在所有劇情之中都是身不由已的悲慘奴隸。

動作緩慢、沒有自己的意志，是活屍在它的起源烏毒教之中所擁有的特徵。導演喬治‧A‧羅密歐另外又加上「吃人」、「感染」、「只有破壞頭部才會停止活動」等要素，並且將神祕學（靈異）的部分全部去除，塑造出按照本能來啃食人肉、數量爆發性的增加、威脅人類生命與社會的全新怪物。

以『活死人之夜』的後續作品『生人勿近』為契機，義大利的『ZOMBIE』、法國的『屍變』、『Brain Dead』、『芝加哥打鬼』等等，擁有各種不同設定的活屍在世界上紛紛出籠。

雖然在1980年代的中期人氣開始退火，但在電玩作品『惡靈古堡』的暢銷之下，除了將電玩原作改編成電影之外，過去名作也陸續被翻拍，『活人生吃』、『28天毀滅倒數』等重新詮釋活屍特徵的作品開始受到好評。

「奔跑的活屍」可說是其中最大的改變。成群結隊全力奔跑過來吃人的景象，在帶來全新恐怖的同時，也讓新舊粉絲對其真實性進行考察，探討腐爛的屍體是否足以承受這種運動量。如此的關注讓活屍在娛樂作品之中得到穩固的地位，成為獨樹一幟的作品類別。

『White Zombie』
類別：電影
作者：Victor Halperin
上映：1932年
古典恐怖電影的代表作，以活屍電影的起源而聞名。

第1章‧主題
第2章‧神話
第3章‧宗教
第4章‧魔法
第5章‧幻想生物
第6章‧世界
第7章‧神祕‧懸疑

一般人對活屍所抱持的印象，是攻擊人類的腐爛屍體。但活屍（Zombie）一詞，原本指的是因為某種原故以屍體狀態復活的人。語源據說是剛果的神明 Nzambi 在流傳到中美、西印度諸島的過程之中走樣，變成了現在的 Zombie。

有關活屍的製造方法，在烏毒教之中會由司祭「Bokor」將新鮮的屍體挖出，在儀式中持續呼喚死者的名字來讓它復活。另外一種說法則是使用來自奈及利亞、含有河豚毒素的活屍粉這種藥劑，讓人陷入假死狀態來聽命差遣。

不論是前者還是後者，最早的活屍外觀與一般人沒有任何不同，當然也不會有腐爛的部位。

何謂不死生物

不死也不活，失去生命之後卻還能持續進行活動的生物，這種怪物被稱為 Undead（不死生物）。比方說屍體受到某種超自然的力量、本人的靈魂、惡魔或其他邪惡生命的怨靈影響而持續活動，就是屬於這個類別。

可以大分為有形跟無形兩大類，有形的被稱為食屍鬼、吸血鬼、活屍，無形則被稱為幽靈（Ghost）。

不死生物的存在，幾乎於全世界各個地區的神話或傳說之中都可以看到，就算是到現代，也常常出現在奇幻、恐怖作品之中。

「Undead」一詞在布拉姆·斯托克的『德古拉』（1897 年）之中首次被使用，書中純粹是用來形容不會死的吸血鬼，之後被擴大解釋成所有超自然性的存在。到了現代，Undead 一詞已經由一般大眾所理解，得到「曾經擁有生命，卻在死後持續展現生前活動的存在」這個範圍非常廣泛的定義。因此一般所謂的不老不死或不死人，並不包含在 Undead 的範圍之中。不死人一般會用 Immortal，也就是在擁有生命的、註定一死的 Mortal 前方，加上 Im- 這個否定詞。Un- 一樣是否定詞，因此 Undead 代表「非死亡的」、「無法死亡」的意思。

『德古拉』
類別：小說
作者：布拉姆·斯托克
出版：1897 年
住在陰森的古堡之內，不死的古拉伯爵與人類展開死鬥。

世界各地的不死生物

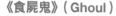

《食屍鬼》（Ghoul）

在阿拉伯的傳說之中登場，會吃人類屍體跟小孩的惡魔。據說住在沙漠之中，以人類屍體的為食，有時還會欺騙沙漠中的旅人來將他們吃掉。根據這些特性，常常被翻譯成食屍鬼。

在Ｈ・Ｐ・洛夫克拉夫特的著作之中有同名的怪物登場，它們居住在地下鐵廢棄線路的深處，過去曾經是人，但因為食用屍體而變成食屍鬼一般的怪物。

《屍魔》（Revenant）

Revenant一詞在法文之中代表「歸來人」，在中世紀的英國指的是剛死不久的屍體，因為怨氣等強烈的感情一時性的復活。就一般的不死生物來說非常罕見的，它們與生前有著一樣的智能跟意識。

也因此不會無差別的襲擊人類，而是有計劃的進行殺人。也有用魔法來復活的類型，在這個設定下，屍體的品質會與完成品的力量有直接的關聯。

《殭屍》

在中國，長時間安置在室內的屍體可能因為屍變而自己動起來，但若是沒有送回故鄉埋葬，會對死者子孫與家人帶來不好的影響。再加上每當有大量的犧牲者出現時，很難判斷哪具屍體來自哪個地區，運送起來也非常的困難。於是就由道士發明了可以讓屍體自己移動的趕屍術（移靈術）。

在道士的操控之下，屍體會雙手往前伸出，筆直不動的只用腳踝來跳動，動作非常的特殊。根據傳說，屍變的殭屍個性極為兇殘，為了要喝人血而四處徘徊。殭屍的力量非常的強大，除了會咬人的脖子來吸血之外，還會將被害者的頭整個扯下直接飲用人血。

《Animated Dead》

透過死靈術（Necromancy）一時性得到生命的死者。在桌上型遊戲『龍與地下城』之中首次登場，與其說是怪物，比較接近讓死者復活來聽自己差遣的法術。

《骷髏》（Skeleton）

只剩下骨頭但卻還是可以行動的Skeleton，也是奇幻作品常見的怪物之一。它的起源並不明確，其中一種說法是希臘神話中「被種出來的人」Spartoi（地生人）。15世紀的大航海時代，常常會在遇難的船上找到只剩下白骨的屍體。船隻本身要是沒有嚴重損毀，則會在海上持續漂流，因此航行中的水手偶爾會遇到這種只有白骨的船隻。

《巫妖》（Lich）

Lich一詞在古英文之中代表屍體，據說是擅長死靈術的法師主動轉生成為不死生物的存在。在創作之中大多君臨於不死生物的頂端，可以對其他不死系的怪物下達命令。

魔像（Golem）

　　猶太教的「拉比」（法律學者）所創造出來的可以自由行動的人偶。語源是希伯來文中代表「原物料」的「Gelem」。主要的材料為土壤、石頭、金屬，但也有將其他生物（屍體）當作材料的 **Flesh Golem**。由於是沒有靈魂的人偶，不具備對話的能力，但還是可以理解簡單的命令或會話。

　　據說拉比會先絕食幾天、進行禱告等神聖的儀式之後再開始製造人偶。唱出代表神與生命的咒語，在人偶的額頭、嘴唇下方、胸部貼上寫有代表真理的「emeth」或代表神之聖名的「Schem-ha-mphorasch」、「Emet」、「AMTh」的羊皮紙就告完成。

　　差遣魔像的人雖然被視為神聖的存在，但也有幾個禁止觸犯的規則。若是在夜晚使用、移動到領域之外的話就會狂暴化，唯有破壞掉才能阻止。

　　就算沒有觸犯這些禁忌，魔像還是會持續不斷的變大，因此總有一天還是必須破壞掉才行。

　　關於羊皮紙上的文字，若是把 Emeth 的 E 消掉，則會變成代表死亡的「meth」，「Schem-ha-mphorasch」則是把「Schem」消掉、「Emet」把「E」、「AMTh」把「A」的字母消掉，魔像就會整個粉碎瓦解。若是只把羊皮紙撕下而不是將字母消掉，則只會倒下休息、停止不動。

『Le Golem』
類別：電影
導演：Julien Duvivier
上映：1920 年
第一部以魔像為題材的電影作品。

科學怪人

　　對拼湊的屍體賦予生命所創造出來的怪物。外表雖然被描述得極為醜陋，但具有壓倒性的力量、感情豐富的內心，並潛藏有高度的知性（光是聽就學會人類的語言）。

　　在劇中，弗蘭肯斯坦博士拒絕怪物的請求，讓故事朝悲劇性的方向前進，就如同副標題「或是現代的普羅米修斯」所代表的，具有「對於過度發展的科學提出警告」、「被創造物反

攻創造者（**科學怪人情結**）」等含意。

『科學怪人』
類別：小說
作者：瑪麗・雪萊
出版：1984 年
描述人類創造出來的生命所面臨的苦惱。

第1章・主題

第2章・神話

第3章・宗教

第4章・魔法

第5章・幻想生物

第6章・世界

第7章・神祕、懸疑

鬼魂

奇蹟
生命
死靈術

Fantasy Encyclopedia For Creators Ghost

死靈

靈魂的概念與靈魂離開人體的現象，自古以來就被人們信以為真。從過去的文獻與傳說、文學或藝術作品之中都可以看到相關的信仰。

這在日本被稱為幽靈，海外則是稱為 **Ghost**、**Phantom**、**Specter**。聽到「死靈」一詞，多少給人陰森、可怕的印象。但有時也會為了將重要訊息傳遞給生者，或是為了保護特定的人事物而出現，並非全都屬於邪惡的存在。

動畫作品『我們仍未知道那天所看見的花的名字』之中所登場的本間芽衣子，就是這種善良幽靈的典型。只有青梅竹馬的少年才能看到，多多少少擁有物理性的干涉能力，可說是人畜無害的幽靈。一般幽靈會以喪命時的外表來現身，而芽衣子，很罕見的隨著歲月流逝外表也跟著成長。

就算如此，與生靈（活人的靈體）相比，我們常常可以在故事中看到死靈附到人類身上作祟，或是讓人產生精神上的障礙。而在世界各地的墳場都有被目擊到的火球（鬼火、Will o' the wisp），也被認為是一種代表不幸的死靈。幽靈的變種之一，有無法離開特定場所的自縛靈，跟物體本身化作鬼魂的幽靈船。外表有可能與生前相同，不然就是半透明或沒有腳部存在，甚至是無法維持形體有如霧狀一般的徘徊，有各式各樣的造型存在。

生靈

　　就算是生者的靈魂，也有可能離開肉體來四處徘徊，這種概念在非常古老的時期，就已經存在於世界各地的記錄之中。在日本江戶時期被稱為離魂病、影子病，是人們所畏懼的現象。

　　對於生靈的發生原因，有人提出太過強大的思念在無意識之間離開肉體的解釋。如果起因是怨念、也就是生者怨靈的話，很有可能會作祟或帶來災害。另一方面如果是為愛所苦，則有可能是靈魂飛到意中人的身邊。也有瀕臨死亡的人化為生靈前去見家人最後一面的案例存在。

　　另外，看到與自己極為相似之人的分身現象（Doppelgänger），也有人提出是看到自己生靈的說法。只是分身的現象，似乎不是因為強大的意志而出現。

　　不論是何者，生靈基本上會以本人的外表來現身。在奇幻創作之中，則是有以過去小孩的外形或將來長大的樣子出現的發展形式。

奇幻創作中的鬼魂

　　鬼魂與其他怪物的差異，在於沒有實體、物理攻擊難以造成有效的傷害。在許多時候，必須使用魔法或法術、經過洗禮（祝福）的武器等超常性的手段，才有辦法將它們消滅。有說法指出，這種運用「超常性的手段」來進行攻擊的印象，似乎是教會為了提高自身權威的宣傳。如果鬼魂附身到盔甲等實體性的物品上，則有可能透過物理攻擊來將它們擊退。鬼魂屬於**不死生物**（參閱182頁）的一種，有時可以透過回復魔法或回復道具來對它們造成傷害。

　　另外，無法成佛（升天）的幽靈，委託劇中人物來實現它們未能完成的願望，也是常常出現的故事模式之一。在這個時候，解決問題之後大多可以從幽靈手中得到某種形式的報酬。以現實世界為舞台的場合，過去所愛的人變成幽靈來現身，或是開始交往之後才發現對方是幽靈等等，都是人氣很高的設定。

『我們仍未知道那天所看見的花的名字』
類別：動畫
銷售：2011年
死去的青梅竹馬以幽靈的方式出現，要主角幫她完成願望。

第1章・主題

第2章・神話

第3章・宗教

第4章・魔法

第5章・幻想生物

第6章・世界

第7章・神祕・懸疑

妖怪

Fantasy Encyclopedia For Creators **Yokai**

潛藏在日常之中的怪異

妖怪是在日本民間信仰之中登場的怪異現象，也被稱為妖、物之怪、魔物、怪異。妖怪一詞的起源來自於1世紀初左右的中國書籍「循史傳」，最早似乎是用來稱呼「超越人類理解的詭異現象」。流傳到日本之後與當地獨自的自然信仰融合，成為擁有實體的超自然存在。

河童、貓又、犬神、朧車都是相當有名的代表，其中也有像年月久遠的器具產生神性的**付喪神**（九十九神）這樣，身為日本神話之中的神祇卻被包含在妖怪之中的例子。像這樣把神跟妖怪視為同樣的存在，可以說是日本信仰的主要特徵。

到了江戶時期，開始出現唐傘小僧、豆腐小僧等獨創性的妖怪。鳥山石燕的畫集『畫圖百鬼夜行』，就是以獨創妖怪為對象的知名作品。在當時，百物語等說鬼故事的集會相當流行，為了尋求新的怪談跟妖怪，成為許多獨創妖怪誕生的原動力。在這些習俗的流行之下，妖怪漸漸從人們畏懼的對象，變成與人親近的存在。

隨著時代進步，可以產生神性、具有足夠來頭的古物（古傘、葫蘆等）越來越少，現代人對此也比較難以有所感受，讓口頭流傳的故事出現失傳的問題。但另一方面，獨創妖怪在現代依然相當盛行，以現代妖怪的類別受到人們喜愛。口裂女、廁所的花子、人面犬等等，都是其中有名的代表。透過低年齡層的傳聞、電子郵件，成為虛實混淆的體驗談來擴散開來，形成都市傳說這種現代怪談與全新的妖怪群。

日本三大妖怪

在此分別介紹為數眾多的日本妖怪之中，屬於最高層級的３隻邪惡妖怪。

《酒吞童子》（鬼）

在平安時期蹂躪日本京都的日本最強的鬼，以愛酒如命而出名。結果被人利用這點在酒內下毒，趁動彈不得的時候被源賴光斬殺。有說法指出酒吞童子是八岐大蛇的小孩。

當時用來除掉酒吞童子的武士刀，正是天下五劍之一的「童子切安綱」。

《玉藻前》（白面金毛九尾妖狐）

被稱為「九尾妖狐」的古老狐狸變化而成的妖怪，中國的姐己、印度的華陽夫人等等，在其他國家也留有傳說的大妖怪。在日本雖然受到鳥羽上皇的寵愛而得到權勢，卻被拆穿身份受到朝廷軍隊的討伐，死後變成殺生石。被日本傳說拿來當作雛型的中國神話之中，據說是帶來吉兆與幸福的象徵。

《崇德上皇》（大天狗）

在死後成為怨靈的崇德上皇，也有說法是生前因為憤怒而化身成天狗。擁有長長的指甲跟頭髮，樣貌有如夜叉一般。造成疾病肆虐與動亂，以驚人的規模作祟而受到畏懼，但也在四國八十八處巡禮所之一的白峯寺、京都白峯神宮受到祭拜。

現代的獨創妖怪

「洗豆妖」或「撒砂婆」，許多妖怪都具有非常獨特的性質。繼承這些妖怪的特質，或是與現代風俗進行融合，甚至是獨自改編或創新，妖怪創作的可能性可說是極為寬廣。

《重蟹》（化物語）

以九州山部地區的民間傳說為起源的怪異。隨著地區不同，也被稱為重石蟹、重神。聽取人類的請求，將思念與重量（兩者發音相近）收下的神祇，但據說如果是非自願性的遭遇，有可能被奪走自身的存在。

《無頭暴走族》

在福岡縣‧英彥山的山道被目擊到的無頭暴走族的集團。無頭騎士雖然相當有名，但成群出現卻是極為罕見的案例。也有被砍下的頭不斷追著人飛舞的類型存在。

『化物語』
類別：小說
作者：西尾維新
出版：2006年
半吸血鬼的少年阿良良木曆，跟被怪異纏身的少女們所編織出來的青春奇幻故事。

第1章‧主題

第2章‧神話

第3章‧宗教

第4章‧魔法

第5章‧幻想生物

第6章‧世界

第7章‧神祕、懸疑

怪物

龍
種族
戰士

Fantasy Encyclopedia For Creators **Monster**

　1973年「策略學習研究規範公司」出版了世界第一款角色扮演（RPG）遊戲。玩家可以透過自由的創意來扮演奇幻世界的戰士或魔法師，以遊戲主持者（Game Master）所頒發的課題為目標來展開冒險。用『龍與地下城』（Dungeons & Dragons、簡稱D&D）這個名稱得到不小的知名度，這款遊戲在1965年平裝版『魔戒』的暢銷之下發展出空前的人氣。加上『辟邪除妖』（1981年）、『創世紀』（1979年）等電腦遊戲，對後世的RPG作品帶來深遠的影響。

　玩家身為「在地下城內探索的冒險者」，必須面對的障礙之一，是遊戲內的各種怪物（Monster）。大部分的怪物會引用神話或傳說中的造型或名稱，但也有透過遊戲被一般大眾所認識，或是由自己獨創的怪物存在。D&D代表性的不定形生物「史萊姆」、觸手系怪物的始祖「Roper」、飛在空中的巨大邪眼「Beholder（Gazer）」、食腐性生物「AHT-yuhg（Otyugh）」，在後敘的種族之中也會介紹的蜥蜴人等等，怪物的種類非常的多元。

『龍與地下城』
類別：桌上型角色扮演遊戲
製作：Wizard of the Ghost
出版：1974年～
透過扮演角色（Role Play）來攻略遊戲主持者所公佈之難題的桌上型遊戲。

代表性的怪物

《史萊姆》（Slime）

「Slime」一詞原本是指黏液狀的物體，在美國作家 Joseph Payne Brennan 的科幻作品『Slime』之中第一次被當作一種怪物，滲透到一般大眾成為代表性怪物的一種。另外，不定形生物的創意本身，是在 H・P・洛夫克拉夫特的『瘋狂山脈』之中首次登場。在 D&D 之中會以「Green Slime」、「Ooze」、「Blood Pudding」、「Jelly」、「Gelatinous」等各種不同的名稱登場。

創意的原型來自於黏菌、阿米巴蟲等單細胞生物，因此會將獵物包覆起來進行捕食。用劍攻擊無法造成傷害，被捕捉到的話可能得抱著燒傷的覺悟，用弱點的火燄展開攻擊才有辦法逃脫。在早期的描述之中，會突然從天花板掉落在人的身上、不論是有機物還是金屬都能夠消化的兇惡怪物，但是在先前提到的『辟邪除妖』以及後來的『迷宮塔』、『勇者鬥惡龍』等電玩作品之中卻被設定成最低等級的怪物之一，造就了現在弱小怪物的形象。

《小精靈》（Gremlin）

20世紀初，英國空軍出現了機體在維修過後還發生問題，或是沒有明確原因卻會故障等神祕的現象，讓駕駛員之間開始流傳「是小精靈在搞鬼」的傳聞。根據這份謠傳，小精靈是嬌小到可以潛藏至飛機引擎內部、喜歡惡作劇的一種妖精。在1984年的電影『小精靈』之中，另外追加了不可以被光照到、不可以淋到水、不可以在午夜12點之後餵食等設定。

小精靈名稱的由來說法不定，結合愛爾蘭的妖精 Gruaimin 與 Goblin，或是在駐守在印度西北戰線的英國空軍唯一能喝的啤酒「Fremlin」都是有力的候補。

《熱沃當怪獸》
（La bête du Gévaudan）

1764年到1767年，法國南部的洛澤爾省‧熱沃當地區發生了多起人類被野獸所傷的事件。在「跟牛一樣大的狼」、「不管牲口以人類為優先對象」等證言之下，按照地名被取名為「熱沃當怪獸」讓當地的人們陷入恐懼之中。一直到1767年6月被當地獵人射殺為止，光是記錄上就有198次的襲擊，總共造成88名死者與36名傷者。積極的對人類展開攻擊、攻擊時瞄準臉部而不是四肢，跟一般的野狼有著極為不同的特徵。因此推測不是普通的野獸，被當作怪物的題材得到很高的人氣。

『魔法風雲會』
類別：集換式卡片遊戲
製作：威世智公司
銷售：1993年
擁有世界性知名度的集換式卡片遊戲，新作『再訪拉尼卡』讓玩家可從10個公會之中進行選擇，發展出更為獨特的玩法。

Column
與怪物共存

用來稱呼外星人或異星生命的「Alien」，在英文之中其實也是指外國人的意思。跟馬可‧波羅那種必須花上好幾年才能跟其他文明、異種文化接觸的時代相比，地球已經變成一個狹小的世界。

或許是受到全球化的影響，創作之中人類與不同種族一起生活的舞台設定也越來越多。比方說在線上遊戲『勇者鬥惡龍X』的世界觀之中，就有 Ogre、Puklipo、Weddie、Elf、Dwarf、人類等 6 個種族來讓玩家選擇。該系列過去的作品之中，玩家所能操作的角色基本上都是人類，頂多是選擇「勇者」或「魔導師」等職業來創造出不同的角色個性，或許「共存」一詞所具有的真實性，已經足以讓知名 RPG 作品採用相關的世界觀也說不定。

特別是進入 21 世紀以後，克服種族之間的對立在最後達成共存的目標，這種類型的主題有越來越多的傾向。動畫當中也是一樣，嘗試與珊瑚岩共生的『交響詩篇艾蕾卡 7』、試著在東京建造吸血鬼專用特區的『吸血鬼同盟』、以人類跟妖怪共同生活的都市為舞台的『夜櫻四重奏』等等，各種媒體之中都可以看到不同種族的共生及其中所伴隨的困難。一直都是以「地球人 VS 宇宙開拓民」等人類內部紛爭為主題的鋼彈系列，也在『劇場版 機動戰士鋼彈 00 -Awakening of the Trailblazer-』之中與外星人接觸並達成共存。就這點來看，這似乎是時代所追求的主題也說不定。

要是可以跟不同的種族達成共存，那麼異種戀愛或婚姻的可能性也會跟著出現。在 Oyakado 的漫畫『有怪物娘存在的日常』之中，就是描述女性的怪物來到人類世界的同居生活。描述異國人夫妻日常之中各種趣事而成為暢銷書籍的『中國嫁日記』、『達令是外國人』等等，不光是文化上的落差，或許連種族上的差異也能成為有趣的題材。

動畫電影『狼的孩子雨和雪』之中，描述跟狼人結婚卻與丈夫死別的單親媽媽，如何養育她的兩個小孩。狼人與人類之間所生的兩個小孩，分別選擇與人類共存、回到山上過狼的生活等不同的道路。身為主角的媽媽接受孩子們各自的選擇，結果雖然沒有達成百分之百的共存，但其中所帶有的哀愁，卻為作品增添了幾分真實感。

第6章

世界
World

Fantasy Encyclopedia For Creators **Civilized Place**

人類的生活形態

　　人類的生活形態，可以分成停留在特定場所、透過農業來自給自足的定居型，跟以畜牧為主要產業、過著遊牧生活的移動型這兩大類別。

　　過著定居生活的民族，主要會以農耕來生產糧食。但也有像世界最為古老的都市杰里科這樣，沒有進行大規模的農業，以採集的穀類跟果實，還有特產的鹽來維持都市的案例。而遊牧民族也並不一定是以養育家畜為主軸，**Nomad**跟吉普賽（參閱222頁）這種以畜牧以外來作為生計的人們，也包含在移動型之中。

　　一般來說，遊牧民族會以一個家族或幾個不同的家族來形成小規模的集團，過著一邊飼養家畜一邊移動的生活。在最為嚴苛的冬季，可能會有數十個家族聚集到冬天營地展開集團性的生活。

　　遊牧民族或許給人生活上所有一切都自給自足的印象，但只憑他們自己並無法滿足所有的社會性需求。穀類與工藝品等必須長期定居才有辦法生產的物品，得透過交易來換取。

　　在定居型的集團之中，會按照大規模的灌溉工程等治水相關的領導能力，跟管理、營運剩餘農作物的能力來形成領導階級，出現都市國家誕生的傾向。相較之下，移動型的遊牧民族為了確保非遊牧民所擁有的製品跟技術，會將領域內的農耕都市納入勢力範圍之內，數量增加之後透過交易讓文化與經濟一體化，創造出廣域型的國家。

人類的定居

從自然之中取得生活上所需的各種物品，跟同伴互助來提高效率，在溝通之中語言跟文化也隨之誕生。使用初步的石器狩獵並收集動植物的南方古猿、開始用火烤肉的原人、道具更為複雜的尼安德塔人與智人，基本上都出現有上述的傾向。但隨著當地所能獲得的資源越來越少，卻都不得不進行移動來尋求新的環境。

大約在1萬年前，氣候變得溫暖的時候，人類開始在亞洲、歐洲北方的山丘或水邊建設集落，用弓箭進行狩獵、魚網來進行捕魚。另外也在美索不達米亞高原跟地中海沿岸等地，飼養山羊跟牛等家畜、栽培當地自然生長的麥跟豆類來進行生活。這些歷史告訴我們，人類定居的最低限度的條件，是土地必須可以提供足夠的糧食。再來則是透過穩定性較高的農耕、畜牧（地區性漁業）讓人口更進一步增加，使定居的程度越來越高。

在亞洲西部的**底格里斯河**、**幼發拉底河**、埃及的**尼羅河**、中國的**黃河**、**長江**、地中海跟紅海等內海、大河、沿海附近，開始形成規模較大，足以稱之為國家的團體。

灌溉的方便性，加上定期性的氾濫將肥沃的土壤沖下，取代種植後失去養分的舊土，讓人們可以持續性的得到豐盛的收穫。另外，從波斯灣延伸到底格里斯河、幼發拉底河，抵達敘利亞、巴勒斯坦、埃及的半圓形地區被稱為新月沃土，在紀元前7000年就已經開始生產糧食。

河流跟水資源的附近是人類最容易定居的地點，沙漠地帶的綠洲都市，就是一種極端性的案例。全世界知名度最高的通商路線**絲綢之路**，最早是從中國長安（現在的西安）出發，經過塔里木盆地的路線。這讓路上各處的綠洲都市成為繁榮的中繼點，因此也被稱為「綠洲之路」。綠洲都市雖然也會進行農耕，但支持國家血脈的交易路線卻具有更加重要的意義。

《綠洲》

綠洲是在沙漠或乾燥地區內，以水源為中心所形成的綠地。噴出地表的地下水、融化的雪或河川所流入的水、地下岩層容易讓水屯積的構造等等，只要具備足夠的條件就可以成為綠洲。位於尼羅河河口的三角洲，廣義來看也可以被分類成綠洲。

《其他主要的水域》

湖泊	位於內陸的巨大積水。在日本的分類條件是水深5～10公尺以上、水質較為乾淨這兩點。位於海或石鹽附近的會被稱為鹹水湖。
池塘	底部較淺但不污濁，或是人工水域的總稱。
沼澤	底部較淺、水質汙濁且植物茂盛、透明度較低的湖泊跟池塘的總稱。濕地若是泥巴較深的話，會以沼澤地來稱呼。

第1章・主題
第2章・神話
第3章・宗教
第4章・魔法
第5章・幻想生物
第6章・世界
第7章・神祕、懸疑

原生世界

Fantasy Encyclopedia For Creators Untrodden World

人類所避諱的土地

尼安德塔人，據說是在2萬數千年前滅亡。推測的原因有跟克羅馬儂人的勢力產生爭端而敗北的戰爭論、跟獵物競爭落於下風而階段性的走上滅亡的自然淘汰論、與智人混血在基因上被吸收的異種交配論幾種不同的說法。

不論是何者，現代人類（智人）都在尼安德塔人的滅亡之中扮演重要角色。只是在近幾年新出現的學說之中，又加上了大規模的火山噴火，讓食物來源的消失跟環境劇烈的變化成為決定性的要素，進而緩緩的走向滅亡。

就像前一個項目也有提到的，生物定居的先決條件，是具有豐富食物來源的土地。要是無法滿足這點，不論當事者願意與否，勢必得反覆的進行

移動來尋找新的天地。在必須面對大自然的威脅或是氣候極端、有外敵持續騷擾等環境之下，就算同一個種族得以連續的存活下去，也很難出現繁榮的發展，狀況太過嚴苛的話，甚至連生存本身也會出現問題。

觀看世界人口的分佈圖，可以明確的看出哪些土地不適合定居。比方說降雨量極少、沙跟岩石佔絕大部分的沙漠地區；跟周圍相比地形明顯的突出，地勢較為傾斜的山岳地區；廣範圍的面積內全都是樹木密集的密林地區；最溫暖的夏季平均氣溫也只有零下10度的寒冷地區或北極、南極等極地，都是人煙稀少之地的代表。

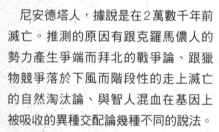

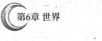

《沙漠地帶》

常時性的暴露在大陸的乾燥性高氣壓之下，年降雨量極端性的低，沙子跟岩石非常多的土地。

很少有植物生長，因此水分難以被留住。日曬時間長，白天最高氣溫非常的高，但是一進入夜晚氣溫就大幅度的降低。撒哈拉沙漠甚至留有最高溫差50度的記錄，夏季的氣溫從50度到0度、冬季則是從最高30度到零下20度，是非常嚴峻的環境。

雖然也有尼羅河近郊等例外存在，但絕大多數的沙漠地帶都是人類無法居住的死亡世界。就算如此，依舊是有商隊或跨撒哈拉貿易等獨特的國家形態存在。

《山岳地區》

較為平坦的地勢被稱為高地或高原、規模較小的則是山丘或丘陵。喜瑪拉雅山脈的聖母峰（海拔8848公尺）、南美安地斯山脈的阿空加瓜山（海拔6962公尺）、非洲大陸的吉力馬札羅山（海拔5895公尺）都是廣為人知的高山。

被連綿不絕的高峰遮住，冷空氣與熱空氣容易混合，被認為是山區天氣詭變的原因。高度越高氣溫就越低，在海拔數千公尺以上的地方，可以明顯看到動植物為了適應所做出的變化。

就算空氣含氧量低、氣候寒冷且環境嚴苛，仍然有種族會住在山腳下的部分，吉力馬札羅就住有栽培咖啡豆的Chagga族、聖母峰則是有尼泊爾的少數民族雪巴人。

從靈峰、神山等詞彙可看出，山常常被當作崇拜的對象。或許因為死亡與生活非常的接近，讓人不得不抱持敬畏之意。夏威夷神話中的火山女神Pele雖然代表美麗與熱情，卻也會用天火燒盡一切，是人們所畏懼的對象。

讓地球內部岩漿噴出的火山，除了直接性的威脅之外，還會形成有毒的氣體。『博物志』的作者老普林尼，據說就是為了觀察火山噴火的狀況，卻受到毒氣影響窒息而死。

《密林地區》

樹林與森林雖然是跟我們比較接近的地形，但規模太大的話也會是一種威脅。像海一樣面積廣泛且茂密的樹海、高降雨量加上溫暖氣候所形成的熱帶雨林都是其中的代表。直接性的危險雖然較少，但視野受到阻礙與各種造成高燒的疾病，就結論來說仍舊是不適合居住的環境。

在西洋社會，大拓荒之前的森林被認為是可怕的世界。陰森、構造複雜、隱藏有野狼這些足以威脅人類性命的野生動物，對當時的人來說，森林正是體現出內心恐懼的存在。這些表象成為歐洲童話的起源，無法由人類踏入的森林，孕育出魔女跟妖精等許多幻想的存在。

就在同時，森林也是信仰跟崇拜的對象。建築物的雄偉、用異教的怪物跟穴怪圖像所裝飾的歌德式宗教建築，也是表現出森林的這些形象。

戰爭

　　隨著商業與通路的發達，人口集中在特定地區所形成的領域，往往都是由宗教或行政的設施為中心。在港口跟旅店群集的交通要地，也會透過物流業、相關職業與居住區域來形成都市規模的集團。透過商業而繁榮的都市稱為**商業都市**、工業的話則是**工業都市**，因為港口而繁榮則是會以**港都**來稱呼。

　　以中世紀的歐洲來看都市的發展，首先是因為茂密的森林、羅馬帝國的衰亡、外民族的入侵讓農村社會的城鎮受到隔絕，或是因為通商的衰退，絕大多數的莊園開始將以物易物當作經濟的基礎。接著從11世紀到13世紀，隨著技術發展，農業收穫量開始增加，出現沒有必要從事勞動的支配階級。買賣多餘收穫的定期市場（週末市場）跟著誕生，經濟開始以交換通貨（貨幣經濟）為主要形態。人口的增加形成都市規模的團體，商人跟莊園內的手工業者也漸漸移住到都市內部。前來聚集的人們所擁有的目的不同，都市的形態與機能也會產生變化。

軍事都市	假設有都市國家受到敵國的入侵，首當其衝的，是與邊境最為接近的都市，跟敵軍行軍路上位處交通要地的各個都市。就軍事方面來看，這些都市具有關鍵性的意義，會用牢固的城牆包圍起來，派遣士兵駐守在內。現實中的代表有俄羅斯的海森崴、義大利的帕爾馬諾瓦。
行政都市	身為國家權力中樞的主要行政機構、中央政府所在之地。若是有王宮等王權統治者的居所存在，則會稱為王城、王都，但國王本身並不一定會居住在此。支配廣大領土的帝國為了進行管理，會建造複數的行政都市來將各個地區納入管轄之中。
宗教都市	以耶路撒冷為代表，以特定宗教的聖地上所建造的寺院或教會為中心所形成的都市。常常被描述成巡禮者的目標，或是有為數眾多的僧侶在此學習教導、累積修行的神聖場所。大多是在靈峰等地勢險惡的山岳地區，或是自然豐富的場所。
學術都市	有最高教育機構的大學，以及高等專科、研究機關集中在一起，絕大部分的居民是學生跟老師的都市。牛津大學、普林斯頓大學、劍橋大學都是屬於這種類型。商業都市與工業都市必須要有特定的地理條件（港口或礦脈）才能成立，但學術都市在形成的階段幾乎不需要什麼特別的條件。

第1章・主題

第2章・神話

第3章・宗教

第4章・魔法

第5章・幻想生物

第6章・世界

第7章・神祕、懸疑

《封建制度》

一般來說，封建制度是以土地的授予為中心所形成的君臣（主從）關係，融合羅馬的恩賜土地制（Beneficium）與日耳曼的軍士制度（Gefolgschaft）。9世紀後半，分裂成3個國家的法蘭克王國，開始將征服土地的一部分（封土）賜給立下戰功的部下作為獎勵，以此建立進貢跟必要時從軍的忠誠關係。

這種主從關係最大的特徵在於並不限於1對1單方面，而是可以對應複數的君主，過去甚至出現過擁有45位君主的例子。就如同「臣民的臣民並非自己的臣民」這句話所表達的，王有王的封土，無法對服侍其他領主的騎士下達命令。

《絕對王權》

身為國家最高領袖的國王，擁有絕對性決定權與權力執行權的政治形態。代表案例有16世紀～18世紀的英國或法國。隨著商業的興盛，商人們的力量越來越是強大，除了進貢之外沒有經濟活動的領主（貴族）們開始沒落。注意到兩者的興衰，國王開始用貨幣雇用貴族來當作官僚，另一方面賦予商人商業性的特權讓他們擴大經商範圍，來換取部分的利益。支付官僚跟軍人的薪資需要大量的貨幣，因此得擴大征服與掠奪的範圍，並將壟斷權交給豪商，一切委任給他們經營，形成所謂的「重商主義」。

國家成立的經過

在階級的固定與支配範圍的擴大之下，形成支配階級所推動的國家。在古代，國家具有透過同樣的信仰來強化成員身為共同體的集團意識的一面，不過在現代的國際法之中，得要達成以下三個條件才能算是國家。

1. 「領土」：跟都市一樣擁有特定的領土。國家不會移動。
2. 「人民」：有定居在領土之內的國民。國民不會每天流動。
3. 「權力」：從他國的威脅手中保護領土跟人民，並且具有讓國民守法的執行能力。

《君主制度》

由單一君主跟他（她）的族人來進行統治的國家形態。以複數（少數）支配多數的情況為貴族制度或寡頭政治，由多數進行統治且民眾握有權力的情況稱為民主制度。國王統治稱為王國、大公統治稱為大公國、天皇則稱為皇國，就像這樣在君主制度下，國家名稱會隨著君主的稱號來改變。

《加冕儀式》

採用君主制度的國家每當有國王即位的時候，就會舉辦授予王冠等象徵

王位裝飾品的儀式，來宣佈王位（帝位）正式被繼承。在儀式之中會由神官或高僧等宗教性的權威，或是高階的貴族來擔任授予的角色。在基督教的勢力範圍之內，有時會按照教義（將聖油倒到頭上等）來進行儀式。時常反應出宗教性的元素，是因為王位的正當性常常會以宗教上的神話或傳說為基礎。

《共和制》

並非為了特定個人，而是以社會整體成員的利益為優先的國家體制。國家元首並非君主或他的族人（王族），而是會由國民選出。歷史其實相當久遠，在古希臘的城邦（Polis）就已經被採用。打倒過去的王權所建立的古羅馬共和國、由羅馬教廷所策劃的教皇國瓦解而形成的羅馬共和國、為了互助扶持而聚集在一起的威尼斯共和國都是其代表。

《帝國》

將複數的國家、種族、勢力納入支配範圍內來進行統治，掌握廣大領土的國家所得到的稱號。這種將複數的附庸國統合在一起的國家，不論君主是國王還是皇帝，甚至採用共和體制，時常都會以「帝國」來進行稱呼。

稱號	概要
皇帝／皇后、天皇 （Emperor／Empress）	統治四周諸國的王者。也會用源自於尤利烏斯・凱撒的拉丁文發音「Cæsar」（凱撒）來稱呼，日耳曼民族的「Kaiser」（皇帝）也是源自於此。
王中之王 （the King of Kings）	基督教用來稱呼神或耶穌基督的稱號。跟一樣代表「王者之王」的蒙古帝國的可汗（Khagan）類似。
薩姆拉特 （Samraat）	古印度所使用的稱號，英文之中常常被翻譯成「皇帝（Emperor）」。在吠陀經內則是指眾神。
高王 （High King）	統御王者，比王更高位的王，也被稱為「上王」。不一定是皇帝，有時也會頒給偉大的君主，沒有嚴格的定義存在。印度的大王（Maharaja）、埃及的法老（Pharaoh）等等，也都有著類似的意思。

《貴族》

羅馬帝國的「Patricii」是中世紀以後帶有軍事性機能、高貴血統、具有政治特權等貴族概念的基礎，起源於法蘭克王國、查理曼大帝派遣到各州的地方官員。特徵是貴族之間的上下關係所創造出來的爵位，以公爵（Duke）、侯爵（Marquess）、伯爵（Count／Earl）、子爵（Viscount）、男爵（Baron）、次男爵（Baronet）等排列方式所構成。

高貴之人為了維持財產跟特權性的權力與地位，認為自己有不得不去背負某些責任跟義務。這種被稱為「Noblesse Oblige」（貴族義務）的道德觀，也是貴族的特徵之一。這個風俗到現在依然持續著，常常得參加義工等貢獻社會的活動。另外，貴族之所以被稱呼為「Blue Blood」（藍血），是因為長時間過著室內生活，讓藍色的血管（靜脈）浮現在白色的肌膚上。

第1章・主題

第2章・神話

第3章・宗教

第4章・魔法

第5章・幻想生物

第6章・世界

第7章・神祕、懸疑

精靈（Elf）

關於 Elf 一詞的來源，代表妖精的北歐語（條頓語＝古代挪威語）「Álfr」被認為是最為有力的說法，但其他在拉丁文、北歐古語、希臘語之中也都有類似的說法存在，結果並無法特定到底是來自何處。就跟「Fairy」一樣，被認為是一般名詞的一種。「Álfr」分成光（喜愛明亮場所）之精靈 **Ljósálfr** 跟黑暗（喜愛陰暗場所）精靈 **Døkkálfr** 等兩種類型，今日一般的精靈都是以光之妖精為起源。哥布林、Hobgoblin、矮人（Dwarf）、Kobold（Kobalt）等等，全都被包含在「精靈」（Elf）的概念之中。

在北歐地區，精靈原本是與人類相似的存在，在丹麥則是會混入人群之中跳舞，得意忘形結果被人發現真實的身份，在許多傳說之中都特別強調與人類的相似性。在蘇格蘭北部體型與人類相同，在英國南部的英格蘭地區則是成群結隊的小妖精。『魔戒』之中登場的精靈外表也跟人類差不多，但是為了差別化，漸漸被賦予「尖耳朵」、身材高挑、鳳眼等，今日大家所熟悉的特徵。

就跟妖精（Fairy）一樣，有時會被描述成具有調皮的本質。一起加入圈子跳舞結果卻停不下來，好不容易脫身卻經過很長一段時間，變身成別的樣子來嚇人，或是讓旅人迷路等等。一直到20世紀左右，這種惡作劇來造成麻煩的印象一直都比較強烈，但一樣是在『魔戒』的影響之下，被描述成俊美、長壽且不老、舉止有如貴族一般的種族，成為日後固定的形象。不過常常使用弓箭來當作武器，據說是來自「Fairy Stroke」這個由妖精或精靈所射出的弓箭，造成原因不明之疾病的民間傳說。

矮人（Dwarf）

北歐神話之中登場的巨人尤彌爾，死後身上所冒出來的蛆被眾神變成小人族「Dvergr」。Dvergr的語源被認為是古挪威語中代表「蜘蛛」的Duerg，跟德文中代表「小人」的（Zwerg），不論是何者，矮人的起源都是北歐所流傳的小人族。

「住在遠離人煙的地底或坑道之中，有著優異的鍛造技術，卻是個性頑固的工匠」是他們在現代所擁有的一般形象，但「遠離世俗、工匠氣質」卻是來自德國的「Zwerg」。

從變成大地的尤彌爾的肉體所誕生的他們，只能在過去曾經是肉的物體之中，也就是大地之中才能存活，在眾神的規定之下死後會再次變回土跟岩石。而這也進而成為後世創作之中的矮人族，居住在地下的習慣。一般

第1章・主題

第2章・神話

第3章・宗教

第4章・魔法

第5章・幻想生物

第6章・世界

第7章・神祕、懸疑

來說「女性」的矮人並不存在，由眾神派出來的兩位王子會用土捏出新的矮人。

但是在『魔戒之中』則是有身材壯碩、跟男性一樣長有鬍子的女性矮人登場。對人類來說雖然很難理解，但是就劇中的說明看來，對矮人們來說長有鬍子的女性是比較有魅力的存在。這除了突顯出種族之間價值觀明確的差異，也被人類以「矮人族的美女」來當作一種玩笑。

矮人族被神賦予卓越的鍛造技術，同時也得到為眾神打造武器跟盔甲等各種道具的榮譽。戰神托爾的神鎚妙爾尼爾、主神奧丁的永恆之槍昆古尼爾、有如真正頭髮一般越長越長的黃金頭髮、豐饒之神弗雷那可以折疊的帆船斯基德普拉特尼，都是矮人族的作品，技術有如魔法一般的神奇。

半獸人（Orc）

在J.R.R托爾金的『魔戒』之中首次登場，雖然是歷史較淺的角色，卻在各種作品之中持續出現，建立出很高的知名度。

他們以魔王索倫的僕人身份登場，在哈比人的語言之中代表「哥布林」。據說原本是精靈的一種，但是被天魔王米爾寇（魔苟斯）帶到地底，透過拷問的痛苦來改造成半獸人。

彎曲的腰部跟腿部、低矮的身材、手長及地、血液又黑又冷、皮膚也幾乎全黑。臉部扁平、嘴巴露出黃色發光的牙齒、眼睛有如燃燒的木炭一樣發出紅色光芒。在劇中被形容成「跟豬一樣醜陋」，個性殘忍、貪婪且自私。

羅馬神話之中的冥府之神Orcus，以及在歐洲相當於鬼的怪物食人魔（Ogre），據說是Orc這個名稱的語源。在夏爾‧佩羅的『穿靴子的貓』（Le Chat botté）之中以反派身份登場，讓吃人怪物的形象固定下來。一般的特徵是力大無窮，在某些作品之中擁有高度的智能。悲慘的過去、醜陋的外表，時常讓牠們成為被歧視的種族。不過在電玩作品『上古卷軸Ⅴ：無界天際』之中，則是玩家可選擇的種族之一，在幾千年的歷史之中不斷受到其他種族的侵略，讓各個部族以小規模的集落躲藏在各地，命運雖然相當悲慘，但同族之間非常的團結。

龍人（Dragonewt）

阿茲特克神話之中的守護天使Canhel、印度神話中的蛇神那伽、佛教的八大龍王等等，與其他各個種族相比，龍人大多與神接近，帶有與眾不同的神聖。

分成平時的外表與人類無異、身體是人頭部是龍、人類的外表加上龍角跟尾巴、翅膀等幾種不同的造型。

《龍語言》

眾神的一舉一動時常會對世界帶來重大的影響。「龍語言」是將這種影響力應用在龍族的吐息（Breath），也就是牠們的「語言」之中。在電玩作品『皇家騎士團2』之中龍語言是比一般更為強大的魔法，在『無界天際』之中龍的吐息（吼聲）相當於牠們的語言，以吐息互相攻擊同時也可以說是一種激烈的論戰。

龍文字

其他特徵性的種族

《蜥蜴人》（Lizard Man）

蜥蜴人跟半獸人一樣，是歷史較淺的種族。希臘神話中的拉米亞、厄客德娜，法國傳奇故事中的Melusine，半人半蛇的神明跟怪物雖然為數不少，但融合人類與爬蟲類特徵，並且用雙腳步行的「蜥蜴人」卻一直到近代才出現。

牠們最早是在Abraham Grace Merrit的小說『Snake Mother』之中登場，擁有堅硬的鱗片、長長的尾巴、銳利的爪牙、紅色的雞冠與黃色的身體。據說生命力非常的強，只有將心臟或頭部粉碎才能將牠們殺死。在電玩作品之中，可以看到鱗片所形成的堅固防禦、力量強大且動作敏捷、爪牙帶有毒素或是不怕毒的特徵。棲息在沼澤或濕地，可在水陸雙方進行活動也是常見的設定。

《獸人》

『西遊記』之中的孫悟空、埃及神話獸頭的神明等等，在世界各種神話或傳說之中所出現的，擁有人類的形體跟野獸特徵的半人半獸的存在。毛茸茸的體毛、動物的尾巴跟耳朵，獸人在奇幻作品之中已經成為不可缺少的存在。好戰又蠻荒種族、高尚且擁有高度發展的文明、住在人煙稀少的地區繼承神祕的魔力等等，生態與設定隨著作品而改變。根據那野生且動物性的特徵，大多被設定成體力、知性、魔力比人類更為優秀的種族。除了陸地上的動物之外，還有Sahuagin等半魚人跟Mermaid、Merman等美人魚一般的水棲種族。

勇者

Fantasy Encyclopedia For Creators **Braves**

具有勇氣之人

　　勇者就如同名稱一般，是展現勇氣之人。除此之外的特徵與設定會隨著作品出現很大的變化，在此分成幾種不同的模式來進行介紹。

《天生的勇者》

　　擁有眾神、勇者、王族等特殊的血統，出生的同時就註定背負與凡人不同的命運。身體上帶有證明自己是勇者的紋章或記印，擁有神所祝福的武器或裝備等等，都是常見的演出手法。

角色：馬場檸檬
動畫『NG騎士檸檬汽水＆40』

《受到祝福成為勇者》

　　世界在魔王的蹂躪之下受到毀滅性的打擊，存活者得到眾神或精靈賜予的力量而成為勇者。反過來看，從大災難之中存活下來的命運或力量，可以說是這種勇者的資質。背負拯救世界之命運的同時，大多被賜予某種超常性的力量。

角色：托安
電玩『暗雲』

《始祖型的勇者》

　　在故事一開始是沒有任何特殊經歷與後盾的一般人，卻一項一項的完成各種偉業，進而被人稱作勇者的存在。只靠自己的力量來掌握命運，成為被後世歌頌的偉人，活躍的程度完全不輸給擁有特殊血統或受到神靈祝福的勇者。

角色：勇者羅特
電玩『勇者鬥惡龍3』

《職業勇者》

　　按照劇中世界所規定的，持有勇者

證照的存在。

在大多數的時候，他們的存在與受到教會祝福的騎士相當接近。對於自己身為教團尖兵的立場感到懷疑，進而按照自己所認同的正義來展開行動，是比較常見的故事模式。

> 角色：蒼迅・蘭德爾迪
> 小說『密斯瑪路卡興國物語』

《被詛咒的勇者》

本人大多是魔族或流氓，但是在詛咒跟制約之下不得已的成為勇者。無視本人的意志受到命運的擺佈，但也相當精明的一次又一次渡過難關。常被描述成黑暗英雄，或是得意忘形的被捲入麻煩之中的人物。

> 角色：哥古德
> 小說『極道君漫遊記』

《墮落的勇者》

無法承受考驗或命運而崩潰的勇者，大多擁有無情的一面，為了目的不擇手段。有時會觸犯禁忌來得到比原本更為強大的力量。絕大多數屬於黑暗英雄，是否可以得到救贖，得看作品的劇情安排。

> 角色：凱因謝爾
> 漫畫『魔域英雄傳說』

正道或邪道

背負整個世界的命運，經歷壯大的冒險之後打倒魔王，可以說是勇者傳說最為典型的故事模式，也可以說是勇者的正道。在冒險旅程之中經歷各種困難，每次渡過難關都有所成長。另外也會跟競爭對手還有團隊伙伴等各式各樣的人相遇，在交流之中越來越是茁壯。在地下城或迷宮之中得到傳說的武具、得到精靈的祝福等等，都是極為常見的劇情發展。

正統派的故事模式，由許多創作者一代又一代的傳承與鑽研，到了今日已經幾近完美，可以說是英雄傳奇的到達點。這雖然非常符合英雄的風格，卻也因為四處可見，難免帶有老套跟乏味的氣息。因此也出現有某種程度遵循正派的發展，卻又刻意脫離傳統來創造出意外性的手法。比方說以為是勇者的主角其實只是普通的一般人，魔王的真實身份其實才是勇者等等。

另外也有一些故事，會刻意諷刺正派英雄那一成不變的劇情，或是刻意背道而馳。被託付全世界的命運，但來自國王的支援卻只是一根木棒還有少之又少的路銀，針對這個極端性的待遇，出現有魔王用大筆財富成功收買勇者的劇情。

要遵循正統到什麼樣的程度，或是要完全相反來形成對比，是創作英雄傳奇的時候必須得去思考的一點。

第1章・主題

第2章・神話

第3章・宗教

第4章・魔法

第5章・幻想生物

第6章・世界

第7章・神祕、懸疑

戰士

國家
種族
戰爭

Fantasy Encyclopedia For Creators **Warrior**

職業

職業（Job）一般來說是指工作，但在電玩遊戲與奇幻世界之中，尤其是指戰鬥的風格。在此介紹一些代表性的職業跟他們所扮演的角色。

《戰士》

最為基本的職業，以近距離的戰鬥為主。除了某些特殊武器之外，大多精通於各種常見的兵器。若是同時擁有魔法的技能，則會以魔法戰士來稱呼。

《魔導士》

透過魔法對敵人進行攻擊或妨礙，或是對同一陣營進行回復或強化等支援。隨著魔法特徵的不同，分成幾種不同的模式與設定。另外也負責城鎮之間的瞬間轉移，或是從地下城內瞬間跳脫出來。基本上並不擅長近身戰鬥。

《格鬥家》

近距離戰鬥的職業之中，以肉體搏擊為主軸的類型。除了空手搏擊之外，也會使用強化拳頭的虎指或雙截棍、拐棍等裝備。大多無法使用魔法，但可以運用脈輪或氣功等特殊能力。

《召喚士》

召喚聖獸等強大的存在來進行戰鬥的職業。大多也懂得如何使用魔法，常常會有機會兼任回復跟補助的角色。

《盜賊》

敏捷跟幸運的能力值相當突出，活用靈巧的雙手來開啟寶箱或解除陷阱，探索時比戰鬥更加活躍的職業。常常出現竊取敵人裝備的描述。

《騎士》

身穿盔甲、手持巨大的盾牌，有時也會使用回復跟補助的魔法。有著「聖騎士」（Paladin）這種以騎士為基礎的上級職業存在。原本是古羅馬之中守護宮殿的衛兵，在中世紀則是指服侍羅馬教皇的高官。根據這個由來，電玩等創作之中的騎士某種程度具備僧侶的特徵。

《黑暗騎士》

與注重防守的騎士相反，把重點集中在攻擊性能的職業。為了攻擊而學習魔法等等，具有遊走道德法律邊緣的一面。削減自身的體力來提高攻擊力或是吸收敵人的體力等等，戰鬥方式難免給人邪惡的感覺。

《龍騎士》

手拿長槍與飛龍一起戰鬥的騎士。隨著設定的不同，飛龍可能大到足以讓人騎上，也可能是小到可以停在肩膀上。其他還有受到龍的祝福可以使用龍的技能，甚至是自己變身成龍的設定。

《獵人》

用弓箭、十字弓、獵槍等武器進行戰鬥的職業。雖然擁有壓倒性的射程，但攻擊的間隔卻相當的長，要是被接近的話會展現出相當脆弱的一面。在箭上塗毒使敵人衰弱或是麻痺、昏迷，對於不怕魔法的對象可以用不同的切入點來展開特殊攻擊。

《狂戰士》

失去理智陷入瘋狂狀態的戰士。已經沒有正常的判斷能力，只能揮動武器進行單純攻擊，但同時失去肉體上的限制，可以發揮超越常人的怪力。大多是透過特定的法術或道具來狂化。

第1章・主題

第2章・神話

第3章・宗教

第4章・魔法

第5章・幻想生物

第6章・世界

第7章・神祕、懸疑

傭兵

Fantasy Encyclopedia For Creators **Mercenary**

戰爭的走狗

　　不屬於紛爭的任何一個當事國，受到雇用輾轉於各個戰場，替人戰爭來討生活的職業武士。現代士兵雖然標榜為祖國而戰的口號與形象，但身為國軍的士兵卻是到19世紀以後才登場。

　　跟自願出征的國家軍隊相比，傭兵對於戰爭抱持冷淡的態度。基本上不會參與契約內容以外的作戰行動，要是自己所屬的一方處於劣勢，甚至會放棄工作擅自徹離。傭兵大多不會持續服侍同一位君主，但也有一些會組成傭兵團，會跟特定國家簽訂專屬契約。

　　傭兵的歷史非常古老，據說在紀元前4千年的古代東方世界就已經存在。古希臘波斯王子居魯士所雇用的軍事學家‧色諾芬率領的1萬3千名希臘士兵、羅馬帝國時代勇猛的日耳曼民族所組成的傭兵集團、以市民兵為中心但大半卻是外國傭兵的希臘兵團等等，傭兵在人類歷史的早期就已經展開活躍。

　　封建制度之下的中世紀歐洲，國王除了自己直轄的領地之外，沒有其他可以直接動用的軍事力量。當國王需要更為龐大的軍隊時，會由麾下諸侯提供騎士，每次遇到戰爭就得編制新的軍隊。而諸侯本身所擁有的騎士數量有限，為了進行支援或強化兵力，必須雇用各地的傭兵才行。以軍人身份服侍諸侯的騎士們，有時也會為了賺錢，以傭兵的身份前往別的戰場。

歷史上主要的傭兵

《瑞士傭兵》

14世紀到17世紀是傭兵的黃金年代。而在當時的各種傭兵之中，又以瑞士傭兵最為活躍。先是擊敗掌控自己家園的奧地利‧哈布斯堡王朝的軍隊，又在15世紀打敗勇士查理（勃艮第公爵），勇猛的名聲轉眼之間響徹整個歐洲。

當各國勢力爭先恐後的開始雇用瑞士傭兵時，瑞士的男性也主動走上傭兵之路。這是因為在國內較為貧窮的地區收穫量時好時壞，讓人不得不出外賺錢。許多諸侯在各地反覆上演的紛爭之中雇用瑞士傭兵，結果讓戰場不時出現瑞士人互相對立的景象。為了信用就算是同族也無法手下留情，到頭來流的都是自己人的血。

跟瑞士傭兵有關的各種故事，大多都以悲劇收場。16世紀左右被法國大量的雇用，從路易十四的時代開始被當作常備軍看待，駐守於巴黎附近。法國大革命發生的時候，路易十六在杜樂麗宮被民眾攻擊，本國衛兵拔腿就跑，但瑞士傭兵卻頑固的遵守命令，為了讓國王逃脫堅守到最後一刻。國王在途中下達停止反擊的命令，讓他們大部分都遭到群眾的虐殺。

1527年的羅馬之劫，被梵諦岡法皇所顧用的瑞士傭兵捨命一戰，189名瑞士人之中有147人戰死。因為這份功勞，現在保護梵諦岡的不是警察，而是他們瑞士人的子孫（只要是瑞士人就符合資格）守護教廷。

《德國傭兵》

15世紀末期，中世紀最後的騎士馬克西米利安一世參考瑞士傭兵團，編制出德國傭兵‧國土傭僕（Landsknecht）。攜帶長槍跟巨大的雙手劍、有著豪華裝飾的帽子、像是舞台裝一樣帶有條紋的寬鬆上衣，以士兵來說外表極為奇特。有人認為這是捨棄故鄉、從身份差別等世俗的束縛之中解放，屬於一種「自由」的象徵。瑞士傭兵團的主要武器只有長槍，國土傭僕則是另外追加有槍跟大砲。

國土傭僕

獵人

狩獵者

　　從獵捕野生動物到奪取特定對象，就廣義來看這個職業的涵蓋範圍非常的廣泛。現代在進行狩獵時，主要會使用步槍或散彈槍來當作武器，但在奇幻作品之中，大多會描述使用弓箭或十字弓等非近代武器的獵人。這是因為講到奇幻世界時，多數人所想像的都是「劍與魔法」的世界，因此配合這個風格來設計劇中的角色。

　　另外，獵人並非只要是神射手就可以勝任，他們還必須熟知獵物的生態，透過陷阱等道具進行誘捕。這種觀察足跡跟排泄物，掌握對象習性來進行追蹤的技術稱為Tracking。必須具備冷靜的判斷力與豐富的知識，加上足以融入自然之中的忍耐跟體力，並累積多年的經驗熟練各項技能之後，才算得上是獨當一面的獵人。或許是為了強調與大自然的融合這點，奇幻作品之中的獵人大多由精靈族來擔任。

冬之人（Matagi）

　　日本從平安時期開始，就有被稱為冬之人（Matagi）的狩獵集團存在。他們對於山神有虔誠的信仰，在山中使用山語（山言葉）這種特殊語言，以獨特的規範而聞名。使用山語的理由，據說是為了不將日常與世俗的污穢帶到山中。在海邊則是使用「沖言葉」這種被忌諱的語言。

另外也禁止在山中講不必要的話、吹口哨、飲酒或跨槍。

以前雖然是用長槍跟毒箭來進行狩獵，但隨著武器的高性能化，以集團來進行狩獵的必要性越來越低，讓冬之人的文化也跟著衰退。在漫畫作品『飛翔於天際的邪眼』之中，超過70歲的冬之人杣口鵜平跟怪鳥展開慘烈的死鬥。

在此用表格介紹幾個山語／標準話的具體案例。

客人／狼	黑毛／熊	幸之身／獸肉	鼻臭／香煙	成為山言葉／死亡
清和／酒	草之實／米	Buppa／開槍者	Hiramatagi／女人	Heda／狗
Horoke／老爺爺	Medomo／老婆婆	山喧嘩／相撲	Name／槍	Nagashi／水

其他種類的獵人

《尋寶獵人》(Treasure Hunter)

追求財寶或祕密的寶藏，到遺跡、洞窟、深山、海底、廢墟等各種場所進行套探索的人。創作之中的這類角色，並不一定都是純粹的冒險者，也有可能是盜賊等非法人士，社會地位也千差萬別。

在現實世界之中也有人是以此為生，對他們來說不只是金銀財寶，就考古學來看具有珍貴學術性價值的物品，或是都市礦山之中的廢村所能採取的稀有金屬，都是值得探索的對象。不論是在哪個時代與世界，尋寶獵人都是非常特殊的職業，以現代為舞台的奇幻作品之中也會登場。

《賞金獵人》(Bounty Hunter)

受到政府或個人的委託，逮捕罪犯或逃犯來賺取報酬的賞金獵人。上述的尋寶獵人如果是盜賊的話，那在兩者同時登場的故事之中，則有可能跟賞金獵人處於互不相容的關係。跟尋寶獵人一樣，是現實之中實際有人從事的職業。

為了追捕懸賞對象在各地移動的故事，已經有一定的主軸存在，屬於創作起來比較容易的類別。再加上劇中人物的動機顯而易見，因此被用在許多作品之中。

《植物獵人》(Plant Hunter)

植物獵人的起源據說是17～20世紀的歐洲，在王族與貴族的命令之下，為了尋找橘子或櫻桃、鬱金香或銀蓮花等觀賞植物之新種，而前往各地旅行的英國人。現代雖然已經沒有植物獵人這種職業，但是在醫療的領域之中，依舊有在尋找足以成為新藥材的植物，或是為了基因研究而採取種子。

第1章・主題

第2章・神話

第3章・宗教

第4章・魔法

第5章・幻想生物

第6章・世界

第7章・神祕、懸疑

海盜

Fantasy Encyclopedia For Creators Pirate

大海中的無賴

用武裝的船隻在海上徘徊，對商船、港口與鄰近的村裝展開掠奪的盜賊集團。他們的歷史相當古老，隨著時代不同有**倭寇**、**維京人**等不同的稱呼存在。

奇幻作品之中所登場的海盜，大多會以17～18世紀的 **Buccaneer**（加勒比海盜）為原型。以黑鬍子的愛德華‧蒂奇為首，加勒比海盜之中有許多現代依然相當有名的人物存在，他們的時代可以說是海盜的黃金時期。

雖然給人野蠻又粗俗的印象（實際上也確實如此），但也有加勒比海盜是不會對女性跟小孩施暴、公平分配戰利品等等，以徹底奉行獨自的規矩而出名。關於這些海盜的規矩，以巴沙洛繆‧羅伯茨所制定的海盜十誡最

為出名，一但觸犯得付出性命才能贖罪。有不少作品會將這種記錄作更進一步的詮釋，把海盜描述得像義賊一般。得到國家許可來掠奪敵國船隻，或是因為本行的蕭條暫時改當海盜的商人（半商半賊）等等，背景奇特的人物不在少數。

海盜有幾種象徵性的標誌存在，最廣為人知的莫過於那骷髏旗幟，掠奪時必須升起，代表「乖乖就範只奪錢財，若不屈服則要你命」。基本上的造型是以黑底加上骷髏圖樣，有幾種不同的模式存在。另一項則是那黑色的獨眼龍眼罩，據說並不是因為在戰鬥中受傷，而是為了在進入光線暗淡的船艙內的時候，讓眼睛可以在短時間內習慣黑暗。

第1章·主題

第2章·神話

第3章·宗教

第4章·魔法

第5章·幻想生物

第6章·世界

第7章·神祕、懸疑

發展類別

在奇幻作品之中頻繁登場的海盜，累積有各種不同的發展形態。無惡不作與殘忍粗俗的形象創造出許多充滿魅力的反派角色，而不顧危險尋求自由的作風，也成為一種得到大眾認同的英雄形象。**空賊**、**宇宙海盜**等類別，是將海盜的形象轉移到空中或宇宙的舞台。他們會用飛船或太空船來取代帆船，在不同的舞台之中展開冒險。

這些交通工具除了擁有魔法等特殊動力之外，也有可能是古代文明失落的遺產。描述末日之後的世界時，組合科幻與奇幻的要素讓魔法跟科學形成對比，是創造世界觀的重點之一。另外也可以將舞台轉移到宇宙，跟浮游島嶼、空中都市、挖掘資源用的行星、曲速航行等先進的設定進行搭配。

奇幻作品中的海盜

《虎克船長》

『彼得潘：不會長大的男孩』

小飛俠彼得潘的死對頭，如同虎克（Hook）這個名字一般，有一隻鉤子般的義手（可換裝）。有說法認為海盜＝義手跟義足的形象，就是來自於虎克船長。在後來的迪士尼作品之中，被描述成冷酷卑鄙，卻又腦袋少根筋的角色。

《傑克·史派羅》

『神鬼奇航』

動作總是帶有三分醉意的海盜船黑珍珠號的船長。三角帽、大衣、手槍、長劍等等，裝備跟史實中的海盜相當接近。擁有一只神奇的羅盤，可以指出本人最想要的事物存在的方位。非常重視海盜的行規，擁有高潔的精神。

《酷德·望·朱魯愛特》

『武器種族傳說』

空賊紅山貓團的成員，擅長使用有線掛鉤，但飛艇的操作技術還不純熟，無法獨當一面。跟不可思議的少女·蕾相遇，踏上冒險的旅程。

『金銀島』
類別：小說
作者：羅伯·路易斯·史蒂文
出版：1897年
「藏寶圖」、「埋在特定地點的寶藏」等等，為海盜定下普遍形象的作品。

黑暗的居民

國家

武器

奇人・狂人・怪人・暴君

Fantasy Encyclopedia For Creators Assassin

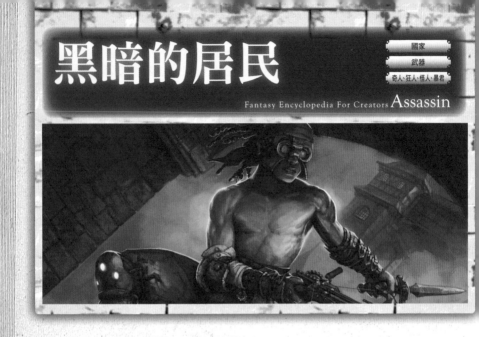

刺客

　　祕密的將某人殺死，有時甚至連死因都埋沒在黑暗之中。許多時候原因來自於政治或權力等社會性因素，但也會為個人恩怨等私人的因素來進行暗殺。

　　在人類歷史的轉捩點上，常常可以看到暗殺行為。凱撒、坂本龍馬、甘迺迪總統等等，光是史上的知名案例就不勝枚舉。以拉丁名言「還有你嗎，布魯圖？」而聞名的莎士比亞的

戲曲『凱撒大帝』、將秦始皇描述成一位苦惱之人的電影『荊軻刺秦王』等等，「暗殺」可以讓不被允許的殺人行為產生戲劇性的效果，因此常常被拿來當作創作的主題。

　　歷史之中最為古老的政治性暗殺，據說是紀元前 2307 年巴比倫・阿卡德王朝第二代的國王瑞穆什。他在即位之後鎮壓叛亂、遠征埃蘭鞏固王朝的基礎，結果卻被部下所殺。

以殺人為生

　　暗殺可以分成抱持特別的思想或動機，在使命感使然之下進行的類型，跟沒有特別的主義或主張，有如傭兵一般以金錢等利益為目的，在他人委託之下有如商業行為一般把目標處理

掉這兩大類別。像後者這樣以暗殺為生計的人，就是一般所謂的職業殺手。

《暗殺教團》

　　組織性的承接暗殺業務的集團，也被稱為阿薩辛（Assassin）派，名稱據

說是來自代表大麻的「Hashīsh」。根據「祕密樂園」（山中老人）的傳說，在深山打造出祕密樂園的老人，會將年輕人帶到樂園之中，用神祕的藥物讓他享受無比的快樂。

接著老人會對年輕人說「要完成使命才能再次來到樂園」，並對年輕人下達暗殺的指令。據說這個祕密樂園是大麻的群生地，神祕藥物被認為是大麻本身。就如同這個傳說一般，暗殺教團會用大麻來去除年輕人恐懼的心理，讓他們擔任刺客的工作。在許多奇幻創作之中，都可以看到具有這種形象的團體登場。

《忍者》

日本的鎌倉時期到江戶時期，在各個大名麾下進行諜報等祕密活動的集團。據說從年幼就進行特殊的訓練，用忍法跟忍術來完成常人所辦不到的任務。就跟現代的間諜一樣，基本上屬於融入人群、讓自己毫不起眼的職業，但是在明治時期之後的小說等創作之中，開始出現用超能力一般的忍術進行戰鬥的劇情，為忍者添加了豪華且鮮艷的色彩。這種形象具有全球性的知名度，在海外的作品之中也常常可以看到。

『刺客教條』
類別：電玩
製作：育碧公司
銷售：2007年
成為歷史上著名的暗殺教團的成員之一，執行各種暗殺任務的開放舞台式模擬遊戲。

暗殺用的道具

在精準的狙擊槍跟精巧的炸彈還沒登場時，暗殺行動大多是得接近目標來直接下手。凶器會縮小到可以攜帶的尺寸，並施加機關讓刺客可以藏在各種地方，藉此瞞過警衛的監視。特別是毒藥，自古以來就被當作暗殺的利器。

羅馬皇帝‧尼祿，就是以使用山埃（氰化鉀）來排除異己而出名。據說他甚至擁有私人的下毒專家，主要會在晚餐或公共的飲食空間來下手。

在15世紀，出現有鍊金術師跟刺客所組成的公會。他們制定有契約跟酬庸的系統，由藥物專家混合複數且少量到無法檢測的毒藥，因此很難被抓到證據。1570年代，光是在巴黎就有超過3萬人非法使用毒藥，讓貴族們活在被毒殺的恐懼中。只有至親之人才會一起進行晚餐，僕人也會親自挑選，以免被刺客滲透。

伊莉莎白一世，也是好幾次成為西班牙刺客的目標，下毒的人是名為Rodrigo Lopez的醫生，他在計劃失敗之後被處以絞刑。經過這次事件之後，女王在用餐時必定先叫人試毒，調理過程也變得戒備森嚴。而伊莉莎白本人則是每週飲用一次解毒劑來做為預防，成為她著名的習慣之一。

第1章‧主題

第2章‧神話

第3章‧宗教

第4章‧魔法

第5章‧幻想生物

第6章‧世界

第7章‧神祕、懸疑

商人

Fantasy Encyclopedia For Creators Merchant

以買賣為生之人

在日文之中，行商跟店子（店舖）一樣都是用「商人」來稱呼，但在中國則是「行者為商（行商），坐者為賈（坐賈）」，分別以兩種不同的方式來稱呼商人。據說殷朝有一位叫做「商」的人，在殷朝滅亡之後似處行商，所以形成「商人」這個起源。另外也有說法認為「商」原本就有「論功行賞」的意思，形式化之後成為買賣等商業行為之起源的說法。

以較低的價格購買特定物品，搬運到需求量較高的地方銷售來產生利益。用珍奇、罕見的物品來喚起人們新的消費。將人、事、物串聯在一起的「行商」，可以說是象徵所有「職業」與「工作」的本質。

行商者與商隊

回顧歷史可以明顯看出，人與物品的交流對文化跟風俗的發展有非常大的影響。從食物跟水這些生活上的必需品，到香料、書籍、手工藝等娛樂用品，還有羊毛跟木材等材料，有各式各樣的物品在交易路線之中來來往往。有人會從都市的市場買進貨物，巡迴於村落之間進行銷售，有人則是聯繫大都市之間的貿易，用商館跟商隊等組織化的集團來銷售大規模的物資。許多商人會將遠方土地的情報帶回，因此也具有情報組織的一面。

被稱為 **Caravan** 的商隊，名稱來自於波斯語的 Karvan，在阿拉伯文被稱為 Qāfila 或 Qiṭār。危險的山道、炎熱的沙漠、奪財害命的盜匪，行商者所去之處，並不一定安全。為了保護自己跟商品不受意外事故、災難、搶匪所傷害，由複數的商人、運輸業者共同出資組織而成的隊伍，就是所謂的 Caravan（商隊）。橫越撒哈拉沙漠的商隊就是非常有名的例子，據說甚至會組成規模達到1000匹駱駝的隊伍。

Caravan 還會建設有名為 **Caravanserai** 的專門給商隊使用的休息設施。11世紀到12世紀的伊斯蘭世界，實施特別重視商人的國家政策，為了保護在**絲綢之路**與**香料之路**行商的商人們，在路途上建設好幾處這種設施。建築內部有中庭跟小型的清真寺，還有讓駱駝跟驢子休息的場所，也能在此進行買賣。為了防止盜匪，大多建造的極為堅固，被高高的厚牆所圍住。

公會

商人與各種手工業者為了在同行之間互相幫助，或是共享情報、進行交流，組織成名為 Guild 這個有如公會一般的組織。

有如今日的保險制度一般，公會內的同行之間會互相扶持，比方說因為傷病無法工作，會在療養期間支付生活費，或是對成員的寡婦進行援助。年老跟死後的各種事宜，也被公會認為是自己的義務之一。

公會的機制並不只是進行資金等援助，透過嚴格的師徒制度來避免技術失傳、對商品進行嚴密的品質管理、公共價格的設定等等，都是交給公會一手包辦。從遠方將商品運來販賣的商人們，在來到陌生土地的時候總是得面對許多困難，為了讓公會成員的商人可以順利進行活動，並且在遇到困難時用組織的力量來解決，公會在各地設置有自己的商館。這種互相扶持、交換情報的要素被用在現代的許多奇幻創作、電玩遊戲之中，**冒險者公會**、**盜賊公會**等等，都是介紹工作（與人材）、勢力抗爭時可以用到的設定。

『狼與辛香料』
類別：小說
作者：支倉凍砂
出版：2006年
描述旅行商人羅倫斯與豐收之神赫蘿的溫馨旅程的經濟型輕小說。

第1章·主題

第2章·神話

第3章·宗教

第4章·魔法

第5章·幻想生物

第6章·世界

第7章·神祕、懸疑

驅魔師

惡魔附身與驅魔師

在基督教，將附到人類身上的惡魔驅逐，使其回復正常的行為被稱為Exorcism（驅魔），執行這種儀式的人則被稱為Exorcist（驅魔師）。這是天主教制定的身份階級之一，實際存在於現代社會之中，也是教會官方正式的一種職務。

被形容成「惡魔附身」的現象，自古以來就已經存在。人格漸漸被奪取，完全取代之後轉變成截然不同的個性。被惡魔附身的人，往往會出現殘暴且無法理解的行為，並對十字架等聖物感到厭惡、胃部膨脹、身體出現蚯蚓般的腫脹、聲音明顯的不同、發出惡臭、使用本人不可能知道的語言、喊出侮辱神的各種內容等等。

驅魔（Exorcism）

Exorcism原本在拉丁文中代表「嚴肅的詢問或勸告」的意思，這是不論善惡都會進行的一種呼喊對方的行為。到了基督教中，演變成借助耶穌基督的神力，將附在人類身上的惡魔驅逐的儀式。

現實中實際進行的驅魔儀式，會從綿密的準備開始。先將被附身者房間內所有可以移動的家具全數搬出，並且用釘子將門跟窗戶封死。這是為了避免儀式受到驅靈現象（Poltergeist）的干擾，以及所要驅逐的惡魔逃到別

處。驅魔的途中，被惡魔附身的人大多會猛烈的抵抗，若有必要，得將對象綁在床或椅子上，並在旁邊準備好驅魔用的十字架、聖水、聖經等用來對抗惡魔的各種物品。

進行驅魔的時候，除了驅魔師本人之外還要有幾名助手在場，以免惡魔附身到禱告中的司祭身上，沒有人可以應付。為了保證過程之中沒有不當行為，被附身者家屬跟對應突發事故的醫生也要在場同席。

如同先前所說的，驅魔儀式的內容是「嚴肅的詢問」，藉此找出附在被附身者身上的惡魔的真名。據說只要知道惡魔的真名，就可以將惡魔驅逐。但惡魔很少會說真話，必須用聖經、禱告、聖水、十字架來削減惡魔的力量，耐心的問出惡魔真正的名字。掌握惡魔的真名之後，驅魔師會用拉丁文說出「在耶穌基督的聖名之下，命令你離開此處！」。就如同惡魔的真名有力量存在一般，耶穌基督的名字也有神聖的力量。

「惡魔確實存在，準備應戰」

20世紀初，驅魔師的階級因為有名無實，一度遭到廢除。但是在1973年的電影『大法師』的賣座，以及劇中被惡魔附身的少女觸動人心的演技之下，人們開始對「惡魔附身」有了新的認識。在這個影響之下，世界各地請求進行驅魔儀式的聲音越來越多。

近幾年來，歐洲年輕人「崇拜惡魔」的問題開始受到重視，驅魔的重要性也有年年增加的傾向。甚至到了2011年，對這種狀況感到悲觀的羅馬教皇親自宣佈成立驅魔師學校。根據梵諦岡當局首席驅魔師Gabriele Amorth的宣佈，他手邊有超過7萬件的驅魔委託。據說每個月都有1000件左右的委託進來，讓教會面對慢性驅魔師不足的問題。另外，對於這些委託，教會基本上不會要求任何報酬。根據教會的分析，崇拜惡魔的案件之所以會增加，主要原因在於網路的普及跟搖滾樂。

『現代驅魔師』
類別：電影
導演：Mikael Hafstrom
上映：2011年
漸漸失去信心的神學院學生麥可柯瓦克，在擔任資深驅魔師盧卡斯神父的助手時，目睹到真正惡魔的懸疑恐怖片。

第1章·主題

第2章·神話

第3章·宗教

第4章·魔法

第5章·幻想生物

第6章·世界

第7章·神祕、懸疑

占卜師

命運、宿命
陰陽師、陰陽道
東洋魔術

Fantasy Encyclopedia For Creators Fortune-teller

占星術

占星術是從天體的運行跟星星的位置關係，來解讀自然的動向、未來的吉凶、人類的命運、一個人的個性跟才能的學問。它的起源非常古老，在美索不達米亞跟古埃及等各個地區分別出現。占星術同時也是天文學的始祖，在紀元開始的前後成為一門學問。現代天文學所不可缺少的望遠鏡跟眼鏡，是經過很長一段時間之後才被發明出來的。

代表天體位置的坐標被稱為「黃道十二宮」或「獸帶」（Zodiac），占星術必須讀取哪些天體會在什麼時候通過這些星宮，並解讀其中的含意。

西洋占星術是源自於巴比倫，之後流傳到歐洲發展的類型。在電視跟雜誌常常可以看到的星座占卜，是被簡略化、通俗化之後的版本。

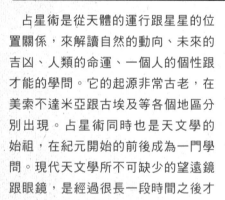

符號	正式名稱	拉丁文發音	一般稱呼	符號	正式名稱	拉丁文發音	一般稱呼
♈	白羊宮	aries	牡羊座	♎	天秤宮	libra	天秤座
♉	金牛宮	taurus	金牛座	♏	天蠍宮	scorpio	天蠍座
♊	雙子宮	gemini	雙子座	♐	人馬宮	sagittarius	射手座
♋	巨蟹宮	cancer	巨蟹座	♑	魔羯宮	capricornus	魔羯座
♌	獅子宮	leo	獅子座	♒	寶瓶宮	aquarius	水瓶座
♍	處女宮	virgo	處女座	♓	雙魚宮	pisces	雙魚座

數祕術

利用數字跟表示式所擁有的神祕性質，來占卜對象的運勢跟命運。英文名稱的「Numerology」代表「數學」、「數論」。跟西洋的占星術、中國的易經一樣，被認為是使用數字來進行占卜的一種方法。

古代猶太人之中有著被稱為卡巴拉（Kabbalah）這種，被神選中之人才能流傳的書籍。根據這份經典的內容，世界是由文字跟數字所擁有的魔力所構成。另外也記載說，只要使用隱藏有咒術效果的符號或文字，就可以讓精靈供自己差遣，或是讓奇蹟被實現。希伯來文的22個字母跟1到10的數字被稱為「32隻智慧的小怪」，分別擁有特殊的含意與名稱。特別是1～10的數字被稱為生命樹（Sephirothic Tree），分別有著以下的名字跟意義。

1：Kether　　（王冠）
2：Cochma　　（智慧）
3：Binah　　　（知性）
4：Chesed　　（善）
5：Geburah　　（權力）
6：Tiphereth　（榮耀）
7：Netzach　　（勝利）
8：Hod　　　　（名譽）
9：Yesod　　　（基礎）
10：Malchut　　（王國）

有證據顯示，數祕術曾經在數千年前的中國、希臘、羅馬、埃及、古代美索不達米亞被使用。現代的數祕術則是以20世紀初在美國活躍的Mrs. L. Dow Balliett的著作為發端，數祕術本身的歷史雖然古老，但被用在占卜上面其實並沒有經過太長的時間。

吉普賽

常常在故事中以占卜師身份登場的吉普賽人，指的是起源於印度，在15世紀移動到歐洲，使用羅姆語的少數民族「羅姆人」。不過來自印度以外的、不使用羅姆語的民族有時也會被分類為吉普賽，嚴格的定義可說是相當曖昧。

他們在西元1000年左右離開印度，以流浪藝人的身份四處移動，在15世紀抵達歐洲。他們所擁有的技藝雖然受到重視，卻也跟猶太人一樣成為被迫害的對象。在電玩等遊戲之中，吉普賽人大多單純的被當作舞女或占卜師等「流浪藝人」。一般所擁有的形象是在光線灰暗的帳篷內，用水晶球或塔羅牌進行占卜，但有說法指出史實中的吉普賽人其實是以看手相為主。

第1章・主題

第2章・神話

第3章・宗教

第4章・魔法

第5章・幻想生物

第6章・世界

第7章・神祕、懸疑

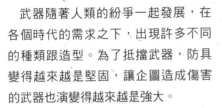

斬擊武器

武器隨著人類的紛爭一起發展，在各個時代的需求之下，出現許多不同的種類跟造型。為了抵擋武器，防具變得越來越是堅固，讓企圖造成傷害的武器也演變得越來越是強大。

在機能面的追求之下，有些武器是針對特定的防具而誕生。比方說14世紀德國所使用的雙手劍Estoc就是只為突刺而打造，因此刀身並不銳利。劍尖稍微圓融、越往劍柄越是寬廣的造型，也是為了在突刺時不容易折斷的設計。

這種武器可以刺穿鋼鐵製的板甲，被步兵們愛不釋手的當作突擊用的武器，但是當槍砲登場使盔甲失去意義之後，只能突刺的這項武器也跟著走入歷史。

當盔甲不再是主流之後，防禦變成是用武器來進行。用Estoc所發展出來的Rapier雖然也是以突刺為主，但具有某種程度的刀刃。一邊拆解對方的攻擊一邊尋找空門以突刺進攻的劍術，成為日後奧運競技之西洋劍的原型。

Rapier的用途相當廣泛，是可以讓人自由運用的優良武器，以貴族為中心被許多人所使用。但如果技術不夠純熟的話，還是會被同一時代那擁有寬廣與厚實刀刃的Broad Sword簡單折斷，運用起來也是有它的難度。

打擊武器

以單純的毆打來進行攻擊的武器從原始的棍棒開始，有為了提高殺傷力讓前端變尖的Mace、Morning Star、用鎖鏈把Mace的鐵球跟柄連接起來的Flail等等。

在刀劍的進化之下，這些鈍器一度讓出主要兵器的寶座，但是在11世紀之後，使用「非流血武器」的十字軍開始抬頭，再加上使刀刃效果不佳的盔甲開始普及，於15～16世紀再次開始被使用。這是因為沉重且強烈的打擊，可以傳遞到盔甲的內部對穿著者造成傷害。

刀刃相交，有時可能會有你來我往的好幾回合，但是將重量轉換成殺傷力的打擊兵器，則不允許對方「接下」攻擊。

在創作之中，鈍器常常被當作行動緩慢的壯漢所使用的武器，被嬌小又敏捷的角色所玩弄。但在現實之中，伴隨離心力的攻擊具有相當的速度，閃躲起來其實非常的困難。

《虎指》

套在拳頭上來強化打擊能力，同時保護自己不受衝擊所傷的武器的統稱。在奇幻世界之中，虎指是格鬥家所能使用的少數武器之一。不顯眼又容易隱藏，因此也可以將帶有爪子的類型當作一種暗器來使用。

虎指

《短劍》

跟大劍相比威力較弱，但攜帶方便，在洞窟等狹窄的場所也容易揮動。可以當作飛刀來投擲，或是跟單手劍一起使用，協助拆解敵人的攻擊。可以當作工具來解除寶箱的鎖，或是將動物解體。在現代也有野外求生刀這種萬能工具。

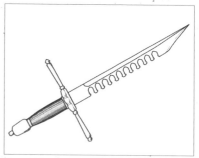

Sword Breaker

《劍》

刀身具有雙刃的設計會以「劍」來稱呼，分成用鋒利的劍身砍傷對象，跟透過重量有如鈍器一般強劈對方身體這兩大類型。在創作之中常常登場的，有單手雙手都能使用的Bastard Sword跟重量級的蘇格蘭闊刃大劍（Claymore）。

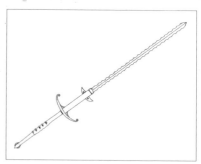

Flamberge

《刀》

不光是日本的武士刀，所有單刃的武器都會以「刀」來稱呼。特徵是彎曲的刀身形成的銳利性，但如果彎曲的弧度過大，會變得難以突刺。有些甚至以銳利性為優先，將刀身打造成半圓型。而日本刀來說則是以兼顧兩者為優先。

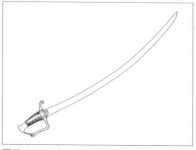

軍刀

《槍》

突刺、直劈、橫掃，有著各種不同使用方式的強大兵刃。插畫所介紹的斧槍，會透過槍尖的鉤子跟突起，將馬上的敵人拖倒在地上。

斧槍

《打擊武器》

利用甩動重物時所產生的離心力，連同盔甲一起將敵人擊潰的武器。有Mace這種只以打擊為目的的類型，跟像戰斧一樣帶有刀刃的類型，以及用鎖鏈將鐵塊跟柄連在一起的Flail。

Morning Star

《投擲武器》

專門用來投擲的遠距離武器。除了用手直接拋投，還可以透過專用的道具射出。狩獵或是戰鬥，人類在有史以前就開始使用的攻擊手段。石塊、回力標、手裏劍都是屬於這個類別。

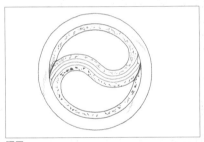

環刃

《弩（十字弓）》

用機關將石頭或箭發射出去的武器。在精準度跟貫穿能力方面比弓箭更為優秀，但是拉弦須要相當大的力氣，必須利用手把或運用槓桿原理才行。

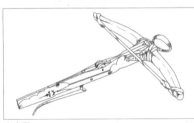

十字弓

《火槍》

創作之中所描述的，大多是15世紀以前所使用的原始性槍砲。用火藥混合魔術性的藥物，或是使用具有除魔效果的銀彈，可以讓沒有魔術背景的人也能像魔法師一樣的戰鬥。

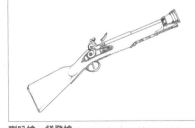

喇叭槍　燧發槍

第1章‧主題

第2章‧神話

第3章‧宗教

第4章‧魔法

第5章‧幻想生物

第6章‧世界

第7章‧神祕、懸疑

《Polydeukēs 的 Himantes》

Polydeukēs 是希臘神話中的英雄，以劍術與拳擊的高手而聞名。參加競技的時候，會用公牛皮製成的3公尺長皮帶，抹上橄欖油跟獸油綁在雙手上，成為最早的拳鬥手套（Himantes）。拳擊比賽的起源，據說是太陽神阿波羅為了要弔慰英雄的靈魂，而在他們墳前舉辦的競技。

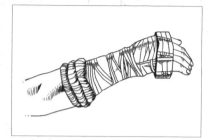

Himantes

《印度尼西亞的格里斯劍》

附帶有精靈之力量的短劍，刀刃蛇行扭曲左右不對稱，被使用在魔術儀式之中。跟可以驅魔的銀製短劍一樣，是魔術師所偏好的短劍。根據爪哇民族的傳說，遺失或捨棄會讓魔力消失，因此片刻不離的隨身攜帶。

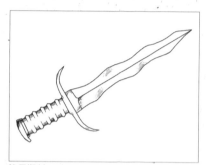

格里斯劍

《伊亞之劍》

在世界誕生的時候，用來開天闢地的青銅寶劍。西臺神話中登場的知識跟水之神明伊亞的神劍，一刀就切斷與眾神敵對的石頭巨人烏利庫梅的右腳。在各種傳說的寶劍之中，算得上是最為強大的其中一把。

伊亞之劍

《妖刀村正》

日本江戶時期的刀匠・村正所鍛造的作品之一。特徵是大幅擺動的刀紋，不論持有者的願意與否，時時刻刻都想奪走各種生命的妖刀。用來斬殺德川家康的祖父與父親，還用來幫嫡子信康介錯（斬首），因此被公家權力所忌諱。

妖刀村正

《永恆之槍昆古尼爾》

北歐神話的主神・奧丁所持有的神槍，被這把槍所瞄準的獵物絕對無法逃脫。用來投擲也是一樣，會在刺穿敵人之後回到持有者的手中。被槍所指的軍隊一定可以取得勝利，也是相當有名的傳說。

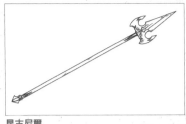

昆古尼爾

《神鎚妙爾尼爾》

雷神托爾所擁有的，可以自由改變大小的鎚子。以超重量、超高溫而聞名的神兵利器，但就算是神，也必須搭配雅恩格利佩爾（鐵手套）跟梅金吉奧德（力量腰帶）才能揮動。

妙爾尼爾

《達吾德的投石器》

達吾德王在少年時期與巨人的戰士歌利亞決鬥時所使用的投石器。精準的擊中歌利亞的額頭，讓這個投石器成為受到神之祝福的奇蹟。據說會協助面對強大敵人也不屈服的勇者。

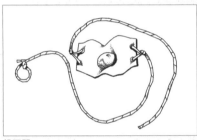

投石器

《天鹿兒弓》

在日本神話中奪走天若日子的性命，消滅邪惡的弓箭。除了從地表射穿神之居所的高天原，展現超長的射程之外，還可以用神通力控制箭的軌道，或是自動追蹤邪惡的存在。

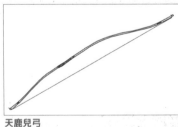

天鹿兒弓

《魔彈》

在歌劇『魔彈射手』之中登場的百發百中的子彈。在劇中以7發子彈的狀態登場，6發是持有者可以自由操控的魔法子彈，剩下一發是會命中惡魔指定位置的受到詛咒的子彈。

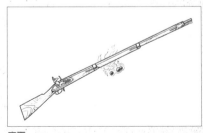

魔彈

第1章・主題

第2章・神話

第3章・宗教

第4章・魔法

第5章・幻想生物

第6章・世界

第7章・神祕、懸疑

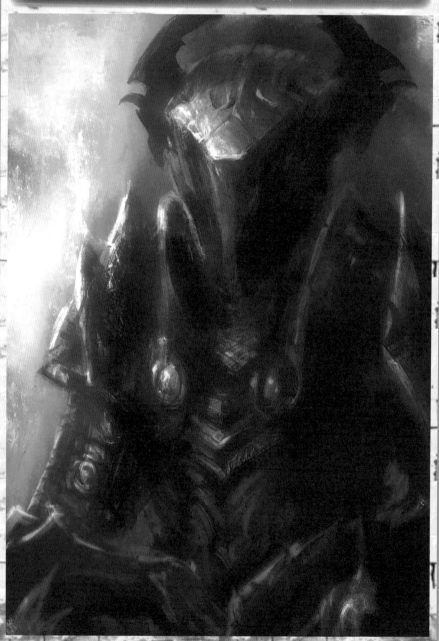

武器防具的材料

防具並非只要注重堅固與韌性即可，另外還得注意是否會讓使用者行動不便、降低使用者的行動速度。防禦與機動力的均衡性，會隨著使用武器的種類、預定面對的攻擊、穿著者所扮演的角色來變化。比方說注重隱密性跟機動力的忍者所穿著的忍裝束（忍者服），會用輕盈的布料製成並縫上祕密的口袋，防具則是護額跟鐵製的護手，加上衣服下面穿著厚度較薄的鎖子甲，形成最低限度的防禦能力。配合本人所使用的武器，有時甚至會省去某些部位。比方說日本盔甲的手套，為了在射箭時靈活運用手指，會刻意省去護腕的手套讓手指露出來。

防具同時也可以用來攻擊。手套跟護腿在格鬥時都可以直接使用，跟刀槍相比還有著不容易被奪取的優勢。盾牌則是可以用來毆打或衝撞敵人。

奇幻作品之中會有魔法跟虛構的材質登場，因此防具的性質並不一定與現實中的材料相同。透過魔法來抵禦敵人的攻擊、為穿著者帶來正面的效果（提高本人的力量或魔力、浮在空中等等），可以說是奇幻作品才會出現的要素。另外，戒指跟護身符這些原本不具備防禦機能的物品，有時也會透過魔法的效果來得到防禦能力。

《埃癸斯之盾》

希臘神話中，主神宙斯跟女神雅典娜所擁有的盾牌，據說可以排除一切邪惡與災難。兩面都是鍛造之神赫淮斯托斯的作品，也有說法認為埃癸斯是護肩或胸甲。雅典娜的那面在中央鑲上英雄珀耳修斯所砍下的美杜莎（蛇髮魔女）的頭，讓盾牌得到將敵人變作石頭的能力。

《源氏八領》

清和源氏代代流傳的8件盔甲，分別為楯無、八龍、膝丸、澤瀉、日數、月數、源太產衣、薄金。楯無以外已經全部失傳，成為只存在於傳說中的防具。薄金另外又被稱為「緋威之鎧」，在保元之亂由源為義所穿著。

《王者之劍的劍鞘》

在亞瑟王傳說中登場的王者之劍（Excalibur）的劍鞘。根據傳說，擁有這把劍鞘的人將永不流血，不為任何存在所傷害。亞瑟王在失去這把劍鞘之後一路凋零，最後被自己的私生子莫卓所傷而死。

《Ancile》

在古代羅馬由軍神馬爾斯賜給皇帝的傳說之盾，據說「只要這面盾牌存在，羅馬就能持續支配整個世界」。

《皮甲》（Leather Armor）

重量輕盈又方便活動，製造跟修理都相當簡單的皮革（鞣製過的動物皮）盔甲。廉價又容易調整尺寸，在遊戲之中常常被當作初期的裝備，擁有不小的知名度。

只進行鞣製的柔軟皮革，會被用來製作穿在盔甲下面的Gambeson（軟甲），長時間煮過或是塗上油、蠟使其硬化的硬皮則被用在盔甲的關節等各個部位。後者可以抵禦小型刀刃的攻擊，打上飾釘（Stud）可以更進一步強化抵擋刀刃的能力。

《鎖子甲》（Chain Mail）

將小型金屬環串聯在一起所製成的盔甲。輕盈、不會妨礙行動，得到中世紀騎士們的喜愛，但比較無法抵擋突刺的攻擊，且具有靜音性的問題。「Armor」是指所有種類的盔甲，「Mail」的話則只限於網狀、鎖狀構造的護具。

《鱗片甲》（Scale Armor）

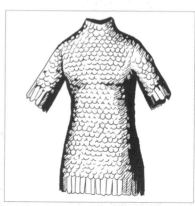

把1～5公分大的金屬片縫在皮革上，形成有如鱗片一般的盔甲。早在古代的美索不達米亞地區，人們就將板狀的金屬片連在一起當作盔甲使用。防禦能力相當的高、構造也屬於活動較為方便的類型。對於砍劈跟突刺雖然相當有效，但是對於鎚子等鈍器的攻擊幾乎不具防禦能力。日本也有挂甲（掛甲）這種構造相似的護具存在。

《板甲》（Plate Armor）

用鉚釘（Rivet）將薄薄的板狀金屬接在一起，以此包覆全身的重型盔甲。關節部位會跟鎖子甲組合來提高活動性。跟其他盔甲相比，暴露在外的面積非常的少，擁有很高的防禦能力。有些冒險者為了行動方便，只穿著護腕（Gauntlets）或胸甲（Breast Armor）等特定的部位。

將可動部位也全部包覆起來的類型稱為「Field Armor」，擁有更高的防禦能力，但平均重量40公斤、較輕的類型也有35公斤，裝備之後還能活動的人相當有限。表面施予波浪狀的加工來提高強度，讓劍尖容易被錯開的類型被稱為Maximilian Armour。

《布甲》（Cloth Armor）

用麻布（Linen）等較為堅韌的布料製作，在內部塞入棉花等可以緩衝的材料，藉此降低打擊所造成的傷害。單獨使用的效果較為薄弱，會由弓兵或魔法師等需要機動力或只能輕裝的角色使用。另外也可以穿在盔甲下面來當作緩衝。

《比基尼盔甲》（Metal Bikini）

女性戰士專用的防具，特徵是將比基尼直接轉換成盔甲的外表，因此在海外也被稱為金屬比基尼。雖然會用金屬或皮革製作，但包覆身體的部位實在太少，如果沒有魔術等特殊力量的協助，根本無法達到防禦效果。也有穿在舞娘或盜賊身上，對敵人造成魅惑效果的例子。

《圓盾》（Round Shield）

涵蓋各種圓形的盾牌，直徑約30～100公分左右。除了在背面裝有可以握住跟轉動的手把之外，有些還會有可以固定在手腕上的皮帶。固定在手腕上的方式雖然穩定度高，且不容易被敵人打落，可是有一隻手會被佔據，緊急時可能比用手拿還不方便。

《風箏盾》（Kite Shield）

特徵是那有如風箏一般的倒三角形，全長50～100公分、寬30～40公分、重量約1公斤。起源據說是11世紀中期的諾曼人。設計原則是足以為騎兵那沒有防備的下半身提供防禦，卻又不會妨礙到騎在馬上的行動。跟身為步兵主流的圓盾相比，風箏盾算是騎兵的主流裝備。

《羅馬長盾》（Scutum）

長100公分左右、寬60～80公分，左右往後略微彎曲，形成具有弧形表面的巨大盾牌。在紀元前4世紀的時候取代當時所使用的青銅圓盾。防守範圍非常的優秀，組成陣形可以在前近、攻城、圍剿敵人時排除弓箭的威脅。但重量也跟面積成正比，並不適合單兵使用，也不適合在必須注意多重方向的亂戰之中使用。

第1章・主題
第2章・神話
第3章・宗教
第4章・魔法
第5章・幻想生物
第6章・世界
第7章・神祕、懸疑

戰爭

正邪對立

國家

種族

Fantasy Encyclopedia For Creators Warfare

戰爭的起源

　　當集團之間的鬥爭過度激烈而演變成戰爭時，何時、何地、何者、使用什樣的道具、如何開始等等，會是非常重要的因素。不只是奇幻創作，跟鬥爭有關的故事，全都可以透過對立的原因、演變成鬥爭的過程、背景因素的描述，讓作品得到更為紮實的可信度。在考古學領域，若是發現以下6種痕跡，就會認定為「曾經發生過戰爭」。

・進行防守用的據點
（城牆、壕溝、柵欄、瞭望台等等）
・武器
・在遺骨上發現被殺害痕跡的
・有武器安置在遺體附近
・跟武器相關的祭典
・以戰士為主題的藝術作品

　　現存最為古老的戰爭記錄，是由紀元前26世紀到紀元前24世紀左右的古代美索不達米亞的都市國家‧拉格什的國王所留下。一般所認定的發展過程，是在農耕社會的發達之下，剩餘糧食的管理形成身份階級的落差，以及為了獲得更進一步的農地而產生爭執。

　　隨著人類接下來的發展，為了贏得更多的勝利，戰術、戰略、武器、驅逐步兵用的戰鬥用馬車（Chariot）、驅逐戰鬥馬車用的騎兵、打敗騎兵用的重裝步兵等等，屠殺敵軍的技術越來越是發達。

234

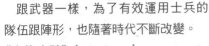

隊列跟陣形

　　跟武器一樣，為了有效運用士兵的隊伍跟陣形，也隨著時代不斷改變。

《密集方陣》（Phalanx）

　　古希臘所使用的，以重裝步兵所排成的密集方陣Phalanx。重裝步兵指的是配備有頭盔跟甲冑的步兵，武裝是大型的圓盾跟長槍。圓盾無法覆蓋持有者的全身，因此會排成一排，保護左邊那位士兵的右半身。

《龜甲陣形》（Testudo）

　　Testudo是拉丁文的「龜」，讓士兵擺成密集的陣形，最前方的那位將長方形的大盾舉在正面，排在後面的士兵則是將大盾舉在頭頂，成為用盾牌拼湊的龜甲來前進。對於弓箭、標槍、投石等遠距離攻擊非常有效，透過這種陣形逼近敵方的城門，可以避免無必要的傷亡。為了不產生縫隙，士兵在行軍時必須排得非常靠近，因此移動起來極為緩慢，並不適合白兵戰鬥。

《佈陣》

　　兵法之中有各種不同的佈陣存在，讓士兵排成正方形，以兩邊相鄰的角落為境界，往四方射擊的同時又能避免我軍誤射的方形陣；兩翼往前推出，配合敵軍的進擊將兩翼合起來包圍敵人的鶴翼陣，都是其代表。

鶴翼陣

奇幻世界的戰爭

　　平地的野戰，進攻城池的攻城戰，種類雖然與現實世界沒有太大的差別，但前往戰場的士兵所擁有的力量，卻會隨著作品的世界觀而不同。特別是在許多不同種族登場的世界，這些差異會變得特別明確。要是有騎龍的騎士跟炸藥存在，只用城牆圍住的要塞將不具任何意義。體形龐大的巨人、不會死亡的死者兵團，人類如何對抗這些具有超常能力的軍團，會是相當有趣的劇情發展。或是像小說『魔戒：雙城奇謀』那樣有多種族聯軍活躍的戰場，也是奇幻世界獨特的場景之一。

　　魔法師與他們的魔法具有什麼樣的性質，也是相當關鍵的因素。是否能像戰士那樣在前線作戰，還是停留在本陣詠唱咒文，完成特定儀式之後才能發動魔法的效果。若能像瞬間移動那樣傳送物質，則可以將軍隊直接送到敵軍大本營，或是在後方擔任物資的調度。要是可以在瞬間治療瀕臨死亡的士兵，那敵軍戰略上的優先目標，將是排除這些魔法師。是否可以毫無限制的一直使用，還是有某種制約存在，將這些要素綜合在一起，形成極為多元的選項。

兵器

戰爭
戰士
傭兵

Fantasy Encyclopedia For Creators Siege Engine

中世戰爭的兵器

　　描述中世紀大規模戰爭的場景，常常可以看到接下來所要介紹的攻城兵器、投石器等大型的武器。這些武器不光是用來將野戰時敵軍的密集陣形打散、擊垮堅固的城牆、攻擊城池內部、協助士兵對城內展開突擊，也會用來當作據點的防衛性兵器。當時進擊的終點大多是敵人城堡，因此攻城戰可以說是中世歐洲戰爭最大的重頭戲。

　　以 Catapult 的名稱聞名的投石機，是體積與現代起重機差不多的大型兵器。利用擺動原理，透過植物性的繩索或束起來的動物足腱等具有彈力的材料，將重達數十公斤的石塊拋到數百公尺之外。除了可以將城門打碎的石塊跟裝有砂土的袋子之外，也會

拋擲點火的稻草堆或是火藥來造成火災、以及可以讓疾病漫延的排泄物或屍體。為了在搬運時減少士兵的負擔，這些兵器會先分解再來進行運送，也因此漸漸改良出精簡的構造。

　　弩炮（Ballista）則不像投石機這樣以曲線形將物體拋出，而是用強韌到人類無法拉動的弦所擁有的張力，將巨大的箭射到遠方。這種大型的弩砲，在希臘跟羅馬時期就已經被使用。物理學者阿基米德是這項發明的專家，他所設計的兵器在第二次布匿戰爭之中非常的活躍。

　　因為是將箭一般的物體射出，跟投石機相比擁有較為優良的貫穿力。

236

攻城鎚與
攻城塔的
複合兵器

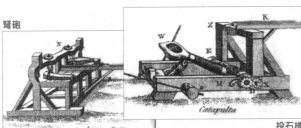

弩砲

Catapulta

投石機

象兵

　　騎馬奔馳於戰場上的騎兵所擁有的最大優勢，是馬所擁有的機動力跟突擊的衝擊力。要可以讓人搭乘又能達到某種程度的機動力、衝擊力，大象可以說是相當理想的動物。回顧人類的歷史，可以發現許多使用記錄。

　　戰爭用的大象主要存在於印度跟東南亞地區，起源據說是在紀元前1100年左右。馬其頓與希臘等西方勢力的東征軍，在紀元前331年的「高加米拉戰役」之中跟波斯軍的戰象對峙，成為西方與這種巨獸的第一次接觸。巨大的軀體跟時速30公里以上的衝刺，對於沒有看過的人來說，是非常可怕的威脅。

火藥與大砲的登場

　　第一次有大砲登場的戰役，據說是14世紀法國的百年戰爭。當初的大砲不像現代有著筒狀的砲身，而是用四角形的鐵棒圍成筒狀，並加上固定用的套環。跟技術已經成熟的投石器相比，精準度非常不穩定，但鑄鐵所製造的一體成型砲身越來越是普及，大砲也漸漸取代了投石器的地位。

　　跟投石器相比，大砲必須考慮到火藥的種類、砲彈的重量、發射角度、風向、風速等各種因素，讓彈道的計算變得極為複雜，這種不穩定的因素讓它成為相當難以使用的兵器。因此不再像過去那樣可以透過經驗來運用，而是必須要有以此為專門的砲術家登場。大砲與砲術相關的研究，將達文西、伽利略等知名學者捲入其中，伽利略所提倡的「掉落的法則」甚至被認為是這些研究的副產物。

第1章 · 主題

第2章 · 神話

第3章 · 宗教

第4章 · 魔法

第5章 · 幻想生物

第6章 · 世界

第7章 · 神祕、懸疑

武器防具的材料

Fantasy Encyclopedia For Creators **Materials**

奇幻作品中登場的材料

《Adamantite》（金剛鐵）

身為語源的希臘文「Adamas」具有「無法被征服」、「無可馴服」、「最硬的金屬」等含意，在許多奇幻作品之中都可以看到的金屬。身為「不可侵」、「任何人都無法傷害」的代名詞的鑽石，過去也是以代表「金剛不壞」的「Adamant」來稱呼。希臘神話之中克洛諾斯的鐮刀，北歐神話之中束縛洛基的鎖鏈，都具有這種性質。

Adamantite在『龍與地下城』等遊戲之中常常出現，美國漫畫的知名角色金鋼狼的骨骼與爪子，也是使用以Adamantite為基礎的『Adamantium』這種元素所構成。也有不是金屬而是一種寶石的設定。在日文為了與鑽石有所區分，會將鑽石翻譯成『金剛石』，Adamantite翻譯成「金剛鐵」。

《Oreichalkos》（奧里哈魯根）

Oreichalkos跟Adamantite一樣是奇幻作品之中非常有名的金屬。在傳說中的大陸亞特蘭提斯所能採掘到的這種稀有金屬，主要被用在建築等裝飾方面。

Oreichalkos的語源據說是古希臘文中代表山的「Oros」跟代表青銅的「Chalkon」。青銅是錫與銅的合金，無法從自然之中直接找到。因此被稱為「山（自然之中）青銅」的Oreichalkos，也可以被解釋成「不存在之物質」的隱喻。也有說法認為Oreichalkos是青銅、赤銅（金與銅的合金）、或黃銅，不論是其中哪一種，都具有輕盈，發出像火一樣光輝等共同點。

《日緋色金》

日本傳說中的金屬，另外也寫作「緋緋色金」或「火廣金」（發音都是HiHilroKane），也被稱為「青生生魂」（ApoiTakara），據說出產於卡卡克諾山。

『竹內文書』這本古文書中記載有日緋色金的存在，它會發出火燄一般的紅色光芒，且絕對不會生鏽。另外還具有極高的熱導率，只要用幾片樹葉當作燃料就能將水煮開，且可以完全阻隔磁力的影響，純度高的話則像金子一樣柔軟等等，有人認為與Oreichalkos是同一種物質。

《Mithril》（祕銀）

在 J・R・R 托爾金的『魔戒』之中登場的虛構金屬，在日本也透過『勇者鬥惡龍』、『太空戰士』等電玩作品來滲透到一般大眾之間。也被稱呼為「真銀」或是用產地名稱取名為「摩瑞亞銀」。祕銀據說比鋼鐵更輕、更硬，像銀一樣美麗的表面絕對不會變黑、也不會隨著時光衰退。在『魔戒』劇中祕銀的產量並不多，唯一的產地摩瑞亞在炎魔復活之後無人可以靠近，因此非常的珍貴。

同一作者的作品『精靈寶鑽』之中登場的金屬Galvorn，一樣具有非常堅硬、延伸到再怎麼薄也無法由任何刀刃、任何弓箭所貫穿，並且只有一部分的精靈（Elf）有辦法製作。

《Damascus Steel》（大馬士革鋼／鑌鐵）

製法已經失傳的鋼鐵，原料是來自印度的烏茲鋼。流傳到敘利亞首都大馬士革的烏茲鋼，由當地的工匠打造成刀劍，被十字軍帶回之後，成為西方所謂的大馬士革鋼。

這種鋼鐵最大的特徵，是浮現在表面的木紋一般的花樣。原產地所混入的少量雜質，在特殊的製鐵過程中形成硬度不同的樹枝狀構造，讓堅硬跟帶有黏性的部分摻雜在一起，形成刀劍理想的材料跟表面木紋一般的圖樣。

一次又一次的，有人試著找出它的製法，但每次都發現沒有被重現的構造，到現在依然沒有辦法百分之百的複製。

『暗雲編年史』
類別：電玩
製作：Sony Computer Entertainment
銷售：2002 年
鍛造武器來讓角色成長的地下城攻略型＆故事創造型角色扮演遊戲。

第1章・主題

第2章・神話

第3章・宗教

第4章・魔法

第5章・幻想生物

第6章・世界

第7章・神祕、懸疑

財寶、寶藏

Fantasy Encyclopedia For Creators Treasure

現存的尋寶獵人

就算到了現代，還是有人以尋寶獵人為專門的職業。美國的 Mel Fisher 在1985年發現了相當於1000億日元的財寶，因為這份功勞還建立有他專屬的博物館。

載有金銀財寶的西班牙船隻沉沒在佛羅里達半島的傳聞，從以前就已經存在。但幾乎所有尋寶獵人都被謠言牽著鼻子走，在尋寶行動之中失敗。唯有 Mel Fisher 親自前往西班牙，花上好幾年的時間調查沉船的記錄。打撈資金的不足與兒子的意外身亡，都沒有讓他放棄尋寶，像這樣永不放棄的人，或許才稱得上是真正的尋寶獵人。

聖杯

在『亞瑟王傳說』等各式各樣的傳奇故事中登場，據說是耶穌被處死的時候裝有他本人血液的杯子，或是在最後的晚餐之中耶穌本人所使用的聖髑（器具）。

圓桌騎士加拉哈德的聖杯傳說也非常的有名。身為蘭斯洛特的兒子，加拉哈德在年幼時就被梅林預言「武藝將比父親更為高強，並成功找出聖杯」。接受父親的鍛鍊、成為圓桌騎士的一員之後加拉哈德完成各種考驗，成功找到聖杯，並且以最為聖潔的騎士得到主的恩寵，被天使迎接到天堂。

海盜與藏寶圖

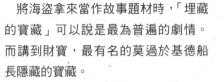

將海盜拿來當作故事題材時，「埋藏的寶藏」可以說是最為普遍的劇情。而講到財寶，最有名的莫過於基德船長隱藏的寶藏。

1699年，身為私掠船卻無差別進行海盜活動的蘇格蘭船長威廉‧基德，因為襲擊祖國英國的船隻而被捕，審判之後被處以死刑。但許多人都相信他的清白，基德死前大聲喊出「我把財寶藏在某處」形成「寶島」的傳說，史蒂文生的小說『金銀島』的「富林特船長的寶藏」就是以此為原型。

之後又出現埃德加‧愛倫‧坡的『金甲蟲』（1843年），讓海盜跟寶藏的形象漸漸被固定下來。

1943年雖然發現記載有寶藏線索的暗號，但財寶本身卻一直沒有被找到。在加拿大，從1800年左右一直到現在，尋找基德寶藏的尋寶行動一直都沒有間斷過。

《死海古卷》

1947年在死海附近的庫姆蘭洞窟之中找到的古卷，其中包含有世界最為古老的希伯來文聖經。廣義的來說馬薩達等其他洞穴之中找到的文書也包含在內，超過800份的資料記載有藏寶圖、耶路撒冷建造神殿的計劃、與世界末日相關的預言等各種資料。

這份文書被許多奇幻作品拿來當作題材，動畫作品『新世紀福音戰士』之中登場的「裏死海文書」，被設定成記載人類未來的資料。

現在雖然已經解讀完成，但是在背後隱藏有其他訊息、更進一步找到其他文書等設定之下，今日依舊是奇幻作品的高人氣題材之一。

圓頂清真寺

伊斯蘭教第三的聖地圓頂清真寺，在7世紀末於東耶路撒冷完成。這座神殿建造的經過，到今日依舊吸引著尋寶獵人的目光。

大約3000年前，在所羅門王那極盡豪華的神殿之中，保存了刻有摩西十誡的石板，以及安置這份石板的契約之盒「約櫃」。

約櫃旁邊有「亞伯拉罕之岩」這塊巨大的花崗石，這是亞伯拉罕將兒子獻祭給神的時候所使用的聖台，跟約櫃一起讓這座神殿成為教徒心目中的聖地。

國王的死、國家的分裂、亞述人等侵略者的掠奪，讓所羅門的王國步上瓦解的命運。神殿雖然毀壞，但約櫃與龐大的財寶卻沒有被發現。在亞伯拉罕之岩上面又一次建造神殿（圓頂清真寺），理所當然的出現各式各樣的傳聞，很多人到今日仍舊相信在內部聖台的下方，埋有所羅門王的寶藏。

食物、食材

Fantasy Encyclopedia For Creators Food

農耕與畜牧

　　農業分成以莖或根來增加植物數量的根栽農業，以及用種子來增加數量的穀物農業這兩大類別，被認為是農業優勢之一的長期保存，主要是指後者的稻米跟小麥。

　　另外，世界飲食文化的發展還可以用「稻米」跟「小麥」來分成兩大類。稻米可以在同一處農地上反覆耕種（連作），小麥則必須每3年休耕一次讓失去養分的土地回復。後者的情況，在休耕地放牧家畜的**三田制農耕法**被廣為採用，讓小麥跟畜牧成為飲食文化中的主要角色。

　　但是小麥有麥角這種高危險性的細菌傳染病。被感染的小麥會在麥穗帶有麥角菌所形成的黑色物質，食用之後會讓手腳有如燃燒一般的疼痛、血管收縮導致四肢壞死、腦部缺血造成精神錯亂等等，最糟糕的情況會衰弱而死。在歐洲麥角中毒被稱為聖安東尼之火，麥穗的黑色物質被稱為「惡魔的黑爪」。

　　麥角的黴菌毒素所引起的災害，到了現代仍舊有出現過，1960年代飼料之中所包含的黴菌毒素，就在一個月內讓10萬隻以上的火雞死亡。

　　在沒有機器的時代，牛隻等超越人類體能的勞動力是非常貴重的存在。就算因為受傷或年邁無法繼續耕種，除非是飢餓等別無選擇的情況，否則不會將牠們拿來食用。

　　當然，在沒有這種需求的支配者階級、富裕階層之中，並不會特別忌諱肉類，從早期就已經開始食用。

酒

　自古以來，酒在世界各地被認為是神聖的存在。神膳中不可缺少的神酒、象徵耶穌之血的葡萄酒、古代凱爾特民族的蓋爾亞文中代表**生命之水**的威士忌等等。蜂蜜酒（Mead）也是具有神性的飲料，在北歐神話之中，擁有最高智慧的克瓦希爾的血被用來與蜂蜜混合，成為可以創造出詩歌的蜂蜜酒。

　啤酒的製作過程與麵包非常的相似，甚至被稱為「液態的麵包」。就算因為信仰必須斷食，也例外性的可以飲用。在中世紀，適合飲用的純水很難穩定的保存，不會腐壞的啤酒常常被用來取代飲用水。

與食物相關的雜學

《食用昆蟲》

　在非洲諸國、南美、墨西哥、越南、泰國、中國等地，昆蟲屬於日常性食品之一。食材以幼蟲跟蛹為主，但也有一些食用成蟲跟卵的案例存在。

　就食材來看，昆蟲的外表常常讓人退避三尺，但些許的飼料就能養殖、擁有蛋白質等豐富的營養，期待在資源有限的宇宙之中可以成為有效的動物性糧食，也已經實際展開研究。日本食用昆蟲的風俗相當有限，只存在於信州等特定地區，但唯獨蝗蟲例外。蝗蟲是必須驅逐的害蟲，而且在稻子收割之後的水田可以大量的捕獲，因此全日本都有食用蝗蟲的風習存在過。太平洋戰爭剛結束的饑荒時期，以蝗蟲充饑的人也不在少數。

《西洋的飲食狀況》

　在歐洲地區，中世紀的公會（Guild）制度促使職業極端性的專門化與細分化。料理公會當然也不例外，專門烤肉的「Rotisseur」、專門製作醬料的「Saucier」、燉煮（Ragoût）跟販賣小菜的「Traiteur」、賣豬肉的「Charcutier」、賣雞肉的「Poulailler」、處理動物內臟的「Tripier」等等，職種分類極為詳細，今日所謂的餐廳（Restaurant）在當時並不存在。

　另外在18世紀以前的歐洲，湯匙、叉子、刀子等餐具並不普及。就連法國料理也是一樣，一直到16世紀凱瑟琳・德・麥地奇從義大利嫁到法國王室，將餐具跟新的調理方式帶過去之前，就連貴族也是用手直接進食。

　古羅馬也是直接用手來進食，上流階級特別喜愛只用姆指、食指、中指的方式。多出來的小指跟無名指則用來沾鹽或香料，必要時抹在舌頭上。據說只用姆指、食指、中指來將咖啡杯拿起，小指跟無名指伸得筆直，就是中世用餐方式所留下來的影響。

第1章・主題

第2章・神話

第3章・宗教

第4章・魔法

第5章・幻想生物

第6章・世界

第7章・神祕・懸疑

生命儀禮

Fantasy Encyclopedia For Creators Initiation

成年禮

生命儀禮，是面對人生下一個階段時賦予全新生命意義的儀式，以成年禮來說，代表從小孩成為大人的社會性認知與公佈。就算是在文明發達的現代社會，也有成人禮、入社會（就職）典禮、學校的畢業典禮、婚禮跟喪禮等各種生命儀禮所留下來的影響。但是在國際性職業、發達的交通手段已經成為日常的現代社會之中，嚴肅的Initiation（生命儀禮）已經漸漸從習慣中消失。

生命儀禮本來是在自己出生、成長的共同體之中執行，但是到不同文化、不同民族的土地時，食用當地的食物、參加祭禮、拜訪集落的長老或接受某種洗禮的行為，同時也具有證明自己不是敵人的意義。

在原始性的共同體之中，則是有台灣原住民臉上的刺青、萬那杜共和國新赫布里底群島Pentecost島上的Naghol（高空彈跳）、馬賽族的年輕人單獨扛著羊去獵殺獅子等等。割禮、刺青、狩獵等身體性的疼痛，或是讓生命暴露在危險之中的生命儀禮，在世界各處都有實際案例存在。這是為了確認是否擁有成人所應具備的能力跟覺悟，除了實際展現本人的能力跟精神之外，給予考驗跟困難的同時也代表身為小孩的個人已經死亡，達成考驗之後重生為群體所認同的成人，也就是象徵「死與重生」的一種儀式。

非洲西部的祖魯族，少年會被敬為新生的存在，先隔離到別的小屋內，改名之後再次出現。賴比瑞亞的Kpelle

族認為，進行成年禮的年輕人會被鱷魚的精靈吞下，死亡進入靈界之後，吐出來再次回到這個世界。歸來的年輕人會被授予新的名字，回到村內也是以別人的身份生活，親人們的反應也是一樣。日本某些地區也是將成年禮稱為名替（改名）。在山口縣把這種儀式稱呼為"變成本人"，京都附近被稱為丁年儀的成年禮，則是將乳名改掉。長崎縣的西彼杵郡甚至是以"掐死"的儀式讓人陷入暈眩的狀態，以此當作一種成年禮。

在日本的武士家庭之中，元服被當作是成人的證明。更進一步的背負賞罰分明的社會責任與覺悟，對於必須時時刻刻面對死亡的武士來說，元服具有非常重大的意義。換上大人的衣服、將前方留下的童髮剃掉、改掉乳名、男性的話執行第一次繫上丁字褲的褌禮、女性的話塗上口紅跟白粉等等，有各種不同的方式存在。

年滿20才算成人的思想，據說在紀元200年前的中國就已經存在。在中國，男性迎接20歲的時候會進行戴上冠帽的成年禮。日本的「成年禮、元服」就是相當於中國的這種「冠禮」。

冠禮

最近雖然大多以「成年禮」來統稱，但原本男性是稱為「成年禮」、女性則稱為「成女禮」，年齡以男性13到15歲、女性12到16歲最多。

在基督教的聖禮（Holy Sacraments）之中，有堅信禮這種儀式存在。這是對14歲的孩童舉辦的儀式，經過這個儀式之後會被基督教社會當作成年人來看待，並且可以參加以成年人為對象的活動。

在猶太教中，13歲的男童會進行名為 Bar Mitzvah、女童會進行名為 Bat Mitzvah 的成年禮。達到指定年齡之後，在下一個安息日（現代則是分成週五下午跟週六早上兩次進行），在許多親友面前唸出教典的內容，負責整體儀式的進行等等，場面規模相當浩大。

結婚

Fantasy Encyclopedia For Creators **Marriage**

結婚・契約的儀式

　　讓男女結合在一起的婚禮，是人類歷史初期就已經存在的原始性儀式之一。其中所包含的意義涉及社會、習俗、宗教，甚至是魔術方面等各個領域。

　　英文的「Marriage」、「Marry」具有「契約」、「誓約」、「（向主）表明」等

概念，基督教婚禮之中的誓言、日本的「神前婚」等等，本質都是在於約定與誓約。一起渡過一生來建設家庭是一般對於婚姻的印象，但就算是到了現代，相親、政略婚姻等等，以金錢、政治、權力或血統的延續、關係的強化為目的的婚姻還是存在。

與神明或精靈的婚姻

　　現存之中最為古老的法典，古代美索不達米亞的『Ur-Nammu 法典』之中，已經記載有婚姻相關的法律。編纂這部法典的蘇美爾人，甚至將人類以外的存在，也就是人類與神明或靈性存在的婚姻，也列入規定範圍之內。

　　跟神結婚的風俗並不奇特，古今中外都可以看到。日本巫女以神之妻子

的身份來行動，與神化為一體來接受神諭就是相當有名的例子。在埃及等中東地區，王是神的化身，一直以來都擁有天上的女神與地上的王妃這兩位伴侶。意義雖然較為不同，在西歐的鍊金術師之間，能夠得到精靈作為伴侶是非常榮譽的事情。

異類婚姻談

「異類婚姻談」是描述人類與不同種族之間的戀愛或結婚的作品。

或許是因為與人類以外的生物結合普遍被視為一種禁忌，故事大多以不幸的結局收場，但是在最近的戀愛喜劇之中，卻演變成一種高人氣的題材。

種族上的差異，可以像『羅密歐與茱麗葉』這樣形成戲劇性的考驗，或是不同文化在溝通上的誤會或小小的磨擦，就創作來看是一種相當方便的設定。

宗教與結婚

日常之中與宗教沒有什麼接觸的日本，宗教與結婚的關係，大多只被認為是服裝上的不同，但實際上卻有可能因為教派的不同而產生很大的差異。在此介紹各個宗教對於結婚的認知。

教派	對婚姻的觀點	結婚的規定	離婚
基督教	為了讓人類這個種族持續下去而認同婚姻。聖職者身為神的僕人，不被允許結婚。	大公教會認為結婚是一種聖禮，沒有教會認定無法生效。	離婚不被允許。由神認定結合在一起的男女，不可因為人類的方便而解除。
佛教	小乘佛教認為執著於家庭會阻礙成佛的修行，大乘佛教則允許結婚。	大多建議當事者相親相愛，但沒有特別規定。	若是下定決心修行成佛，可以出家來遠離世俗的一切。
伊斯蘭教	戀愛結婚屬於少數。父母親的決定或相親是一般的方法。	根據可蘭經的記載，男性隨著財富多寡最多可以取4位妻子。可以結婚的年齡為男性13歲、女性9歲。	離婚宣言會在第3次被認定為正式的發表。另外，男性必須對女性提出多額的保障。
日本神道	婚禮被稱為神前禮，就跟名稱一樣是對神發誓兩人在此結為夫妻。	服侍神明的巫女算是嫁給自己信仰的神明，大多禁止跟人發生性關係。	離婚等於是違背對神的誓言因此不受歡迎，但並沒有嚴格禁止。

第1章・主題

第2章・神話

第3章・宗教

第4章・魔法

第5章・幻想生物

第6章・世界

第7章・神祕、懸疑

喪禮

Fantasy Encyclopedia For Creators Funeral

當生命之火熄滅時

如同在「生死觀」的項目之中提到的，「死亡」會平等的降臨在所有一切生命上，因此對於人類死後靈魂的看法也有所不同，為了克服死亡所架構出來的宗教也極為多元。從這些或多或少有著差異存在的解釋身上所演化出來的弔慰死者的儀式、喪禮，也在世界各地形成非常繁雜的形態。

各式各樣的葬禮

《火葬》

佛教與印度教等來自印度的宗教，都廣泛的規定必須進行火葬。在這些宗教之中，肉體是靈魂的容器，死後靈魂將會得到新的肉體。因此當靈魂離開之後，遺留下來的肉體並不具備神聖的意義。在印度教當中，對屍體進行火葬，是為了去除死者靈魂對於肉體的留念。另外，上升的煙霧被認為可以將死者的靈魂送上天，根據梨俱吠陀的記載，將身體交給給火神阿耆尼，可以讓死者得到淨化。

《土葬》

在基督教之中，人類的遺體被認為是聖潔的存在。耶穌基督等聖人一路下來都是進行土葬，許多教義都對火葬抱持反對的看法。

同源的猶太教也是一樣，肉體的復

活被當作一種傳統，讓肉體在眼前明確消失的火葬大多不受歡迎。在中國的儒教之中，火葬被認為是對死者的冒瀆。

不過這並非嚴格禁止的行為，將遺體直接埋到土中的行為需要相當大的空間。另外若因為傳染病而出現大量死者的話，挖洞埋葬可能會讓傳染病越來越嚴重。現在，人口的增加使墓園的密度越來越高，就現實性的觀點來進行考量，支持火葬的思想也開始出現。

另外，基督教在進行喪禮時所唸出的禱告文的其中一節「塵歸塵，土歸土」（earth to earth, ashes to ashes, dust to dust），這句有名的詞句的原典來自於舊約聖經。被逐出樂園時，神對亞當說出這句話，代表用土製造出來的亞當已經不再是不死之身，總有一天得回歸大地。宣佈對象的死亡，讓這句台詞也被用在擊敗敵人（特別是不死生物）時所使用的台詞。

《水葬》

宗教性的水葬，是印度恆河所能看到的風習。在說明火葬的時候也有提到，印度教將火葬定為一般的喪葬儀式。此時會將燒剩下來的骨灰倒到河內，但幼童、因為疾病或意外而死亡的人卻例外性的直接放到水中。這麼做是因為這些生命在中途夭折。另外海軍當中，如果長期處於海上屍體保存起來相當困難的話，常常會直接進行水葬（海葬）。

《天葬》

祆教或西藏所流傳的送葬手法之中，有讓野生動物處理遺體的天葬的方式存在。前者認為在處理死者屍體時，若是使用火、土、水會讓屍體受肉污染，後者則是因為當地不適合土葬跟火葬這種實際需求的考量。靈魂離開之後的肉體一樣只是肉塊，算是佈施給生前自己食用的動物、讓天空的鳥類食用來拉近死者與天上的距離，據說是這種送葬方式的主要理由。也被稱為鳥葬。

《風葬》

讓屍體曝曬在自然之中，透過風雨來進行分解的喪禮，一般被稱為風葬。日本在過去也由沖繩跟奄美群島等地區執行過。另外也會進行洗骨的儀式，用酒或海水將剩下來的白骨洗乾淨之後埋葬。

《在奇幻世界之中…》

在創作之中，鎮魂的儀式會讓靈魂一邊發光一邊升到空中，形成美麗又奇幻的場景。如果是土葬的話，則可以描述成「滿片的花海」，建議試著對現實之中的喪禮進行改變。

第1章·主題

第2章·神話

第3章·宗教

第4章·魔法

第5章·幻想生物

第6章·世界

第7章·神祕、懸疑

祭典

祭典

眾神的角色
聖人
魔法的儀式

Fantasy Encyclopedia For Creators Festival

獻給神的禱告

人類對神進行禱告的起源，據說是感謝豐收或是祈求惡劣的天候不要來臨等，遠古時可能就已經存在的行為。農耕民族的收穫祭，狩獵民族祈求獵物豐碩，都是屬於這個類型。以此為基礎來加上祭拜神明、祖先的祭禮跟慶祝宗教性節日的祭典，發展出屬於各種文化的多樣性。隨著文明的發達，一些祭典原本所具有的宗教性意義漸漸稀薄，到了今日甚至可能只是一種活動。

收穫祭

慶祝農作物順利收成或豐收的祭典，大多會在與收穫時期重疊的秋天進行，自古以來就存在於世界各地的祭典之一。有些會跟感謝聖人的節慶結合，反應出宗教性的因素。在現代農業公會舉辦的收穫祭之中，除了對於收成的感謝之外，還會加上生產品的宣傳與販賣、觀光的廣告，與商業性活動合而為一。知名的實際案例有互相丟番茄的「西班牙番茄節」、德國舉辦的世界最大規模的慶典「慕尼黑啤酒節」。就廣義來看跳蚤市場等古物市場、樣品展覽、定期市場，甚至是 Comic Market 這樣的活動，都可以算是一種收穫祭。

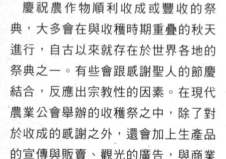

狂歡節

據說狂歡節（Carnival）原本是跟基督教沒有關係的異教風俗，但現在則是四旬期斷食之前固定舉辦的大型慶典，在西方教會的文化圈之中也相當普遍。

扮裝遊行、丟糖果等特徵被其他許多慶典採用，現代與宗教無關的慶祝活動有時也會以「嘉年華」（Carnival 的音譯）來稱呼。除了基督教的聖誕節、復活節、主顯節之外，巴黎「里約熱內盧狂歡節」則是以世界最大規模的扮裝遊行而聞名。

《祭祀》

日本原始神道所流傳的祭祀神明的儀式。首先會將某個神聖的場所當作祭祀場，在夜晚的時候請神降臨。神明抵達之後，獻上酒跟米等食物，還有玉、衣服等等，由祭司唸出祝詞並將人們的願望轉達給神明，祈求神明不要發怒作亂。

其他特徵性的祭典

《Tinku》

玻利維亞的安地斯地區所進行的祭典，俗稱「打架節」。根據當地的傳說，豐收並不只是因為栽培技術與天候，還要歸功於「人所流下的血」。為了娛樂山上的精靈，舉辦這項祭典來將鮮血奉獻給大地。在笛聲的伴奏之下，不同村莊的人們會假裝毆打對方，分出勝負之後握手言歡、稱讚對方的勇猛。據說精靈會附身在強者身上，勝利者居住的村莊可以得到豐盛的收穫。雖然不會真打，但有時還是會有死傷者出現，但因為是奉獻給精靈的神聖之戰，據說不會留下遺恨。

《仲夏節》

以瑞典為首，在歐洲各地所舉辦的祝福一年下來白天時間最長的一日（夏至）的祭典。特徵是在廣場中央將高高的柱子立起，用季節性的花草進行美麗的裝飾，其他還會在廣場跳舞、大家一起用餐、跳過火堆、把花冠或草冠戴在頭上。在冬天時間比較長的北歐，這同時也是感謝大自然讓花草萌芽的重要節日。

《開齋節》

伊斯蘭教慶祝的齋月（進行齋戒（Sawm）的賴買丹月）結束的節日。伊斯蘭教徒會在這天早上前往寺院慶祝，親人聚在一起用餐。也被稱為「砂糖節」，會食用大量的甜品並跟人交換禮物。另外也會由較為富裕的人施捨給貧窮的人。

第1章・主題

第2章・神話

第3章・宗教

第4章・魔法

第5章・幻想生物

第6章・世界

第7章・神祕、懸疑

姓名

Fantasy Encyclopedia For Creators Name

通名與忌名

古代的東亞地區，有避免直接稱呼貴人或死者本名的習俗，讓本名成為"諱"（不可隨便使用的名字）。據說這個真正的名字跟本人靈性的人格緊密結合在一起，發展出如果稱呼真名可以操控對方的思想。能夠以"諱"來稱呼的只有本人的父母或君主，除此之外如果直呼一個人的名字，會是非常沒有禮貌的行為。因此也出現"字"這個給一般人稱呼時使用的名字。

日本在9世紀左右，由遣唐使將"諱"跟"字"的文化帶回日本本土。"諱"成為忌名或真名，"字"則是成為通名（俗稱）或假名。忌名除了父母跟化生（鬼怪）之外沒人知道，因此也有就算被用忌名稱呼也不可以回答的傳說，讓忌名演變成一種避免跟鬼怪接觸的手段。

與名字相關的傳奇故事在世界各地都可以看到。比方說澳洲的Aborigine（澳洲原住民）之間，流傳有不可呼喚死者名字的規定。奇幻作品也有採用這種習俗，以**真正的名字**被人知道的話將無法使用魔法、會被得知真實身份與弱點等設定方式登場。另外也有作品將魔法的咒文解釋成精靈的忌名（唸出精靈的真名來進行差遣，引起超常性的現象）。動畫電影『神隱少女』之中，名字是魔術契約之中非常重要的因素。

綽號

歷史上的偉人、兇惡的罪犯、格鬥家或運動選手們所得到的第二個名稱，用來表現或強調這位人物的特徵。綽號在創作之中也被用來形容角色的能力或個性，出現頻率非常的高。另外也可能會利用角色的綽號反過來誤導讀者，比方說綽號是鐵拳的角色，真正的王牌其實是手槍等等。

綽號同時也是一位角色知名度高低的指標，光是聽到綽號就讓周圍的人陷入恐懼之中，或是名聲越傳越誇張，本人其實相當平凡等等。權高望重的家族有可能會代代繼承同樣的名字，因此可以透過世代交替或繼承王位的方式，間接性的描述角色關係與世界關觀。

《創作中的綽號》

綽號	作品名稱	由來、角色特徵
世紀末霸者拳王	『北斗神拳』	核戰之後用暴力支配荒涼世界的暴君。
黑之死神	『DARKER THAN BLACK -黑之契約者-』	黑色大衣與白色面具，本領高強的特工。
人間颱風（Humanoid Typhoon）	『槍神Trigun』	人類之中第一位被指定成「人間災禍」的傳說中的槍手。
人類最強的承包人	『斬首循環』	擁有許多不同稱號跟傳說的工作承包人。
疾風迅雷的利洛伊（Leroy the Lighting Speed）	『末日之劍』	臂力與腳力過人的傭兵。
一方通行（Accelerator）	『魔法禁書目錄』	可以操作所有矢量（Vector）的超能力者。

《歷史上的綽號》

綽號	人物名稱	由來、特徵
獅心王（Lionheart）	理查一世	生涯幾乎都花在戎馬弓刀之上的英格蘭王。
血腥瑪麗（Bloody Mary）	瑪麗一世	下令燒死約300名宗教異端人士（新教）的英格蘭女王。
穿刺公	弗拉德三世	將2萬名土耳其兵刺在尖椿上、豎立在原野之中的羅馬尼亞領主。
聖女（La Pucelle）	貞德	改寫百年戰爭局勢的少女、法國的英雄。
第六天魔王	織田信長	燒毀延曆寺、虐殺佛教徒而受到嚴重指責的戰國武將。
Fast Freddie	Freddie Spencer	WGP史上唯一一位獲得500cc與250cc兩項冠軍的天才賽車手。
零戰虎徹	岩本徹三	擊墜數202架，最強的零式戰鬥機駕駛員。

第1章・主題

第2章・神話

第3章・宗教

第4章・魔法

第5章・幻想生物

第6章・世界

第7章・神祕、懸疑

祕密結社

Fantasy Encyclopedia For Creators Secret Society

祕儀、祕密結社

「祕密結社」一詞通常給人詭異的感覺，但一般來說，沒有將活動內容公開的非政府組織全部都算在內。「非政府」這點常常讓它們具有反社會性的一面，給人不好或邪惡的形象，但就本質來看，雖然是只由族人或關係者進行封閉性的活動，只要擁有共同的目的且持續性的活動，就都算是祕密結社。另外，普遍存在於古老社會之中，將成長與改革宣佈給大眾的成人禮等生命儀禮，主持這些活動的組織通常都有祕密結社的性質。

祕密結社可以按照目標的內容大致分成3種類型。首先是以共濟會的存在而非常有名的，加入時必須舉辦祕儀（Initiation），把加入儀式看得非常重要的祕密結社。再來則是像德國的Holy Vehme（祕密法庭）、義大利的燒炭黨這樣，以對抗當時政權為主要目的、潛藏在地下偷偷進行政治行為的祕密結社。最後則是為了執行犯罪或暴力行為，像馬來西亞的華人組織三合會或是義大利黑手黨這樣，以反社會性行動為主的祕密結社。

不論是何者，祕密結社會隨著時代的變遷改變原本的性質，或是同時兼具幾種不同的性質，因此很難畫分出明確的區別。原本是石匠公會的共濟會，隨著時間轉變成具有獨特參加儀式跟祕密主義極為徹底的神祕團體，甚至跟法國革命等政治性事件有所關聯。

中世紀西歐社會的魔術性祕密結社

《玫瑰十字會》

據說是在17世紀，由德國貴族Christiani Rosencreutz所創立，目的是鍊金術的鑽研與救濟民眾。以15世紀到16世紀高漲的神祕主義為背景，1614年匿名團體所出版的『兄弟會自白』成為玫瑰十字會開始被人們認知的契機。

一開始似乎是虛構團體的玫瑰十字會，在支持者越來越多的狀況之下真的被成立。在當時，一般人對於鍊金術跟法術抱持懷疑的態度，玫瑰十字會的目的似乎是建立可以不受這些干擾來進行研究的環境，以及在可以互相協助的同伴之間形成連繫。

《黃金黎明協會》

在19世紀由William Robert Woodman、William Wynn Westcott、Samuel Liddell MacGregor Mathers等三位魔術師所成立，以西洋魔術的復活為目的的魔術結社。融合猶太教神祕主義的卡巴拉、東洋哲學、鍊金術、埃及魔術，並加上玫瑰十字會的思想來創造出獨自的教義。

特徵是按照卡巴拉的生命之樹所制定的10個階級。最下層是「黃金黎明」（外圓），接下來是由幹部構成的「紅寶石玫瑰與黃金十字架」（內圓），以及連接這兩個階級的「熟練者的地下納骨場備用門的主人」，然後是祕密領袖們的「第三層」。提升階層必須通過考驗，合格者才可以進入下一個階級。外圓的成員無法參加內圓所執行的儀式，據說只有超越肉體的人才有辦法進入第三層。

《聖殿騎士團》

基督教的武裝修道會之一，在12世紀初奪回耶路撒冷之後，為了保護當地朝聖者的幾名騎士所成立的騎士團。受到法國國王等許多貴族的資助，在各國設有本部，擁有各式各樣的特權。管理團員個人財產的金融機構擴展到外部，建立出極為龐大的資產。

13世紀末期，為財政所苦的腓力四世看上他們所擁有的財產。在國王與嫉妒他們的聖職者的共謀之下，幾乎所有領導者都因為否定基督教、崇拜惡魔或其他各種祕密儀式而被捕。在強逼他們自白的異端裁判之下受到各種拷問，最後被處死。

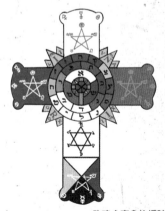

玫瑰十字會的標誌

第1章・主題
第2章・神話
第3章・宗教
第4章・魔法
第5章・幻想生物
第6章・世界
第7章・神祕、懸疑

Column

紋章學

騎士堅固的盾牌、王宮飄揚的旗幟、城門的入口等等，都會有特殊的紋章。這些紋章在分割的盾牌圖樣之中畫上各式各樣的象徵性圖案，周圍則是加上王冠、獅子、老鷹等動物，在精美的同時，其中可是大有文章。

車子外殼或足球比賽之中，有時可以看到國旗以外的紋章。它們最早的目的，是在混亂的戰場上區分敵我，據說也是為了正確記錄戰場上所立下的各種功勞。其中有著「可以識別個人」與「透過世襲來繼承」這兩項條件，因此日本的家紋也可以算是一種紋章。

外觀設計基本上一律是盾牌造型，有最為常見的燙斗型、瑞士型、波蘭型等等，各國都有著些許的不同。除了改變各個部位的顏色、追加圖樣之外，還會在世代交替、聯姻時將過去的紋章或娘家的紋章放到盾牌內。此時會將盾牌內分割，來將複數的紋章放入，其中排列的順序有著嚴格的規定，因為紋章同時也代表著一個人的血統。在紋章上的 Helm（頭盔）、Lambrequin（頭盔上的掛布）、Crown（王族才能畫的王冠）、Supporter（兩側支撐盾章的物體）等部位之中有時會使用動物造型，但只限於身份地位極高的貴族。

歐洲最為古老的紋章據說是在 11 世紀左右，用壁毯製作的場景之中，士兵分別拿著畫有不同花樣的盾牌。到了 13 世紀左右，王侯貴族以外的低階貴族跟騎士也開始使用紋章。在十字軍的遠征與馬上長槍比武的流行之下，滲透到一般民眾之間。

但過多的紋章卻也讓狀況變得相當混亂。造型的重複、繪製的規則遭到忽視、造型相同的優先權問題等等。為了解決這些問題，出現紋章官這些專職人員。他們原本是在國內外奔波的傳令或軍使（Herald），也是與負責典禮的官員們。他們會對自己國內的紋章進行調查與登記，並著手辦理認證跟訴訟的業務。更進一步的到了 1484 年，英格蘭成立紋章院。這個專門機關到現在依舊以法人的身份活動，除了授予紋章的造型、記錄族譜之外，仍舊以「傳令」的身份朗讀國王的指令，扮演著重要的角色。

在漫畫作品『烙印勇士』之中，身為紋章官的賽路畢克看到聯合軍的旗幟時，一個一個道出各路人馬的來歷。時常以軍使跟傳令身份前往他國的紋章官，同時也具有將這些情報帶回本國的任務。

第7章

神祕、懸疑

Mystery & occult

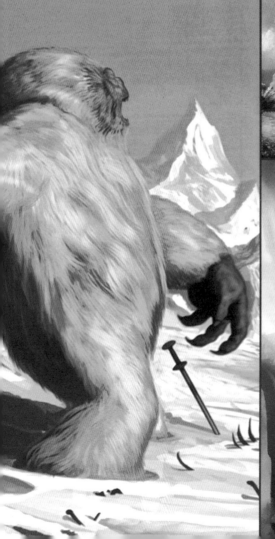

古文明七大奇蹟

異世界
國家
神祕痕跡

Fantasy Encyclopedia For Creators Seven Wonders of the World

技術之粹

　　紀元前150年左右，希臘數學家拜占庭的斐羅把地中海7座建築物列為「世界七大奇蹟」，成為世界上第一次的「七大奇蹟」。每座建築在技術上都有令人匪夷所思的部分，可以說是建築版本的米其林指南。由斐羅選出七大奇蹟內容如下。

《胡夫金字塔》

　　斐羅七大奇蹟之中唯一保留到現代的建築。在紀元前2540年左右耗費20年的時間建造，金字塔之中屬於規模最大的類型（148公尺）。總共使用230～250萬顆巨石，整體重量高達685萬噸，但更值得令人讚美的是那精準的建造技術。底部的4個邊準確的面對東西南北，長度的誤差僅僅20公分，4個角完全是直角。擁有如此的規模與重量，

這座建築物在今日依舊屹立不搖。

《巴比倫城的空中花園》

　　「所有國家之中最為美麗的國度」巴比倫，那輝煌的象徵之一，是由尼布甲尼撒二世所建造的「空中花園」。在宮殿之中建造的高25公尺、總共5層的立體平台，鋪上土來種植花跟植物。從遠方看來宛如從懸掛在空中一般，因此也被稱為「懸空庭園」。裝有灌溉系統，由奴隸轉動尺輪將幼發拉底河的河水引到花園之內，用灑水器下雨來管理花草的成長。

《以弗所的亞底米神廟》

　　七大奇蹟之中斐羅最為讚賞的，就是這座亞底米神廟。由呂底亞王國最後一位君主克羅伊斯王著手建造，位於小亞細亞的以弗所。

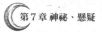

中途一度燒毀，但是在以弗所人的努力之下，成為比雅典的帕德嫩神廟更豪華兩倍的建築。3世紀時受到哥德人的掠奪而毀壞，神廟的雄偉與輝煌也就此從人們的記憶之中消失。

《奧林匹亞的宙斯神像》

古希臘雕刻家菲迪亞斯製作的巨大宙斯神像。安置在鑲有寶石、黑檀、象牙的純金台座上，右手拿著黃金與象牙的勝利女神尼刻的雕像，左手拿著黃金的權杖，旁邊有一隻老鷹停留。394年被移送到拜占庭帝國之後就消息不明，推測可能是被燒毀。

《摩索拉斯王陵墓》

統治海灣都市哈利卡那索斯的總督摩索拉斯辭世的時候，他的妻子Artemisia尋找各地的工匠，下令建造世界最豪華的陵墓。一直到15世紀初，被趕出耶路撒冷的十字軍前來掠奪之前都沒有損毀，屹立了1500年左右的時間。

《羅得島太陽神銅像》

紀元前307年，位於愛琴海南東的安那托利亞沿海的「羅得島」受到馬其頓軍的侵略。但是在埃及托勒密王的大艦隊的救援之下逃過一劫。為了紀念這場勝利，羅得島的人們建造了守護神海利歐斯（阿波羅）的神像。這座神像用馬其頓軍捨棄在後的青銅武器建造，高度約50公尺，跟美國的自由女神一樣戴著象徵太陽的頭冠，雙眼用燈火發出光芒。之後在紀元前227年的大地震時倒塌，只留下膝蓋以下

的部位，接著又在672年由阿拉伯的佔領軍賣給了猶太商人，現在只剩下傳說可以追尋。

《亞歷山大燈塔》

在埃及第二大都市，擁有最大規模的商業港口亞歷山大所建造的燈塔。在燈火後方設有鏡子的構造，成為後世燈塔的原型。它並非只是單純的識別用燈塔，內部有300個以上的房間給軍隊駐留，同時具有要塞的機能。塔內沒有樓梯存在，為燈火補充燃料時，得用驢子攀登螺旋狀的斜坡。先後受到兩次地震的影響而倒塌，但在七大奇蹟之中存在的時間僅次於胡夫金字塔。

除了以上七種之外，另外還有「中古世界七大奇蹟」、「Leonard Cottrell的七大奇蹟」、「世界新七大奇蹟」等等。

亞歷山大燈塔

奇人‧狂人‧怪人‧暴君

Fantasy Encyclopedia For Creators **Specimens**

黑暗的居民

《聖日耳曼伯爵》

通曉化學與錬金術等各種學問，擁有藝術家跟音樂家的素養，精通多國語言，據說可以穿越時空、**不老不死**的神祕人物。出現在歷史表面舞台的時間為1750年法國，當時的外表為50歲前後。能言善道、言行舉止散發出純熟與高貴的氣息。

不知從何時開始，人們開始謠傳聖日耳曼伯爵不會死。本人在公開場合說出「因為我不會死，食物只需要靈藥跟小麥就夠了」，且沒有人看過他進食的樣子，再加上法國 Cergy 伯爵夫人「40年不見一點都沒有變老」等證言，似乎是形成這道傳聞的原因。有人認為他到現在依舊活著，被稱為「歐洲史上最神祕的人物」。

《吉爾‧德‧萊斯》

在法國百年戰爭時，與聖女貞德並肩作戰、拯救法國的英雄，25歲就被國王封為元帥。據說非常的崇拜貞德。

但是在貞德被燒死的時候似乎受到很大的打擊，戰後精神狀況一直不佳，埋首在錬金術跟黑魔術之中。據說為了黑彌撒的儀式，殺了150～1500名的兒童。他的頭髮雖然金黃，但鬍子卻是黑色，隨著光線會發出接近藍色的光澤，因此也被人稱為藍鬍子。夏爾‧佩羅的童話『藍鬍子』似乎就是以他為原型。

惡女與暴君

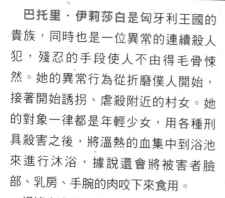

巴托里·伊莉莎白是匈牙利王國的貴族，同時也是一位異常的連續殺人犯，殘忍的手段使人不由得毛骨悚然。她的異常行為從折磨僕人開始，接著開始誘拐、虐殺附近的村女。她的對象一律都是年輕少女，用各種刑具殺害之後，將溫熱的血集中到浴池來進行沐浴，據說還會將被害者臉部、乳房、手腕的肉咬下來食用。

根據本人的記錄犧牲者為650人，官方的認定之中也有高達80人，被稱為「血腥伯爵夫人」。

嫁給法國國王亨利二世的**凱瑟琳·德·麥地奇**在丈夫死後讓兒子一個一個登上王位，由自己擔任攝政，藉此來掌握法國。根據傳聞，她毒殺了法蘭索瓦一世的第一王子法蘭索瓦，身為政敵的納瓦爾王妃珍妮也是被她毒死。而更進一步的，讓天主教與基督新教展開30年宗教戰爭的聖巴托羅繆大屠殺，正是由她一手造成，讓惡女的名聲洗刷不去。

第三代羅馬帝國皇帝**卡利古拉**，是在戲劇跟電影名稱之中都有登場的知名人物。即位之後的2年雖然表現得高貴又穩重，但因病倒下之後卻人格大變。把說出「要是能讓您康復我願意奉獻生命」的部下推下山谷、將妻子流放、逼迫義父跟堂弟弟自殺等等，行事風格無情無淚。卡利古拉另外還下令進行各種建設，讓財政陷入危機之中。企圖用重稅來解決這個問題而引發飢荒，國家的狀況越來越是惡化，最後遭到暗殺。

講到中國的暴君，**紂王**應該是許多人第一個想到的名字。他在『封神演義』之中為殷朝第30代皇帝，同時也是最後一位。寵愛毒婦妲己勝過一切，對她百般呵護、言聽計從。以酒造池、掛肉為林的酒池肉林，就是非常有名的代表。另外還將身為諸侯的九侯剁成肉醬、鄂公製成肉乾，以慘絕人寰的方式來排除異己，跟夏朝的桀、隋朝的煬帝並列為暴君的代表。

活在現代的超人

2003年，住在印度的 Hira Ratan Manek 主張自己8年下來只靠陽光跟水生活，受到許多學者與研究機關，尤其是NASA的關注。如果屬實，或許可以解決宇宙計劃中的糧食問題。在130天的實驗之下，發現Manek先生真的只靠陽光跟水來維持健康的身體。這個現象以他的名字被命名為「HRM現象」，現在還在研究其中的機制。

第1章·主題

第2章·神話

第3章·宗教

第4章·魔法

第5章·幻想生物

第6章·世界

第7章·神祕、懸疑

幽靈船 瑪麗·賽勒斯特號

1872年11月5日，從紐約出航的瑪麗·賽勒斯特號在1月後的12月5日，被英國船隻德·格瑞第亞號發現處於漂流狀態，包含船長班傑明·布里格斯在內的11位水手憑空消失。甲板地面淹水、帆跟艙門雖然被風吹掉，但還是擁有充分的航行能力。船艙內留有足夠的水跟糧食，個人物品沒有被帶走，唯獨一艘救生艇不見。

海洋法庭的論點在於「水手為何要用救生艇棄船逃亡」。雖然有提出水手叛亂的假設，但貨物等有價值的物品沒有被搜刮的痕跡，反而給人拋棄一切逃亡的感覺，最後只能以原因不明的海難事故閉庭。

被認為最有可能的說法，是酒精類的貨物在遭到搖晃之後，內部產生氣體使酒桶爆炸。水手們移動到救生艇上避難，卻忘了用繩索將救生艇跟船綁在一起，遠離之後遇到暴風雨，所有人就此罹難。

其他還提出有各種說法，但像這樣所有船員搭救生艇逃生，結果剩下一艘空船被人發現的海難事件，自古以來似乎就頻繁的發生，並不是什麼罕見的事情。

《百慕達三角》

佛羅里達半島的尖端、大西洋的波多黎各、百慕達群島等3點連起來所形成的三角形地區。不只是在海上航行的船隻，就連飛在空中的飛機也會不留痕跡憑空消失的魔鬼海域。雖然也包含誇大跟無關的案例，但實際上確實是暴風雨跟濃霧相當頻繁，劇烈的

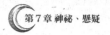

墨西哥灣海流、沒有可以當作識別的標誌等等，容易發生海難的條件齊聚一堂。在船隻與飛機憑空消失這個衝擊性的標語之下，被許多作品拿來當作題材。

被詛咒的寶石 光之山

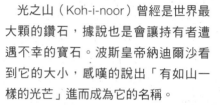

　　光之山（Koh-i-noor）曾經是世界最大顆的鑽石，據說也是會讓持有者遭遇不幸的寶石。波斯皇帝納迪爾沙看到它的大小，感嘆的說出「有如山一樣的光芒」進而成為它的名稱。

　　光之山被捲入阿富汗的戰亂還有印度跟英國的動亂之中，從1304年摩臘婆的國王開始，傳到將他們消滅的Alauddin Khilji手上，接著又傳到莫臥兒帝國的首位君王巴卑爾，與巴卑爾的後人沙賈汗手中。據說得到它的人可以征服世界，但同時也擁有無法保留太久的魔咒。納迪爾沙在返回波斯的途中被暗殺，下一位國王也被敵人捕獲雙目失明，來救他的阿富汗王與之後的歷代國王全都迎接悲劇性的下場。1850年獻給英國女王之後就沒有發生這種悲劇，因此英國王室代代是由女性繼承。

野孩子 卡斯帕爾・豪澤爾

　　19世紀德國，一位無法說人話，連走路都有問題的孩子出現在紐倫堡。身上唯一的線索只有握在手中，要給騎兵師團指揮官卡斯帕爾的信。

　　觀察他的各種反應，發現他擁有驚人的視力，在黑暗之中也能準確的捕捉事物，光用手摸就能判斷詳細的材質，出現在大眾面前會產生輕微的休克症狀。根據這些條件判斷，他應該是長期被關在狹小又黑暗的房間之中，不懂得其他人與時間的概念，也完全不知道外界的存在，或著是與此相似的環境之中長大。雖然引起多方的興趣，卻在某一天突然遭到攻擊，傷重死亡。有人認為他是大公的私生子，被捲入權力鬥爭之中。

『叢林奇譚』
類別：小說
作者：魯德亞德・吉卜林
出版：1894年
在森林之中被黑豹養大的少年毛克利，強壯又充滿勇氣的少年掌握榮耀的故事。

第1章・主題

第2章・神話

第3章・宗教

第4章・魔法

第5章・幻想生物

第6章・世界

第7章・神祕、懸疑

超自然、異常現象

命運、宿命
奇蹟
聖人

Fantasy Encyclopedia For Creators Supernatural

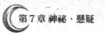

分身

　　分身在許多民間傳奇之中都有登場，但講到Doppelgänger（分身）時，一般是指日耳曼與德國的傳說之中所出現的現象。Doppel代表雙重、分身，Gänger代表步行者。

　　基本上這只是跟某人一模一樣的存在，並不會造成什麼傷害。但也有傳說是分身會在死前或死後出現，本人與自己的分身相遇被認為是不吉利的事情。

　　這種現象在英文被稱為「Co-Walker」或「Double」，在日本則是「共步」或「影病」。有時會出現沒有影子、水面沒有倒影等特徵。

　　就病理學來看，在空中看到自己的現象被稱為「自見幻覺」（Autoscopy）。大多出現在瀕臨死亡的患者身上，推測Doppelgänger在死前出現的傳說，有可能是來自這種症狀。歌德與芥川龍之介都留有看到自己分身的故事存在。

　　就如同「魔女」的項目所介紹的「沃普爾吉斯之夜」，德國另外還有跟Doppelgänger相似的「布羅肯峰的怪物」。位於漢諾威跟萊比錫之間的布羅肯峰，在山頂附近會出現黑影擋在登山者面前，有如鏡子一般模仿本人的動作。這個怪物的真相，是正面的濃霧有如銀幕一般將登山者本人的影子映出來。這種因為陽光所引起的現象被稱為「布羅肯現象」或「Glory」。

瀕死經驗

　　地質學者Albert Heim在1892年的登山意外之中的體驗，被認為是第一起相關案例。

　　英文被稱呼為「Near Death Experience」，在20世紀前期由許多研究團體、醫師跟學者進行研究發表，但一直要到1970年代以後才會展開正式的研究。

　　隨著文化圈的不同，體驗之中所看到的現象也不一樣，但光的隧道、河川（三途河）、花園、記憶的斷片（走馬燈）、脫離體外等等，報告內容有某種程度的類似性。幼童受到文化的影響較小，因此瀕死經驗的報告內容大多比較統一。

　　據說經歷過瀕死經驗的人，會傾向於用超越宗教的立場來看待事物。

第1章·主題

第2章·神話

第3章·宗教

第4章·魔法

第5章·幻想生物

第6章·世界

第7章·神祕·懸疑

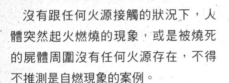

人體自燃現象

沒有跟任何火源接觸的狀況下，人體突然起火燃燒的現象，或是被燒死的屍體周圍沒有任何火源存在，不得不推測是自燃現象的案例。

這個現象之所以帶有額外的神祕性，是因為在幾個實際案例之中，除了沒有火源之外還有其他無法解釋的部分。被害者燒到骨頭也不剩，但周圍的地面跟家具的損害卻非常的少，或是身體完全燒掉但四肢完好（特別是腳踝以下的部分），以及本人對於燃燒沒有任何抵抗的痕跡等等。

未知的自然現象、人體燈芯化效應、超常現象、容易燃燒的體質、會讓周圍起火燃燒的特殊體質等等，有各種假設被提出來，但不論哪一種都沒有明確的被證實，讓自燃現象被當作神祕或恐怖創作之中絕佳的演出手法與特殊能力。

相關的超能力之中，以 **Pyrokinesis**（發火能力）這個名稱最為出名。而發火能力又有幾種不同的類型存在，無法點火但是可以自由控制已經出現的火燄，或是可以點火也可以進行控制等等，可以更進一步的細分下去。

《騷靈現象》（Poltergeist）

物體自己移動、發出敲打的聲響、起火燃燒、有水湧出等等，Poltergeist 一詞指的是各種原因不明的物理現象，在德文代表「吵鬧的靈魂」的意思。

騷靈現象常常可以在心理不穩定的青少年少女的周圍被觀察到，除了由靈性存在引起之外，也被認為是壓抑的精神為了舒緩壓力，無意識之間用念力引起的現象。另外也可能是附身的惡魔、可以使用念動力（**Psychokinesis**）的人所造成。

盧爾德之泉

1858 年，住在法國南部庇里牛斯山某個村莊的少女 Bernadette Soubirous，遇到一位只有她才能聽到、看到的女性。

按照女性的指示在某個地點進行挖掘，湧現出可以治療百病的泉水。消息立即傳開，有許多人來到此地，但是 Bernadette 一直到最後都不認為自己所看到的是聖女。

在 Bernadette 死後泉水依舊維持它的性質，讓許多人的疾病得到康復，由天主教出面檢查是否真的屬於奇蹟。

今日普遍的結論是 Bernadette 所看到的聖女是她的幻覺，湧出的泉水屬於庇里牛斯山山腳的水脈，喝下泉水而痊癒的機率，比疾病自然康復的機率還要低。就算如此，在偶然與偶然的重複之下，讓這個傳說持續擁有它的神祕性。

怪雨 Fafrotskies

Fafrotskies 是「Falls From The Skies」的縮寫，也就是代表「空中掉落之物」的怪雨現象。以歐帕茲（OOPArt）的命名者而聞名的美國神祕學家伊萬‧桑德森提出，代表「有不應掉落在此處的物體落下」的現象。過去實際觀察到的種類有魚、青蛙、野鼠、蛇、烏龜等等，只要是沙塵、雨水、冰雹以外的物體，就會屬於這個分類。在絕大多數的時候，實際掉落物體的種類只有一種。

從紀元前開始就已經有怪雨的傳說存在，在神話與聖經之中，可以看到神讓食物從天而降，解除人們的饑餓。目前提出的解釋有被龍捲風捲起的物體掉落、鳥類所搬運的物體掉落等等，但每一種假設都有不充分的地方，到現在依舊是充滿了謎團。另外，一樣物體瞬間移動到另一個地點的瞬間移動（Teleportation）的現象，就是在解釋怪雨現象時首次被提出來的概念。

其他不可思議的現象

《共時性》（Synchronicity）

夢到死去的親友來到枕頭旁邊，或是想著疏遠的朋友，結果本人就打電話來等等，有別於前因後果的因果關係，認為同時發生的原因與結果有關聯性存在的理論。瑞士心理學家卡爾‧榮格認為，人類的意識有著超越文化、經驗的先天性構造存在，他將這個構造命名為原型（Archetype）。並且更進一步發展出科學與心理學無法說明的現象，可以用人類原型的集體潛意識來說明的假設。這在今日雖然被批評為假科學，但也有人認為榮格的理論應該再次受到重視。共時性有名的案例，是法國詩人 Deschamps 與乾果布丁的經驗談。但是到了今日也有人認為這是 Deschamps 自己編出來的故事。

《特殊語言能力》（Xenoglossia）

由法國生理學家的夏爾‧里歇發明出來的名詞，以希臘文的「Xenos（異國、未知）」加上「Glossa（舌頭、語言）」所合成。在日文翻譯成「真性異言」症。

過去沒有學過的語言，卻能夠像母語一樣熟練的使用。有說法認為這種語言知識來自前世的記憶，因此若是擁有當地生活的記憶與獨特的知識，也包含在這個範圍內。常常會在一個人的意識進入神遊（Trance）或催眠等忘我的狀態時出現，也有記錄顯示會像多重人格那樣展現出不同的人格。

第1章‧主題

第2章‧神話

第3章‧宗教

第4章‧魔法

第5章‧幻想生物

第6章‧世界

第7章‧神祕、懸疑

未確認生物

Fantasy Encyclopedia For Creators Unconfirmed Animals

不可思議的鄰居
神祕事件
神祕痕跡

伸手不可及的生物群

　　根據海洋生物學者Boris Worm的研究團隊的統計，地球上大約有870萬種的生物存在。而非常令人訝異的，其中還有86％的物種沒有人類發現，也還沒有取名字。

　　這種沒有被科學、生物學所確認，但是有目擊情報存在的未知生物，被稱為**UMA（Unidentified Mysterious Animal）**。是日本動物學家實吉達郎在自身的著作『UMA‧神祕的未確認生物』之中所提出的稱呼。這一詞雖然在日本普及，但在海外則是使用**Hidden Animal**、**Mystery Animal**等名稱。

　　一講到「未確認生物」大多會連想到虛構、創作中的生命，但今日眾所周知的動物，在被科學確認以前也都是一種UMA。大猩猩、腔棘魚、西表山貓、霍加狓、鴨嘴獸等等，在詳細的觀測報告出現之前，都被認為是未確認生物的一種。

　　特別是居住在海洋之中的生物很難進行活體實驗，就連巨口鯊這種大型魚類都很少被發現，要將未確認生物存在的可能性排除，可以說是接近不可能。

　　不過已經被分類的物種既然有超過15％，與目前絕種生物增加的速度互相比較，相信有非常多的物種在還沒被我們確認到之前，就已經這個世上消失。

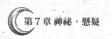

代表性的未確認生物

《雪人》（Yeti）

棲息在喜瑪拉雅山脈的未確認生物，可以說是 UMA 的代表。語源是雪巴人代表岩石的「Yah」跟代表動物的「The」。在當地另外還被稱為「Michê」（人熊）、「Mi-go」（野人）、「Kang Admi」（雪人）。1889 年英國陸軍中校 LA・沃德爾在錫金東北部發現雪人的足跡，讓雪人的存在被全世界知道，在 1954 年英國每日郵報的報導之下，由各國一次又一次的派出調查團。

《大腳怪》（Bigfoot）

棲息在美國與加拿大的山岳地區，也被稱為「Sasquatch」的動物。推測平均身高有 2.28 公尺、體重 200～350 公斤，手臂粗獷、身體壯碩、除了臉部、手掌、腳底之外，都被灰色或褐色的體毛所包覆。跟人類一樣擁有平面的臉部構造，但鼻子較扁，眼眶凹陷，耳朵被長長的頭髮遮住無法確認。

名稱的由來是那 35～40 公分的腳掌，形狀與人類相似。進入 21 世紀之後也一直有目擊者出現，據說數量已經超過 2000 件。有人提出大腳怪只是使用特殊服裝的偽造，也有人提出大腳怪是巨猿或尼安德塔人的存活體，用科學性證據來支持大腳怪存在的研究報告也不在少數。

《尼斯湖水怪》（Nessie）

據說是生存在英國蘇格蘭的尼斯湖的大型水棲生物，得到尼斯這個綽號。與尼斯相關的記錄可以追溯到紀元 690 年左右的「聖哥倫伯傳」，類似的記錄在 16 世紀到 18 世紀之間也有出現，1933 年以後目擊案例突然的增加。然後在 1934 年 4 月，倫敦醫生威爾遜所拍下的照片被刊登在報紙上，成為所謂的「外科醫生照片」，引來軒然大波。

長長的頸部與蛇頸龍相似，有學者提出是遠古存活下來的恐龍之說法。但是在 1993 年，「外科醫生照片」的相關人士在死前坦承照片是造假，由於是史上第一起相關的照片證據，這讓有名的「外科醫生照片」成為未確認生物假造照片的代名詞。

《柏卡布拉》（Chupacabra）

被認為是棲息在南美、非洲大陸的未確認吸血生物。

在 1995 年的美國，波多黎各出現家畜被吸血的詭異事件。有人認為是野狗、郊狼等動物所為，有人認為是反社會性的宗教團體所為，也有人認為是軍方生物兵器的實驗。在這事件發生的 5 年前，民眾捕獲的奇妙生物被政府收押，再加上進行有毒化學實驗的研究設施曾經在這附近存在過，不論原因是前者還是後者，都被認為是基因改造的**突變生物**（Mutant）所為。

第 1 章・主題
第 2 章・神話
第 3 章・宗教
第 4 章・魔法
第 5 章・幻想生物
第 6 章・世界
第 7 章・神祕、懸疑

納斯卡線條

在祕魯的納斯卡沙漠上，畫有規模極為巨大的模擬動植物圖樣的幾何圖形。描繪的對象有蜂鳥、蜘蛛、蜥蜴、猴子、虎鯨、安地斯禿鷹等等，由考古學家保羅・柯索在1939年6月22日發現。

學者認為納斯卡線條的製作年代，是在紀元前200年到紀元後800年左右的納斯卡文明時期，放射性碳定年法的測定結果與遺跡周圍挖掘出來的土器款式，都支持這種說法。實際繪製的方法，推測是先畫出2公尺大的原圖，然後用繩索跟木樁來進行擴大。

對於繪製納斯卡線條的目的，提出有許多不同的假設，在此舉出其中一部分。

首先是用來讓祈雨的樂隊通過的道路，也就是宗教性儀式的說法。在當地找到「海菊蛤殼」（Spondylus Shell）這種只有在鄰國厄瓜多才能捕捉到的貴重貝殼的碎片，這種貝殼被用在祈雨的儀式之中，因此出現這種假設。

再來則是氣球說。王族等貴人死亡的時候，必須用氣球將屍體送往天空來舉辦喪禮，因此在地面繪製圖案來弔慰死者。納斯卡的土器畫有氣球一般的模樣，再加上出土的布類可能比現代的降落傘還要精密，所以才有這種說法出現，但似乎沒有得到太大的認同。

巨石陣

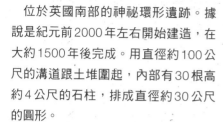

　　位於英國南部的神祕環形遺跡。據說是紀元前2000年左右開始建造，在大約1500年後完成。用直徑約100公尺的溝道跟土堆圍起，內部有30根高約4公尺的石柱，排成直徑約30公尺的圓形。

　　石柱上面會擺上楣石（Lintel），將整體連在一起。並在這個圓圈內擺上5座三石塔，更為內側則擺上藍灰沙岩（Bluestone）。「死後世界的入口」、「奉獻給十二宮神明的神殿」等等，巨石陣的用途並沒有定論。把遺跡中心點跟通道中央連在一起，會指向夏至日出的方向，因此也有人提出「天文觀測設施」的說法。在湯馬斯・馬洛禮的『亞瑟王傳奇』之中，巨石陣是由由魔法師梅林命令巨人所建造。

《摩艾石像》

　　位於南美智利領土內的復活節島，有模仿人臉的巨大石像存在。每一尊的重量約20噸、平均高度3.5～4.5公尺。某種神像、外星人的雕像，甚至是沉沒在太平洋的夢幻國度「姆大陸」的文明遺產等等，建造這些石像的真正用意不為人知。

　　因為有記載「飛人降臨」的鳥人碑文存在，有人認為自古以來就有鳥人造訪這座島嶼。而摩艾石像之所以背對著海，據說是因為海洋是Marae Toe Hau（埋葬之地）。從10世紀左右開始持續建造，卻在16世紀突然停止。

秦始皇陵與兵馬俑

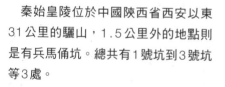

　　秦始皇陵位於中國陝西省西安以東31公里的驪山，1.5公里外的地點則是有兵馬俑坑。總共有1號坑到3號坑等3處。

　　1號坑內有大約8000尊的步兵，2號坑是機動部隊，3號坑是司令部士兵的俑（人像）。推測是以實際存在的士兵為模特兒，臉部與服裝都有自己的個性，給人栩栩如生的感覺。

　　推測在這下方還有宮殿存在，司馬遷的『史記』如此記載「宮觀百官奇器徙藏滿之，以水銀為百川江河大海，機相灌輸，以人魚膏為燭，度不滅者久之」。令人難以相信的，調查秦始皇陵周圍的土壤，發現水銀含量非常的高（最高數據為平均的43倍）。推測是地下宮殿的水銀在揮發之後被地表附近的土壤所吸收。

起承轉合類別索引 Index of the composition & development

「該怎麼讓故事開始……」、「這邊該怎麼發展……」進行創作時，誰都曾經有過這些煩惱。

在此，我們將從代表性的奇幻作品之中把「啟」、「承」、「轉」、「合」的要素抽取出來。偉大的先人所留下來的資料庫，相信可以為您的創作提供一些幫助。

小=小說　漫=漫畫　動=動畫

起

「旅人所搭的船隻
　因為暴風雨而漂流」
小『格列佛遊記』
【寓言、童話】【旅行、冒險】【巨人】

「發現不可思議的存在
　從後面跟著它走」
小『愛麗絲夢遊仙境』
【異世界】【寓言、童話】

「被兩大強國夾住的中原
　有著愛好和平與自由的小國」
小『密斯瑪路卡興國物語』
【命運、宿命】【國家】【戰爭】

「一位傲慢不羈
　總是被事件所圍繞的男人」
小『化身博士』
【禁忌】

「一位青年
　擁有無比的美貌」
小『道林・格雷的畫像』
【禁忌】【奇人、狂人、怪人、暴君】

「移動到新的環境
　與新的人相遇」
小『碧盧冤孽』
【神祕事件】
【超自然、異常現象】

「被遺留在原始世界的夫妻
　雖然生下小孩，卻不幸去世」
小『人猿泰山』
【旅行、冒險】【種族】

「夢想成為騎士的孤兒
　在森林之中遇見魔法師」
小『永恆之王』
【英雄傳奇】【凱爾特神話】

「一位木匠以真心製作出
　自己最高傑作的木偶」
小『木偶奇遇記』
【寓言、童話】【考驗、成長】
【生命】

「遭難時遇到
　與此處不相符的小孩」
小『小王子』
【旅行、冒險】【奇蹟】

「與雙親死別
　寄居在親戚家中的主角」
小『哈利波特－神祕的魔法石』
【詛咒】【魔法師】

「在山中生活的野孩子
　遇上文明世界來的少女」
漫『七龍珠』
【旅行、冒險】【魔法道具】【戰士】

「遭到親友背叛，背負詛咒的戰士
　展開復仇的旅程」
漫『烙印勇士』
【黑暗英雄】【命運、宿命】
【詛咒】

「青年透過儀式與惡魔合體
　擁有人類的心與惡魔的力量」
漫『惡魔人』
【正邪對立】【惡魔】【種族】

「為了讓死者復活
　挑戰禁忌的人體鍊成
　卻被奪走身體作為代價」
漫『鋼之鍊金術師』
【禁忌】【生命】【鍊金術師、鍊金術】

「因為貪婪而被捲入
　討伐魔王的騷動之中」
小『極道君漫遊記』
【黑暗英雄】【旅行、冒險】
【眾神的角色】

「寄生人腦來支配人體的
　神祕生物從天而降」
小『寄生獸』
【生命】

「在旅行中前往
　風評不好的國家」
小『奇諾之旅』
【旅行、冒險】【魔法道具】【國家】

「朋友送給自己的紀念品中
　有意想不到的物品存在」
小『魔戒』
【正邪對立】【旅行、冒險】

「企圖征服世界的敵人
　率領混沌的軍隊來襲」
小『永恆戰士之梅尼波內的艾爾瑞克』
【命運、宿命】【生命】

「才華洋溢的少年
　成為優秀魔法師的徒弟」
小『地海／地海巫師』
【考驗、成長】【禁忌】【詛咒】

承

「醒來之後發現
　　被小人五花大綁」
小『格列佛遊記』
【寓言、童話】【旅行、冒險】
【巨人】

「走著走著來到奇妙的異世界」
小『愛麗絲夢遊仙境』
【異世界】【寓言、童話】

「小國的王子整天只知道玩
　　被周圍的人瞧不起」
小『密斯瑪路卡興國物語』
【命運、宿命】【國家】【戰爭】

「粗暴兇惡的男人被看到
　　進出品性端正的男性家中」
小『化身博士』
【禁忌】

「在別人刻意的影響之下，
　　貌美的青年產生扭曲、不好的思想」
小『道林‧格雷的畫像』
【禁忌】【奇人、狂人、怪人、暴君】

「發生奇妙的事情，但經過說明
　　也得不到周圍的諒解」
小『碧盧冤孽』
【神祕事件】【超自然、異常現象】

「被當地的原始生物撿到，
　　小孩成長為壯碩的野人」
小『人猿泰山』
【旅行、冒險】【種族】

「孤兒向魔法師
　　學到各式各樣的知識」
小『永恆之王』
【英雄傳奇】【凱爾特神話】

「在神或妖精的力量之下
　　木偶得到生命」
小『木偶奇遇記』
【寓言、童話】【考驗、成長】
【生命】

「跟小孩交談的過程之中
　　發現他不是地球人」
小『小王子』
【旅行、冒險】【奇蹟】

「某天突然收到邀請函
　　前往全然不同的環境」
小『哈利波特－神祕的魔法石』
【詛咒】【魔法師】

「無數的怪物被詛咒的烙印吸引
　　讓戰士日夜不停的戰鬥」
漫『烙印勇士』
【黑暗英雄】【命運、宿命】
【詛咒】

「因為過錯失去部分身體的鍊金術師
　　為了取回身體而尋找賢者之石」
漫『鋼之鍊金術師』
【禁忌】【生命】【鍊金術師、鍊金術】

「與惡魔合體成為戰士的青年一次
　　又一次擊敗身為人類敵人的惡魔」
漫『惡魔人』
【正邪對立】【惡魔】【種族】

「出發尋找全部湊齊
　　可以完成願望的道具」
漫『七龍珠』
【旅行、冒險】【魔法道具】【戰士】

「救出被魔王囚禁的女性們，跟闖入
　　者一起擊退怪物的冒險者一行人」
漫『極道君漫遊記』
【黑暗英雄】【旅行、冒險】【眾神的角色】

「沒有被奪走腦部的青年
　　跟寄生生物展開奇妙的共生」
漫『寄生獸』
【生命】

「風評不好的國家內
　　所有居民都非常溫和善良」
小『奇諾之旅』
【旅行、冒險】【魔法道具】【國家】

「被託付的物品具有危險又強大的力量
　　為了消滅這項物品而展開旅程」
小『魔戒』
【正邪對立】【旅行、冒險】

「力量的泉源被奪走
　　成為敵人的階下囚」
小『永恆戰士之梅尼波內的
　　艾爾瑞克』
【命運、宿命】【生命】

「離開尊師的身邊
　　前往不同的環境修行」
小『地海／地海巫師』
【考驗、成長】【禁忌】【詛咒】

「開始跟異形的怪物戰鬥
　　伙伴之中出現犧牲者」
漫『惑星公主蜥蜴騎士』
【命運、宿命】【當男孩遇見女孩】

「青年跟無法接受人類的野生少女
　　漸漸拉近距離」
動『魔法公主』
【禁忌】【詛咒】【日本神話】

「得知人魚真實身份的少年
　　遵守人魚的規定決心與人魚結婚」
漫『瀨戶的花嫁』
【變身、擬人化】【水妖、海魔】
【結婚】

「人類無法理解不同種族的價值觀
　　不同的種族離開人類」
小『The Queen of Elfan's Nourice』
【旅行、冒險】【種族】

轉

「在各個不同的世界旅行
開始意識到人類的卑鄙」
小『格列佛遊記』
【寓言、童話】【旅行、冒險】
【巨人】

「遇到各種奇妙的事情
在困惑之中狀況越來越詭異」
小『愛麗絲夢遊仙境』
【異世界】【寓言、童話】

「帝國伸出魔手
要搶奪王家沉睡的祕寶」
小『密斯瑪路卡興國物語』
【命運、宿命】【國家】【戰爭】

「聽友人說出事情的經過
以及他的煩惱」
小『化身博士』
【禁忌】

「重新確認到自己的俊美
為了讓自己永遠美麗
願意犧牲自己的靈魂」
小『道林‧格雷的畫像』
【禁忌】【奇人、狂人、怪人、暴
君】

「找出神祕現象的原因」
小『碧蘆冤孽』
【神祕事件】【超自然、異常現象】

「在某一天發現証明自己身份的物品
確認到自己不屬於原始世界」
小『人猿泰山』
【旅行、冒險】【種族】

「拔出插在石頭上的寶劍被認為是下
一任國王」
小『永恆之王』
【英雄傳奇】【凱爾特神話】

「剛得到生命不懂事
被捲入世間的麻煩」
小『木偶奇遇記』
【寓言、童話】【考驗、成長】
【生命】

「得知與他人親近的意義了解真正
重要的是什麼」
小『小王子』
【旅行、冒險】【奇蹟】

「得知自己並非無名小卒了解到自
身的特異性」
小『哈利波特－神祕的魔法石』
【詛咒】【魔法師】

「一心為了復仇的戰士也在旅途中
再次找到新的同伴」
漫『烙印勇士』
【黑暗英雄】【命運、宿命】
【詛咒】

「察覺到國家背後有著與鍊金術相
關的巨大陰謀」
漫『鋼之鍊金術師』
【禁忌】【生命】【鍊金術師、鍊金
術】

「了解到自己所保護的人類有多麼
的醜陋而絕望」
漫『惡魔人』
【正邪對立】【惡魔】【種族】

「為了可以完成願望的寶物跟其他
組織展開爭奪戰」
漫『七龍珠』
【旅行、冒險】【魔法道具】【戰士】

「勇者巧妙的讓精靈答應，只要自
己擊敗魔王就可以得到財富名聲
與美女」
小『極道君漫遊記』
【黑暗英雄】【旅行、冒險】【眾神
的角色】

「寄生生物捕食人類的案例越來越
多展開行動的公權力漸漸將寄生
生物排除」
漫『寄生獸』
【生命】

「要離開之時發現，那個國家
會因為火山暴發而滅亡」
小『奇諾之旅』
【旅行、冒險】【魔法道具】【國家】

「持續冒險的旅途之中開始有同伴
受到邪惡的魔力影響」
小『魔戒』
【正邪對立】【旅行、冒險】

「戰況持續惡化
伙伴的數量越來越少」
小、電『魔戒』
【正邪對立】【旅行、冒險】

「在憎恨與傲慢等負面感情之下
詠唱禁術的咒語」
小『地海／地海巫師』
【考驗、成長】【禁忌】【詛咒】

「得知當現在的戰爭結束時
心愛的人就會死亡」
漫『惑星公主蜥蜴騎士』
【命運、宿命】【當男孩遇見女孩】

「少女的故鄉因為戰鬥
出現劇烈的改變」
動『魔法公主』
【禁忌】【詛咒】【日本神話】

「不想讓女兒出嫁的流氓家族
想盡辦法阻撓，但少年跟人魚的
距離還是越來越接近」
漫『瀨戶的花嫁』
【變身、擬人化】【水妖、海魔】
【結婚】

「失去之後才發現，跟種族與價值
觀無關對方是自己最為珍重的人」
小『The Queen of Elfan's
Nourice』
【旅行、冒險】【種族】

合

「從奇妙的旅途平安歸來
　卻因為變質的意識
　無法回到本來的生活」
小『格列佛遊記』
【寓言、童話】【旅行、冒險】
【巨人】

「在進退兩難的狀況下閉上眼睛
　發現回到本來的世界」
小『愛麗絲夢遊仙境』
【異世界】【寓言、童話】

「被瞧不起的王子用智略與辯才
　高明的保住國家」
小『密斯瑪路卡興國物語』
【命運、宿命】【國家】【戰爭】

「發現朋友因為無法忍受苦惱
　走上自殺這條路」
小『化身博士』
【禁忌】

「青年如願得到永遠的美貌
　但背後卻有著極為恐怖的代價」
小『道林‧格雷的畫像』
【禁忌】【奇人、狂人、怪人、暴君】

「雖然解決問題
　卻也失去了某些東西」
小『碧廬冤孽』
【神祕事件】【超自然、異常現象】

「雖然重回文明的懷抱
　卻因為環境、思想與天生的差異
　決定回到原始的世界之中」
小『人猿泰山』
【旅行、冒險】【種族】

「成為眾人所愛戴的好國王
　在惋惜與祝福之中辭世」
小『永恆之王』
【英雄傳奇】【凱爾特神話】

「學習到感情與心靈的重要性
　昇華成真正的人類」
小『木偶奇遇記』
【寓言、童話】【考驗、成長】
【生命】

「捨不得離別
　但還是將朋友的叮嚀放在心中
　忍住哀傷來道別」
小『小王子』
【旅行、冒險】【奇蹟】

「通過困難的考驗
　成為大家欽佩的存在」
小『哈利波特－神祕的魔法石』
【詛咒】【魔法師】

「一路只為復仇而活的戰士
　受到同伴們的影響
　在復仇與保護心愛的人之間取捨」
漫『烙印勇士』
【黑暗英雄】【命運、宿命】
【詛咒】

「找出鍊金術的真理
　取回自己失去的肉體」
漫『鋼之鍊金術師』
【禁忌】【生命】【鍊金術師、鍊金術】

「捨棄醜陋的人類
　率領跟惡魔合體的惡魔人軍團
　與撒旦率領的惡魔軍團決戰」
漫『惡魔人』
【正邪對立】【惡魔】【種族】

「好不容易得到許願的權利
　卻被用在無聊的瑣事上面」
漫『七龍珠』
【旅行、冒險】【魔法道具】【戰士】

「擊敗魔王繼承王位
　卻對座擁一切的生活感到無聊
　為了自由而全部捨棄」
小『極道君漫遊記』
【黑暗英雄】【旅行、冒險】【眾神的角色】

「寄生生物進入休眠狀態
　青年與寄生生物的共生
　也暫告一段落」
漫『寄生獸』
【生命】

「國民接受毀滅的命運
　熱心的款待最後一位客人」
小『奇諾之旅』
【旅行、冒險】【魔法道具】【國家】

「渡過各種危機與難關
　終於抵達目的地
　完成重要的任務」
小『魔戒』
【正邪對立】【旅行、冒險】

「用強大的祕寶在戰鬥中取得勝利但
　為了維持命運的平衡而失去性命」
漫『永恆戰士之梅尼波內的艾爾瑞克』
【命運、宿命】【生命】

「與恐懼的對象正面對峙
　將負面的威情完全克服」
小『地海／地海巫師』
【考驗、成長】【禁忌】【詛咒】

「決定跟自己最為珍惜的人
　一起面對命運」
漫『惑星公主蜥蜴騎士』
【命運、宿命】【當男孩遇見女孩】

「青年回到人類的居所，
　少女回到山上
　住的地方雖然不同
　但兩人的交流還是持續下去」
動『魔法公主』
【禁忌】【詛咒】【日本神話】

「在喧鬧的戀愛喜劇的最後
　少年順利跟人魚結婚」
漫『瀨戶的花嫁』
【變身、擬人化】【水妖、海魔】
【結婚】

「為了尋找失去的人
　展開永無止盡的旅程」
小『The Queen of Elfan's Nourice』
【旅行、冒險】【種族】

索引 Index

介紹作品索引 Index of the description of works.

※作品排列按照本書中登場的先後順序。 ※電影、動畫所記載的資訊為販賣DVD之企業。

參考文獻

第1章

Fantasy 文學導覽
海野弘／Poplar出版社

Fantasy Book Guide
石堂藍／國書刊行會

Fantasy 的世界
—妖精的故事—
J.R.R托爾金／福音館書店

世界的大發明
發現・探險・完全解說
自由國民社

冒險圖鑑
—如何在野外生活—
里內藍／福音館書店

第2章

世界神話大圖鑑
—神話・傳說・Fantasy—
Alice Mills／東洋書林

西洋神名事典
北山篤／新紀元社

幻想世界的居民
健部伸明＆怪兵隊／新紀元社

幻想世界的居民III
中國篇
篠田耕一／新紀元社

世界的神話傳說
自由國民社

詳細了解「世界的神明」
東弓子／PHP

第3章

幻想動物事典
草野巧／新紀元社

幻想圖書事典
北山篤／新紀元社

第4章

魔法的歷史與實態
K. Seligman／人文書院

給輕小說作家使用的魔法事典
東方創造騎士團／Harvest出版

魔法道具屋
Truth In Fantasy 編輯部／新紀元社

世界的魔法、魔術事典
脇谷典利／學研

妖術師、祕術師、鍊金術師的博物館
Grilot de Givry／法政大學出版局

魔術—理論與實踐
Aleister Crowley／國書刊行會

黑魔術手帖
澀澤龍彥／河出書房新社

世界與日本的怪人物FILE
出口富士子／學研

第5章

凱爾特妖精學
井村君江／筑摩書房

幻想世界 幻獸事典
遊覽幻想世界之會／笠倉出版社

幻想世界的居民II
健部伸明＆怪兵隊／新紀元社

幻想世界的居民IV
日本篇
多田克己／新紀元社

怪物圖說
～不為人知的怪物生態～
草野巧／新紀元社

飼養龍的方法
John Topsell（Joseph Nigg編）／原書房

世界與龍相關的故事
竹原威滋 丸山顯德／三彌井書店

創造世界！！
「天使」與「惡魔」大全
榎本秋／新生物往來社

惡魔君的
惡魔全般入門
水木茂／小學館

第6章

萌萌防具事典
防具事典製作委員會編／Eagle Publishing

圖說 騎士道物語
冒險與浪漫的時代
Richard Barber／原書房

歷史讀本臨時增刊
特集世界 充滿謎團的祕密結社
野村敏晴／新人物往來社

幻想都市物語 中世篇

醍醐嘉美＆怪兵隊／新紀元社

祕密結社手帖
澀澤龍彥／河出書房新社

毒藥手帖
澀澤龍彥／河出書房新社

圖鑑・兵法百科
—組織運用的文藝復興
大橋武夫／Management出版社

第7章

歷史讀本世界14
特集世界史神祕十大事件
高橋千劍破／新人物往來社

世界七大奇蹟
壓司淺水／社會思想社

歷史讀本世界
特集愛與悲劇的女主角
東野敏信／新人物往來社

歷史讀本世界
特集魔性的女主角
東野敏信／新人物往來社

歷史讀本世界
特集世界英雄100人
高橋千劍破／新人物往來社

插畫家介紹

Illustrator

New images created for our project.

Kelvin
- 國籍：日本
- HP：Pixiv
- URL：http://www.pixiv.net/member.php?id=1698869
- 擔任項目：地圖（P2）、變身、擬人化（P52）、希臘神話（P60）、鍊金術師、鍊金術（P126）、龍（P156）、幻獸（P170）、插圖（P157-P159、P208-P209、P211）

SnowSkadi
- 國籍：俄羅斯
- HP：deviant ART
- URL：http://snowskadi.deviantart.com/
- 擔任項目：城堡（P4）、旅行、城堡（P42）、死神、死亡使者（P166）、黑暗的居民（P216）、驅魔師（P220）、姓名（P252）

SARYTH
- 國籍：泰國
- HP：deviant ART
- URL：http://saryth.deviantart.com/
- 擔任項目：盔甲（P6）、印度教（P108）、死靈術（P134）、巨人（P162）

池內 Ury
- 國籍：日本
- HP：UryU
- URL：http://uryru.tumblr.com
- 擔任項目：魔法實驗室（P8）、北歐神話（P66）

bloodypepper
- 國籍：墨西哥
- HP：pixiv
- URL：http://www.pixiv.net/member.php?id=69871
- 擔任項目：寓言、童話（P26）、當男孩遇見少女孩（P46）

David "Moonchild" Demaret
- 國籍：法國
- HP：MOONCHILD
- URL：http://moonxels.blogspot.tw/
- 擔任項目：英雄傳奇（P28）、人造人（P184）、武器（P224）、防具（P230）、祕密結社（P254）、超自然、異常現象（P264）、插畫（P228-P229、P232）

Max Hugo
- 國籍：德國
- HP：MAX HUGO conceptart and illustration
- URL：http://maxhugoart.blogspot.de/
- 擔任項目：命運、宿命（P36）、禁忌（P38）、宗教的禁忌（P114）、原生世界（P196）

Yagatama
- 國籍：日本
- HP：deviant ART
- URL：http://yagatama.deviantart.com/
- 擔任項目：魔法師（P118）

Leonid Kozienko
- 國籍：俄羅斯
- HP：leoartz.com
- URL：http://www.leoartz.com/
- 擔任項目：南、北美洲大陸神話（P80）、種族（P202）

各插畫家的網站內，除了有本書刊載之插圖的完整版本之外，還有許多精美的個人作品。若有興趣可前往觀賞。

Licensed image materials.

Yigit Koroglu
- 國籍：土耳其
- HP：deviant ART
- URL：http://yigitkoroglu.deviantart.com/
- 擔任項目：封面、埃及神話（P76）、奇人、狂人、怪人、暴君（P260）

Parker Fitzgerald
- 國籍：美國
- HP：cargocollective.com
- URL：http://www.parkerfitzgerald.com
- 擔任項目：封面、基督教（P98）

FalyneVarger
- 國籍：美國
- HP：Blurred Colors
- URL：http://www.blurredcolors.blogspot.jp/
- 擔任項目：封面、陰陽五行說（P148）

joverine
- 國籍：加拿大
- HP：THE ART OF JOE VRIENS
- URL：http://www.joevriens.blogspot.ca/
- 擔任項目：封面、狼人（P176）

Christopher Bradley
- 國籍：美國
- HP：lookatthesedrawings
- URL：http://www.lookatthesedrawings.com
- 擔任項目：封面、食物、食材（P242）

Viktoria Gavrilenko
- 國籍：瑞典
- HP：deviant ART
- URL：http://viccolatte.deviantart.com/
- 擔任項目：異世界（P24）、水妖、海魔（P174）、吸血鬼（P178）

Sandara
- 國籍：新加坡
- HP：deviant ART
- URL：http://sandara.deviantart.com/
- 擔任項目：考驗、成長（P30）、正邪對立（P32）、生命（P40）、召喚、契約與代價（P50）、斬妖除魔（P54）、瑪那（P142）、脈輪（P144）、古典元素（P146）、戰士（P208）、傭兵（P210）

Hamsterfly
- 國籍：俄羅斯
- HP：deviant ART
- URL：http://hamsterfly.deviantart.com/
- 擔任項目：黑暗英雄（P34）、召喚的儀式（P136）、鬼魂（P186）、海盜（P214）、戰爭（P234）

Andrey Pervukhin
●國籍：俄羅斯
●HP：deviant ART
●URL：http://pervandr.deviantart.com/
●擔任項目：詛咒（P44）、文明大陸
（P194）、古文明七大奇蹟（P258）

Brittany Jackson
●國籍：美國
●HP：deviant ART
●URL：http://liol.deviantart.com/
●擔任項目：奇蹟（P48）

Leos Ng Okita
●國籍：新加坡
●HP：deviant ART
●URL：http://luches.deviantart.com/
●擔任項目：不可思議的鄰居（P56）、
中國神話（P78）、魔女（P122）、咒文
（P130）、陰陽師、陰陽道（P138）、東
洋魔術（P140）、

John Wigley
●國籍：英國
●HP：deviant ART
●URL：http://wiggers123.deviantart.
com/
●擔任項目：斯拉夫神話（P72）

partridges
●國籍：非公開
●HP：deviant ART
●URL：http://peltopyy.deviantart.com/
●擔任項目：美索不達米亞神話（P74）

Gracjana Zielinska
●國籍：波蘭
●HP：Vinegaria
●URL：http://vinegaria.com
●擔任項目：日本神話（P82）、祭典
（P250）

Markus Vesper
●國籍：德國
●HP：Markus Vesper Imaginative Paintings
●URL：http://www.markusvesper.de/
●擔任項目：克蘇魯神話（P86）

Kim Dingwall
●國籍：澳大利亞
●HP：kim dingwall
●URL：www.kimdingwall.com
●擔任項目：眾神的角色（P90）、聖人
（P94）

宮鼓
●國籍：日本
●HP：痛快Bank
●URL：http://jd-loge.heavy.jp/
●擔任項目：神道（P110）

Samuel Thompson
●國籍：美國
●HP：Art of SAMUEL THOMPSON
●URL：http://wildforge.com/
●擔任項目：巫覡教（P112）

guterrez
●國籍：澳大利亞
●HP：GUTERREZ
●URL：www.Guterrez.com
●擔任項目：咒術（P132）、活屍、不死
生物（P180）、勇者（P206）

Falyne Varger
●國籍：美國
●HP：Blurred Colors
●URL：http://blurredcolors.blogspot.jp/
●擔任項目：陰陽五行說（P148）

iluviar
●國籍：白俄羅斯
●HP：ILUVIAR ART
●URL：http://iluviar.daportfolio.com/
●擔任項目：盧恩字母（P150）

Joshua Cairos
●國籍：西班牙
●HP：Joshua Cairos art
●URL：www.joshuacairos.com
●擔任項目：魔法道具（P152）

Eugene Kovryga
●國籍：烏克蘭
●HP：NewmanD portfolio
●URL：http://newmand.daportfolio.com/
●擔任項目：精靈、妖精（P160）

Kamikazuh
●國籍：芬蘭
●HP：Art of Mika Harju
●URL：kamikazuh.carbonmade.com
●擔任項目：惡魔（P164）

Sarah Graybill
●國籍：美國
●HP：Art of Sarah Graybill
●URL：www.TeaFoxIllustrations.com
●擔任項目：妖怪（P188）

Andrius
●國籍：阿根廷
●HP：CGHUB
●URL：http://andrius.cghub.com/
●擔任項目：怪物（P190）、
寶藏、祕寶（P240）

unfor54k3n's
●國籍：美國
●HP：THE ART OF SAUL ESPINOSA
●URL：http://artofsaul.com/
●擔任項目：國家（P198）

Hideyoshi
●國籍：德國
●HP：-hideyoshi ruwwe
●URL：http://www.hideyoshi-ruwwe.net/
●擔任項目：獵人（P212）

Ekaterina Gudkina
●國籍：俄羅斯
●HP：Ekaterina Gudkina
●URL：http://www.stefanatserk.daportfolio.com/
●擔任項目：商人（P218）

ELEMENTJ21
●國籍：馬來西亞
●HP：deviant ART
●URL：http://elementj21.deviantart.com/
●擔任項目：占卜師（P222）

PenUser
●國籍：芬蘭
●HP：deviant ART
●URL：http://penuser.deviantart.com/
●擔任項目：兵器（P236）

Thomas Wievegg
●國籍：瑞典
●HP：the ART of THOMAS WIEVEGG
●URL：http://www.thomaswievegg.com/
●擔任項目：武器防具的材料（P238）

Schin Loong
●國籍：美國
●HP：Schin Loong Illustration
●URL：http://www.schin-art.com/
●擔任項目：結婚（P246）

Seeming Watcher
●國籍：烏克蘭
●HP：deviant ART
●URL：http://xeeming.deviantart.com/
●擔任項目：喪禮（P248）

Dave Melvin
●國籍：美國
●HP：CGHUB
●URL：http://scorge.cghub.com/
●擔任項目：神祕事件（P262）、
未確認生物（P268）

TITLE

奇幻大事典

STAFF

出版　瑞昇文化事業股份有限公司
監修　高橋信之
作者　Studio Hard Deluxe
譯者　高詹燦、黃正由

總編輯　郭湘齡
責任編輯　林修敏　黃雅琳
文字編輯　王瓊苹
美術編輯　謝彥如
排版　執筆者設計工作室
製版　明宏彩色照相製版股份有限公司
印刷　桂林彩色印刷股份有限公司
　　　綋億彩色印刷有限公司
法律顧問　經兆國際法律事務所　黃沛聲律師

戶名　瑞昇文化事業股份有限公司
劃撥帳號　19598343
地址　新北市中和區景平路464巷2弄1-4號
電話　(02)2945-3191
傳真　(02)2945-3190
網址　www.rising-books.com.tw
Mail　resing@ms34.hinet.net

本版日期　2015年12月
定價　400元

ORIGINAL JAPANESE EDITION STAFF

監修者　高橋信之
著者　スタジオ・ハードデラックス
編集協力／執筆　丸田剛司　手塚大輝　艮 真紀
　野上耕吉　三木 茂（アルケミ
協力　秋山隆史
デザイン／DTP　福井夕利子　松本優典　松澤
画稿著作権マネジメント　トランスメディア株式会社
All illustration and picture rights are managed by Trans

國家圖書館出版品預行編目資料

奇幻大事典 / Studio Hard Deluxe作；高詹燦，黃正由譯. -- 初版. -- 新北市：瑞昇文化，2013.10

288面；14.8X21公分

ISBN 978-986-5957-96-4(平裝)

1.科幻小說 2.寫作法

812.7　　102020439